Uli Herzog

VERMISST: GOLD-FINGER AUS RAVENSBURG

Ein Oberschwaben-Krimi

Oertel+Spörer

Für Gela,
weil sie mit mir seit fast 50 Jahren
durch dick und dünn geht.

PROLOG

Samuel Finger ließ die feine Goldkette noch einmal prüfend durch seine Finger gleiten. Heute musste er damit fertig werden. Schließlich hatte er es den Einsteins versprochen. Sie waren vor ein paar Jahren von Buchau weggezogen. Und jetzt saßen sie selbst auf gepackten Koffern. Beiden Paaren war es irgendwie zu eng geworden im kleinen Städtchen am Federsee. Die Einsteins bereuten ihren Umzug nach Ulm nicht. Die Fingers zog es genau in die entgegengesetzte Richtung: nach Ravensburg.

Gerade waren Hermann Einstein und seine Ehefrau Pauline zu Besuch in Buchau, wo noch einige Verwandte von ihm lebten. Und wie immer nutzten sie die Gelegenheit, sich mit den befreundeten Fingers zu treffen. Pauline, die gebürtige Cannstatterin, schwärmte vom urbanen Leben in Ulm. Das Goldkettchen hatte Pauline Einstein noch vor ihrem Wegzug zur Reparatur vorbeigebracht. Immer und immer wieder hatte Samuel Finger sie vertrösten müssen.

»Weißt du, liebe Pauline, es ist mir schon sehr unangenehm, dass du so lange hast warten müssen. Aber ich musste den kaputten Verschluss erst in St. Petersburg besorgen. So einen Verschluss können nur die Petersburger Juweliere herstellen.«

»Ja, ich weiß, Samuel. Im Grunde genommen muss ich ja froh sein, dass du überhaupt Verbindungen nach St. Petersburg hast, sonst hätten wir das Kettchen gar nicht so schön restaurieren können«, meinte Pauline Einstein.

Samuel fragte sich, ob es mutig war oder etwas leichtsinnig, dass die hochschwangere Pauline in ihrem Zustand die beschwerliche Reise nach Buchau auf sich genommen hatte.

Dass sie schon im März 1879 einen Jungen zur Welt bringen würde, der einmal als größtes Genie in die Weltgeschichte eingehen sollte, konnte Pauline Einstein an diesem Tag noch nicht ahnen.

»Wann werdet ihr nach Ravensburg aufbrechen?«, wandte sie sich an Samuel und seine Frau.

»Erst im Mai, dann wird der Laden am Gespinstmarkt fertig werden.«

»So schade, dass wir uns jetzt noch weniger sehen werden. Dass ihr nicht nach Ulm geht, bedauern der Hermann und ich sehr.«

»Weißt, Paulinchen, in Ulm gibt's so viele Goldschmiede, da möchten wir uns vielleicht nicht durchsetzen können, die Hannah und ich. Da haben wir in Ravensburg die viel besseren Chancen. Und außerdem ist der Bodensee nicht weit weg. Du weißt ja, wie sehr die Hannah und ich das Wasser lieben. Wir können mit der Eisenbahn an den See fahren, wann immer wir Zeit haben. Bald ist sie ja ganz durchgängig fertig, die Eisenbahn. Dann könnt auch ihr nach Friedrichshafen fahren und wir können uns am Schabbes immer treffen.«

»Na ja, so ganz überzeugt bin ich von dem modernen Zeug ja noch nicht. Im Gegensatz zu meinem Hermann. Der freut sich schon auf die Bahnfahrt von Biberach nach Ulm.«

Als Samuel Finger im Mai nach Ravensburg zog, war seine Hannah ebenfalls schwanger. Sie würde ihm einen Sohn zur Welt bringen. Auch er würde Samuel heißen.

Sein Geschäft am Gespinstmarkt, welches er »Gold-Finger« nannte, damit die Leute sofort wussten, dass sie es mit einem Goldschmied zu tun hatten, lief sehr gut. Samuel

Finger war ein sehr geschickter und beliebter Fachmann. Bald schon konnten sie ihr Geschäft an den belebten Marienplatz verlegen.

Im Februar 1880 kam der Sohn Samuel der Zweite auf die Welt. Zur Taufe fuhren die Fingers nach Laupheim, zur größten jüdischen Gemeinde in Oberschwaben. Auch die Einsteins kamen mit ihrem kleinen Sohn Albert zu der Feier.

Samuel Finger jr. erwies sich als würdiger Nachfolger seines Vaters. Das Geschäft blühte und die Familie Finger erarbeitete sich einen gewissen Wohlstand. Sogar die schwierige Zeit nach dem Schwarzen Freitag 1929 überstand das Geschäft. Seine Cleverness bewahrte Samuel Finger auch vor der »Arisierung« seiner Firma in den 30er-Jahren des 20. Jahrhunderts. Er verkaufte kurz nach Hitlers Machtergreifung die Firma an Elvira Marschall, seine treueste Angestellte. Diese stellte wiederum Samuel Finger ein – bis zum Jahr 1938. Danach emigrierten die Fingers nach den USA, wo sie einmal mit Albert Einstein zusammentrafen. Obwohl ihre Eltern früher befreundet waren, kannten sich Albert Einstein und Samuel Finger nicht. Auch Buchau kannte Albert Einstein nicht. Noch nicht einmal an Ulm konnte er sich genau erinnern. Hermann Einstein hatte es dort genauso nicht allzu lange ausgehalten und war nach München gezogen.

1948 kamen die Fingers nach Ravensburg zurück und übernahmen das Geschäft wieder von Elvira Marschall, so wie es vor dem Kriege vereinbart war. Und ab sofort hieß es wieder »Gold-Finger«.

Wiederum war es der Sohn, er hieß natürlich ebenfalls Samuel, der die Firma erfolgreich voranbrachte. Neben dem Goldschmiedebetrieb führte Samuel auch wertvolle Uhren und Silberbesteck im Sortiment.

Dieser Samuel Finger – nennen wir ihn Samuel den Dritten – ließ sich Zeit mit dem Heiraten. Und er ließ sich Zeit mit dem Nachwuchs. Zuerst bekam er eine Tochter, welche er Judith taufen ließ, danach folgte im Jahr 1974 ein Sohn. Dieser hieß selbstverständlich Samuel und übernahm, wie es schon Vater und Großvater getan hatten, das Gold- und Schmuckgeschäft in Ravensburg. Noch immer prangte das Firmenschild »Gold-Finger« am Geschäft, wenn auch zwischenzeitlich in modernerer Version. Vorbei war die Zeit der leuchtenden Neon-Buchstaben, als die Städte mit bunten Werbeschriften an den Häusern ihren neu erarbeiteten Wohlstand in den 60er- und 70er-Jahren des vorigen Jahrhunderts demonstrierten.

Judith Finger-Pascher befreite ihre Pflanzen im Vorgarten vom Schnee, sie wartete darauf, dass ihre Nachbarin von der samstäglichen Jogging-Runde zurückkam. Sie wollte sie unbedingt sprechen. Sorgenvoll blickte sie in die Zukunft. Ihr Bruder Samuel war seit mehreren Wochen verschwunden. Einfach weg. Dabei war es nie seine Art gewesen, so mir nichts, dir nichts von der Bildfläche zu verschwinden.

Wie in jedem Jahr war er auf seine Insel im Atlantik geflüchtet, bevor im November die Nebel des nahen Sees in das Schussental hineinmäanderten. Nebel und Kälte waren aber gar nicht das, was Samuel Finger liebte. Schon als Kind hatte er keine Freude am Skifahren. Wenn seine Schulfreunde ins nahe Allgäu oder nach Vorarlberg fuhren und jede freie Minute nutzten, um die Skihänge hinunterzurasen, sehnte Samuel Finger immer den Sommer herbei.

Seit Samuel Finger seinen untrüglichen Geschmack an seine Kundinnen vermittelte, florierte das Geschäft derart gut, dass sich der Gold- und Schmuckhändler aus Ravensburg eine Residenz auf Gran Canaria leisten konnte. In Taurito, nahe Puerto de Mogán, dem »Venedig des Atlantiks« genannten ehemaligen Fischerdorf, besaß er in einem Appartementhaus eine Dreizimmerwohnung, die auf Spanisch traditionell aber »apartemento«, also Appartement, genannt wurde. Und immer, bevor die Nebel die kalten Tage ankündigten, verließ Samuel Finger seine oberschwäbische Heimat und flog in die warmen Gefilde des Atlantiks.

»Ruft mich an, wenn die Forsythien blühen«, pflegte er immer zu seiner Schwester und ihrer Familie zu sagen, um damit anzudeuten, dass er frühestens im April zurückkommen wollte.

Das Geschäft führte solange die Familie Marschall. Jene Marschalls, deren Vorfahren schon treuhänderisch die Firma während des Zweiten Weltkriegs geführt hatten.

Und jetzt war ihr Bruder auf der Insel verschwunden. Einfach so. Kein Mensch wusste, wo er sich aufhalten könnte. Alle Versuche der spanischen Polizei und der deutschen Behörden, ihn aufzuspüren, waren ergebnislos verlaufen.

Judith hatte aber den Eindruck gewonnen, als ob die Behörden die Sache nicht mit dem erforderlichen Nachdruck verfolgten. Es gebe überhaupt keine Spuren, hieß es. Es war nicht in sein Appartement eingebrochen worden, es seien keine Hinweise auf ein Verbrechen gefunden worden und keinem der Nachbarn oder Mitbewohner des Appartementhauses sei etwas aufgefallen. Und die Touristen, die sich zu der Zeit seines Verschwindens in Taurito aufgehalten hatten, hätten die Insel längst wieder verlassen.

Judith Finger wollte sich damit nicht abspeisen lassen. Niemand kannte ihren Bruder so gut wie sie. Niemand hatte eine Ahnung von dem, was er auf der Kanareninsel so trieb. Nur sie, Judith Finger-Pascher, die Busunternehmerin aus Ravensburg.

Das Geld aus der Erbschaft ihrer Eltern hatte sie sofort dazu benützt, um mit ihrem Mann, Gerhard Pascher, ein Busunternehmen aufzubauen. Gerhard war schon ihre Sandkastenliebe gewesen. Dass seine Eltern nicht so begütert waren wie ihre, störte sie nie. Im Gegensatz zu ihren Eltern. Eine Finger mit einem Automechaniker verheiratet? Das ging gar nicht. Dass sich ihr Mann zusätzlich auch noch als Busfahrer verdingte, um seiner Frau einen besseren Lebensstandard zu ermöglichen, ignorierten ihre Eltern. Als beide Elternteile innerhalb eines Jahres starben, nahm sie die gesamte Erbschaft mit Ausnahme des Familienschmucks und investierte sie in ein kleines Busunternehmen.

Die dunkelhaarige, große und schlanke Frau, die stets gepflegt auftrat und sich den geerbten Schmuck ihrer Vorfahren sehr geschmackvoll anlegte, hatte im Gegensatz zu ihrem Bruder, der immer braun gebrannt war, einen sehr bleichen Teint, aus dem eine schmale Hakennase hervortrat, die aber genau der Nase ihres Bruders glich. Auch die schmale Oberlippe teilten beide Geschwister. Judith Finger-Pascher trug am liebsten ein hellgraues Kleid mit grünen Borten. Sie wirkte immer sehr elegant. Eine Jeans würde sie nie im Leben tragen, obwohl heutzutage völlig normal, nicht aber bei Judith.

Ihr Bruder hatte keine Probleme damit, dass sie nicht »standesgemäß« heiratete, wie ihre Eltern ständig anmerkten. Er verstand sich mit Gerhard prächtig und ließ die beiden ihren Sommerurlaub gerne in seiner Ferienwohnung verbringen, sofern überhaupt Zeit dafür da war. Auch hatte Samuel verfügt, dass ihre Tochter Jasmin sein gesamtes Vermögen erben würde.

Samuel Finger war ledig und alleinstehend. Er galt landauf, landab als Eigenbrötler. Schon früh hatten sich junge Mädchen für Samuel interessiert, über belanglose Flirts war es aber bei ihm nie hinausgegangen. Judith hatte bald bemerkt, dass ihr Bruder anders veranlagt war.

Samuel wurde in der Familie schon sehr stark vermisst, denn in wenigen Wochen würde er ihrem Busunternehmen lukrative Aufträge vermitteln, so wie in den vergangenen Jahren auch. Im beginnenden Herbst, wenn die Skifahrer und die Fasnet ihre Busse noch nicht benötigten, war ihr Unternehmen sehr auf die Reisen ihres Bruders angewiesen. Genauso in den Weihnachtsferien, wenn keine Schüler zu transportieren waren, und in der Zeit zwischen der Fasnet und der Rückkehr ihres Bruders im April. Auch da hatte sie einige Fahrten für ihn durchzuführen.

Und die benötigte ihr Unternehmen bald und dringend.

»Frau Lüscher, Sie sind doch bei der Kripo.«

Judith hatte ihren Mut zusammengenommen und ihre

Nachbarin angesprochen, die als Hauptkommissarin die Kripo in Biberach leitete.

»Ja, ich bin bei der Kripo, Frau Pascher«, sagte sie zu der Ehefrau des Busunternehmers Gerhard Pascher. »Aber Sie wissen, dass ich Ihnen bei der Suche nach Ihrem Bruder nicht helfen kann. Nicht helfen darf. Hier sind die Kollegen vom Landeskriminalamt, dem LKA, zuständig und die arbeiten ganz bestimmt sehr eng mit den spanischen Behörden zusammen.«

Jeder wusste vom Fall Samuel Finger. Der Ravensburger Juwelier war seit einigen Wochen verschwunden. Wie immer verbrachte er den Winter auf Gran Canaria. Eines Tages kam er dort, so berichtete seine Nachbarin Mariana, von einer Geschäftsreise nach Las Palmas, der Inselhauptstadt, nicht mehr zurück. Alle Bemühungen der spanischen Behörden, Samuel Finger zu finden, blieben bisher erfolglos. Auch in Ravensburg, wo man ihn zunächst vermutete, war er nirgends wieder gesichtet worden.

Dass Gerlinde Lüscher schon in den nächsten Tagen nach Ravensburg versetzt werden würde, verschwieg sie der Frau allerdings. Sie war ja nicht befugt, Dienstgeheimnisse auszuplaudern. Und bevor die Pressestelle die Nachricht nicht freigegeben hatte, durfte sie auch niemandem etwas davon erzählen. Außer ihrem Mann natürlich.

Judith Finger-Pascher befürchtete, dass der Fall ihres Bruders zu den Akten gelegt würde, und war dementsprechend verzweifelt.

»Hören Sie, Frau Lüscher, ich würde es mich etwas kosten lassen, wenn weiter in dieser Angelegenheit ermittelt würde. Auch privat ermittelt würde.«

Dass sie das Angebot ihrer Nachbarin natürlich nicht annehmen konnte, war ganz klar. Aber es brachte Gerlinde Lüscher auf eine Idee:

»Also, ich kann so etwas natürlich nicht machen. Aber vielleicht wüsste ich Ihnen einen Mann, der Ihnen womöglich weiterhelfen kann. Er ist zwar schon etwas älter, aber er ist ein ehemaliger Profiler. Und er war ziemlich erfolgreich. Wenn der sich in den Fall Ihres Bruders verbeißt, lässt er nicht mehr locker, bis er ihn gelöst hat. Er wohnt zwar in Wien, stammt aber aus Biberach und ist mit den Gepflogenheiten in Oberschwaben bestens vertraut.«

»Und der würde das machen?«

»Keine Ahnung. Ich müsste ihn mal fragen. Wenn Sie wollen, rufe ich ihn an. Sie müssen ihn aber privat engagieren und auch bezahlen.«

»Wie viel würde das kosten?«

»Das müssen Sie ihn selbst fragen. In solche Dinge mische ich mich nicht ein. Wenn es Ihnen recht ist, rufe ich ihn an und gebe ihm Ihre Telefonnummer. Dann können Sie sich selbst mit ihm auseinandersetzen.«

»Oh ja, das wäre sehr nett von Ihnen, Frau Lüscher.«

Das gab ihr wieder Hoffnung. Von einem Profiler hatte sie schon ein paar Mal im »Oberland-Kurier« gelesen. War das nicht der, der vor ungefähr zwei Jahren einen Mord in der Nähe von Aulendorf vereitelt hatte? Der soll ein richtig raffinierter Kerl sein, stand damals in der Zeitung, und den Täter so lange in die Enge getrieben haben, bis der Fehler machte, die den Mord dann schließlich verhinderten. Wenn das der war, würde ihr das wieder Hoffnung geben. Denn sie hatte nicht nur Angst um ihren Bruder, sie hatte auch Angst um ihr Unternehmen. Sie und Gerhard waren die Einzigen, die ahnten, dass er in Probleme geraten sein könnte. Und sie war die Einzige, die wusste, warum ihr Bruder unter den Palmen womöglich in Schwierigkeiten gekommen war. Aber sie durfte es niemandem erzählen. Zumindest so lange nicht, solange die Chance bestand, dass Samuel nichts zugestoßen war.

Als Judith am nächsten Morgen den Briefkasten öffnete, um den »Oberland-Kurier« herauszuholen, fiel ihr ein Kuvert von Gerlinde Lüscher auf. Es enthielt die fotokopierte Visitenkarte von Ludwig Hirschberger aus Wien. Auf das Blatt hatte die Kommissarin noch geschrieben, sie habe mit dem Profiler gesprochen und Judith könne ihn anrufen.

Ludwig stammte aus Biberach, war aber seit ewiger Zeit in Wien beheimatet. Auch nach seiner Pensionierung blieb er in der Weltstadt der Musik. Und das, obwohl ihn seine Frau Lea verlassen hatte und ihr gemeinsamer Sohn Marco schon seit Jahren in New York lebte.

Den besuchte Ludwig gerade, und als ihn der Anruf von Judith Finger-Pascher erreichte, befand er sich auf der berühmten Fifth Avenue, um ein paar Reisemitbringsel zu besorgen.

»Ja. Hallo.«

»Guten Tag, sind Sie der Herr Ludwig Hirschberger?«

»Ja.«

»Mein Name ist Judith Finger-Pascher. Ich rufe auf Empfehlung von Frau Gerlinde Lüscher an.«

»Dann kann ich mir denken, um was es geht. Sie suchen einen privaten Ermittler?«

»Ja, ganz genau. Wissen Sie, es geht …«

»Moment, Frau Finger-Pascher, das ist der völlig falsche Moment. Ich bin hier gerade in Manhattan und mache ein paar Besorgungen. Morgen fliege ich nach Wien zurück und melde mich dann bei Ihnen.«

Ludwig wollte hier und jetzt kein Gespräch führen.

»Nein, bitte! Können Sie nicht gleich hierherkommen? Es eilt sehr.« Die Frau wirkte verzweifelt. »Es geht um einen Vermissten-Fall und ist sehr dringend.«

»Also. Gute Frau. Ich rufe Sie heute Abend an. Morgen fliege ich nach Wien zurück. So oder so.«

Das wäre ja noch schöner, dass er sich vorschreiben ließ, wohin er morgen fliegen sollte. Andererseits: Da Gerlinde ihr mit seinem Einverständnis seine Handy-Nummer gegeben hatte, war mit an Sicherheit grenzender Wahrscheinlichkeit Gefahr im Verzug. So gut kannte er die Hauptkommissarin von der Kripo in Biberach nach der langen Zeit schon.

Als er im Appartement seines Sohnes und dessen Familie angekommen war, schien alles auf Ludwigs Rückreise nach Wien programmiert. Manuela hatte seine Wäsche von der Wäscherei bringen lassen. Ludwig nahm die Wäsche mitsamt den Tüten und legte sie in seinen Koffer.

»So sauber bringe ich das sonst nie mehr hin.«

Sein Sohn Marco, seine Enkelin Larissa und seine Schwiegertochter grinsten.

»Hast du Mama ein Geschenk gekauft heute?«

»Aber klar, deswegen war ich ja in der Stadt. Ich habe in Wien ja sonst niemanden mehr, dem ich ein Geschenk mitbringen könnte!«

Ludwig hatte für Lea, seine geschiedene Frau – inzwischen verwitwet, weil ihr neuer Partner vor gut zwei Jahren verstorben war –, einen Kunstkalender besorgt. Er wusste, dass sie diesen Kalender liebte und ihn sich immer zum Jahresende für das Folgejahr besorgte. Nur Ende vergangenen Jahres hatte sie es versäumt und dies gegenüber Ludwig mehrfach bedauert. Auch nach ihrer Scheidung waren Ludwig und Lea Freunde geblieben, und seit Lea verwitwet war, hatten sie die Kontakte wieder intensiviert. Sehr zu Ludwigs Freude. Es wurde sogar schon einmal lose angesprochen, ob Ludwig wieder in das Haus einziehen solle, welches früher einmal ihr gemeinsames Heim gewesen war und eigentlich Ludwig gehörte.

»Kinder, ich muss schnell noch mal telefonieren«, sagte er.

»Nach Wien?«, fragte sein Sohn neugierig.

»Nein, nach Deutschland. Genauer gesagt nach Ravensburg, in der Nähe meiner Heimat. Ich glaube, ich werde dort gebraucht.«

»Du wirst dich wohl nie ganz zur Ruhe setzen, Opi«, sagte seine Enkelin kichernd. »Und wenn du nach Ravensburg gehst, gehe ich mit. Das ist doch die Stadt mit den tollen Spielen. Muss ja ein Paradies dort sein.«

»Ist es auch. Und nicht nur wegen der Spiele.«

Danach rief Ludwig die Nummer an, die er noch auf dem Display hatte.

»Das ist aber nett, Herr Hirschberger, dass Sie sich so schnell wieder melden. Ich mach's ganz kurz: Mein Bruder Samuel wird seit drei Wochen auf Gran Canaria vermisst. Er hat auf der Insel ein Appartement und verbringt seit Jahren den Winter dort. Eine Nachbarin hat ihn als vermisst gemeldet. Die spanische Polizei und die Guardia Civil haben intensiv nach ihm gesucht, aber überhaupt keine Spur von ihm gefunden. Die glauben, er sei von Gran Canaria aus irgendwohin gegangen, um ein neues Leben zu beginnen. Aber das ist falsch. So etwas würde Samuel nie machen. Er hat ein Schmuckgeschäft in Ravensburg. Das würde er nie im Stich lassen. Nie. Gar nie. Auf gar keinen Fall.«

»Und jetzt soll ich Ihren Bruder suchen?«, fragte Ludwig.

»Ich bitte Sie darum!«

»Sie wissen von Frau Lüscher sicher, welchen Tagessatz und welche Spesen ich verlange?«

»Nein, ich weiß es nicht, aber das Geld spielt keine Rolle. Ich muss wissen, wo Samuel ist.«

Fast schon flehte die Frau ihn an.

»Also gut, ich werde versuchen, meinen Flug von Wien nach Friedrichshafen umzubuchen, und bin morgen bei Ihnen. Schicken Sie mir eine App mit Ihrer genauen Adresse.«

»Vielen Dank, Herr Hirschberger«, rief die Frau mit hörbarer Erleichterung aus.

»Bedanken Sie sich erst, wenn ich ihn gefunden habe.«

Damit war das Gespräch beendet und Ludwig um einen Fall reicher.

»Du bist vielleicht ein Irrsinniger!«, mokierte sich sein Sohn. »Sag mal, hast du vergessen, dass du über 70 bist?«

»70 ist das neue 50, heißt es in den deutschen Medien«, konterte Ludwig.

»Ja, aber nur, weil die das Rentenalter hochsetzen möchten!«

»Opa hat sich aber gut gehalten. Wenn er 20 Kilo abnehmen würde, könnte man ihn glatt für sportlich halten.«

Das war wieder eine Spitze seiner Enkelin gegen seine etwas üppige Figur. Wobei er wirklich mal wieder etwas abspecken könnte. Der neue Fall wäre gerade die richtige Gelegenheit dazu.

»Sag mal, ihr habt doch eine eigene Reiseabteilung bei euch in der Firma. Frag doch mal, was ich anstellen muss, um statt nach Wien heute Abend nach Friedrichshafen zu fliegen«, fragte Ludwig seinen Sohn Marco.

Der hatte längst begriffen, dass weiterer Protest völlig zwecklos war, und rief die Reiseabteilung seiner Firma an.

»Gib mal deine ID vom Ticket.«

»Was?«

Ludwig verstand nur Bahnhof.

»Die Buchstaben- und Zahlenkombination.«

Ludwig gab seinem Sohn das Ticket, welches er sich auf einem DIN-A4-Blatt ausgedruckt hatte. Der teilte den Code seiner Kollegin mit und kurze Zeit später war das Gespräch beendet.

»So du Kiberer. Du kannst es ja nicht lassen. Heute Abend fliegst du von JFK aus nach Frankfurt, steigst gleich nach der Ankunft in den Anschlussflug nach Friedrichshafen und kannst zum Mittagessen bereits ein frisch gefangenes Bodensee-Felchen essen.«

Manchmal kam sogar bei Marco das Wienerische noch durch.

»Klasse. Ich danke dir. Und muss ich da noch was zahlen?«

»Des wirst am Flughafen erfahren!«, raunzte Marco und fügte noch hinzu:

»Ruf wenigstens noch der Mama an und sag ihr, dass du nicht kommst. Die trifft bestimmt schon Vorbereitungen für deine Rückkehr.«

»Geh, könnst des net du für mich machen?«, bettelte Ludwig.

»Auch noch feige, was? Na ja, dann mach ich's halt heut am Abend.«

»Danke. Vielen Dank.«

Ludwig verabschiedete sich von seinem Sohn, seiner Schwiegertochter und seiner Enkelin. Danach ließ er sich zum John-F.-Kennedy-Flughafen fahren, um über Frankfurt nach Friedrichshafen zu fliegen.

Glücklicherweise konnte Ludwig fast während des gesamten Fluges nach Frankfurt am Main schlafen. Die Maschine war erstaunlicherweise nur sehr spärlich besetzt und er hatte eine komplette Viererreihe für sich alleine. So hatte er genug Platz, um es sich bequem zu machen. In Frankfurt angekommen bestieg er den viel kleineren Jet des Zubringers an den Bodensee.

Als sich Ludwig mit Judith Finger-Pascher nach der Landung verabredete, schlug er vor, mit ihr einen Spaziergang durch Ravensburg zu machen. Er hatte die Stadt der Türme noch aus den 60er-Jahren in bester Erinnerung. Klar doch, jede Fahrt an den See führte damals unweigerlich in die Stadt, die durch Puzzle und Spiele so berühmt geworden war. Sie trafen sich auf dem Marienplatz, direkt neben dem einstmals so berühmten »Hotel Waldhorn«, welches zu Zeiten eines Albert Boulay zu den Spitzen-Gourmet-Tempeln Deutschlands gehört hatte.

»Als ich früher mit meinen Eltern an den See gefahren bin, sind wir noch mitten durch Ravensburg, sprich direkt über den Marienplatz gefahren.«

»Wie, da gab's noch keine Umgehungsstraße?«

Judith Finger-Pascher, die als Busfahrerin und -unternehmerin jeden Tag hier durch die Gegend fuhr, konnte sich das irgendwie gar nicht vorstellen.

»Damals gab's überhaupt noch keine Umgehungsstraßen. Wir sind auch noch in Waldsee direkt am See vorbeigefahren und dann mitten durch die Altstadt durch.«

»Beim heutigen Verkehr wohl kaum denkbar«, resümierte die Schwester des Vermissten.

»Ja und Ravensburg hatte damals sogar noch eine Straßenbahn, die fuhr meines Wissens vom Bahnhof bis nach Baienfurt. Sie sah sehr lustig aus, hatte sie doch verschiedene Anhänger.«

»Ja, mein Vater erzählte mir davon, Mühle hatte er sie genannt.«

Sie schien etwas gedankenverloren. Wenige Schritte später sagte sie:

»Das hier ist unser Geschäft, äh, das Geschäft von Samuel.«

Ludwig konnte ein paar Häuser weiter ein Ladenschild mit Goldprägung und einem dunkleren, ebenfalls in Gold gehaltenen Schriftzug »Gold-Finger« erkennen. Das Geschäft machte auf ihn einen sehr vornehmen Eindruck.

Sie durchwanderten die Altstadt und Ludwig war beeindruckt von der Vielfalt der Geschäfte. Ravensburg machte seinem Ruf, eine Einkaufsstadt zu sein, alle Ehre. Sie gingen gerade in Richtung Obertor, als Judith ihr Leid klagte.

»Wissen Sie, Herr Hirschberger, die Ungewissheit ist das Schlimmste an der Situation. Nicht zu wissen, ob Samuel etwas passiert ist und was, ist unerträglich für mich.«

»Ja, das kann ich sehr gut nachvollziehen. Das ist bei solchen Vermisstenfällen immer das Schlimmste. Besonders schlimm ist es, wenn Eltern ihre Kinder vermissen und keine Ahnung haben, was mit ihnen geschehen sein könnte. Haben Sie denn eine Ahnung, warum Ihr Bruder plötzlich verschwunden ist? Gibt es Anhaltspunkte für mich?«

»Nein, genau das ist es ja. Er war von heute auf morgen weg. Verschwunden. Nicht mehr da. Ohne Vorwarnung, ohne Anzeichen eines Verbrechens oder eines Unfalls«, sagte Judith Finger-Pascher mutlos.

»Und dass er freiwillig ein neues Leben irgendwo auf der Welt führen wollte, dass er zum Beispiel eine neue Frau gefunden hat, dass er ein neues Lebensziel entdeckt hat, das können Sie ausschließen?«, blieb Ludwig hartnäckig.

»Das hat mich die Polizei schon lange gefragt. Wenn er das getan hätte, hätte er sicher sein Geld mitgenommen. Hätte sein Appartement in Taurito aufgeräumt, hätte mir eine Nachricht hinterlassen und hätte vor allem Frau Marschall benachrichtigt.

»Wer ist Frau Marschall?«, hakte Ludwig erstaunt nach.

»Frau Marschall führt sein Geschäft hier in Ravensburg über den Winter. Sie hätte er auf jeden Fall informiert. Wissen Sie, zu den Marschalls haben wir langjährige Beziehungen. Sie gehören fast schon zur Familie.«

»Und wie kamen diese Beziehungen zustande«, fragte Ludwig.

»Die gab's schon vor dem Zweiten Weltkrieg. Frau Marschall, eine Ur-Ahne der jetzigen Frau Marschall, hatte bei meinem Großvater gearbeitet. Als unsere Familie, die ja jüdischer Abstammung ist, vor den Nazis fliehen musste, übernahm Frau Marschall treuhänderisch unser Geschäft, sodass es vor der sogenannten Arisierung verschont geblieben ist. Als Großvater nach dem Krieg wieder nach Ravensburg zurückkehrte, haben ihm die Marschalls das Geschäft wieder übertragen und seither arbeitet mindestens ein Familienmitglied der Marschalls im Geschäft mit.«

»Und das ging damals so einfach? Ich war bisher immer der Meinung, die Nazis hätten bestimmt, wer die jüdischen Geschäfte kaufen, sie arisieren durfte«, zweifelte Ludwig.

»Ja, normalerweise schon, aber mein Großvater und auch schon mein Urgroßvater waren sehr großzügige, karitative Menschen. Sie waren sehr angesehen in der Stadt und hatten allerbeste Beziehungen. So war es uns möglich, das Geschäft treuhänderisch an die Marschalls zu verkaufen. Und der Bürgermeister hat sich auch sehr für uns eingesetzt.«

»Hier war doch irgendwo die ›Ranch‹«, meinte Ludwig plötzlich.

Er sprach damit die legendäre In-Disco der 60er-Jahre an, als er selbst noch ein junger Mann gewesen war. Aber die »Ranch« war nicht nur eine tolle Disco gewesen, hier war auch jede Menge Gras konsumiert worden.

»Das kann ich Ihnen nicht sagen, die gab's zu meiner Jugendzeit nicht mehr.«

Ludwig wurde sich wieder einmal seines Alters bewusst. Dass eine gebürtige Ravensburgerin die »Ranch« nicht mehr kannte, war für ihn unvorstellbar. Wer die »Ranch« nicht kannte, kennt die Welt nicht, dachte Ludwig.

Durch ein kleines Tor gingen sie Richtung Gänsbühl und über den Gespinstmarkt wieder zurück auf den Marienplatz.

»Und Ihr Bruder hat keine Familie, keine Ehefrau, keine Kinder?«

»Nein, Samuel ist ein sehr in sich gekehrter Mensch. Unstet, er hält es nie lange irgendwo aus, ist immer in Bewegung, immer auf Achse. Wissen Sie, ohne Frau Marschall könnte er seinen Laden nie führen. Nach spätestens zwei Stunden muss er raus aus dem Laden.«

»Und auf Gran Canaria fühlt er sich wohl?«

»Oh ja. Er hasst die kalte Jahreszeit. Er braucht die Wärme, braucht das Meer. Jedes Jahr im Oktober geht er auf seine Insel. Und jedes Jahr verabschiedet er sich mit den Worten: ›Ruft mich an, wenn die Forsythien blühen.‹ Dann kommt er wieder nach Hause. Die gelben Hecken und Sträucher sind seine Lieblingspflanzen. Sie sind die Vorboten des Frühlings.«

Judith Finger-Pascher wirkte etwas gedankenverloren.

»Hatten Sie nie Lust, es ihm gleichzutun?«, fragte Ludwig neugierig.

»Oh nein. Ganz und gar nicht. Ich liebe den Winter. Freue mich immer aufs Wochenende, wenn ich die Fahrgäste in die Skigebiete fahren darf. Außerdem muss ich ja die Schulkinder chauffieren. Und die Häs-Träger zu den Fasnetsumzügen fahren. Das ist für uns Hochsaison. Da ist jeder Bus mit Ausnahme der Weihnachtsferien ständig auf Achse.«

Sie muss mit Leib und Seele Busunternehmerin sein, dachte Ludwig.

»Also gut, ich suche Ihren Bruder«, meinte Ludwig. »Mein Tageshonorar beträgt 250 Euro plus Spesen, wobei die Spesen im Ausland natürlich höher sind, das muss Ihnen klar sein. Ich rechne sie aber immer gegen Einzelbeleg ab.«

»Einverstanden.«

Die Schwester wirkte erleichtert.

»Noch was«, hakte Ludwig nach, »jeder von uns beiden hat das Recht, jederzeit auszusteigen. In dem Fall ist das Tageshonorar bis zum Tage meiner Rückkehr nach Wien zu entrichten.«

»Ich hoffe nicht, dass es so weit kommt.«

Judith Finger-Pascher streckte Ludwig die Hand hin. Er nahm sie, drückte sie und besiegelte damit den Vertrag.

»Ich will das Appartement Ihres Bruders in Tauriso bewohnen«, meinte Ludwig noch. »Nicht um Geld zu sparen, sondern weil ich hautnah an ihm dran sein will. Weil ich quasi seinen Atem spüren muss, sein Herz schlagen hören möchte.«

»Auch das ist kein Problem, Herr Hirschberger. Ich werde die Hausverwaltung informieren. Übrigens: Der Ort heiß Taurito, nicht Tauriso.«

»Ich werde mir am Flughafen einen Leihwagen für die Zeit meines Aufenthalts nehmen. Der geht auch auf Spesen. Ich muss ja mobil bleiben.«

Ludwig sah der Frau ins Gesicht.

»Solange es kein Ferrari ist, bitte sehr.«

»Nein, mir genügt auch ein Porsche.«

Ludwig lächelte und signalisierte der Frau damit, dass er sich ganz bestimmt keine Luxuskarosse mieten würde.

»Gibt es noch etwas über Ihren Bruder, das ich wissen müsste?«, fragte er noch nach.

»Nicht dass ich wüsste. Ein Bild von ihm habe ich Ihnen gegeben. Na dann: Gute Reise, Herr Hirschberger. Und finden Sie meinen Bruder. Bitte!«

»I will do my very best«, entgegnete er und wusste, dass er nicht lockerlassen würde, bis er den Aufenthaltsort von Samuel Finger herausbekommen hatte.

»Wie komme ich jetzt von hier am besten auf diese Insel?«, fragte er Samuels Schwester etwas ratlos.

»Ach so, ja. Es gibt drei Möglichkeiten: Entweder Sie fliegen von Zürich aus oder Sie fliegen von Stuttgart aus nonstop. Die dritte Möglichkeit ist: Sie fliegen von Memmingen nach Teneriffa, machen von dort aus einen kurzen interinsularen Flug und sind auch dort.«

»Hm, und von Friedrichshafen aus geht es nicht?«

Ein Flug vom Bodensee-Airport wäre ihm natürlich am liebsten gewesen.

»Keine Chance. Die Flüge sind über die ganze Saison hinaus ausgebucht. Außerdem fliegen die nur einmal in der Woche dorthin und die letzte Maschine ist gestern erst geflogen. So lange werden Sie ja vermutlich nicht warten wollen.«

»Nein, tatsächlich nicht. Woher kennen Sie sich denn so gut aus?«

»Wir haben neben unserm Busunternehmen auch noch ein Reisebüro«, klärte ihn die Schwester des Vermissten auf.

»Kein Wunder. Also, dann würde ich Stuttgart bevorzugen. Da kann ich mit der Bahn hinfahren«, sagte Ludwig.

»Ja, aber Sie müssen noch übernachten.«

»Wieso denn das?«

»Ihr Flieger geht morgen früh um sechs Uhr fünf!«

»Na dann auf in den Kampf, Torero«, meinte Ludwig mit einem Lächeln auf den Lippen.

Ludwig machte in Biberach Zwischenstation, um bei Kommissarin Gerlinde Lüscher deren Informationsstand in diesem Vermisstenfall einzuholen.

»Viel kann ich dir nicht sagen Ludwig. Tut mir echt leid«, meinte sie bei diesem Gespräch bedauernd. »Nur dass hier beim LKA ziemlich viel unternommen wurde. Aber irgendwie werden die Stuttgarter Kollegen das Gefühl nicht los, dass uns die spanischen Behörden nicht alles erzählt haben, dass sie Teile ihrer Kenntnisse für sich behalten haben. Das LKA hat es dann sogar über das Bundeskriminalamt in Wiesbaden noch einmal versucht, ist aber auch gegen eine Mauer des Schweigens gelaufen. Irgendein BKA-Beamter meinte, da müsse irgendjemand einen Typ sitzen haben, der das Ganze blockiere.«

Diese Nachricht war nicht gerade das, was Ludwig erwartet hatte, doch damit wusste er nun, dass er sich bei seinen Nachforschungen auf keinen Fall an die spanischen Behörden wenden durfte. Wenn dort ein Maulwurf saß, würden seine Ermittlungen a priori torpediert werden.

Und dann hatte Gerlinde für Ludwig noch eine Überraschung parat:

»Ich werde in ein paar Tagen nach Ravensburg versetzt und übernehme dort ein Kommissariat. Es ist aber noch nicht offiziell.«

»Super«, meinte Ludwig, »dann gratuliere ich dir jetzt mal ganz inoffiziell. Hast du absolut verdient. Gute Arbeit wird eben doch belohnt.«

»Na ja, so ganz unbeteiligt bist du ja nicht an diesem Erfolg«, meinte Gerlinde und spielte auf die Fälle an, bei denen Ludwig in Biberach ein beträchtliches Quantum zur Aufklärung beigetragen hatte.

Danach setzte sich Ludwig wieder in die Eisenbahn und fuhr nach Stuttgart.

Er nahm sein Smartphone und rief Gernot Heubl, den forensischen Psychiater an, der Teil seines Teams in Wien gewesen war und jetzt bei Ludwigs Jugendfreundin Gabi in Biberach lebte.

»Servus Gernot.«

»Servus Wiggerl, bist no in Amerika?«

»Na«, sagte Ludwig. »I bin grad von Biberach mit der

Bahn in Richtung Stuttgart unterwegs. I hätt euch gern noch besucht, musste mich aber beeilen, dass ich den Zug noch erwische.«

»Nimmst jetzt scho Fälle in Stuttgart an, du Narr?«, fragte Dr. Gernot Heubl etwas erstaunt.

Ludwig musste grinsen. Das war typisch Gernot.

»Na no net amol in Stuttgart. Es geht noch viel weiter weg. Ich fliege nach Gran Canaria und muss mich dort um einen verschollenen Schmuckhändler aus Ravensburg kümmern.«

»Ein Irrer. Und du glaubst, die warten do auf Ludwig Hirschberger, einen längst pensionierten Fallanalytiker aus Wien. No, die san arm dran!«

»Na, i hab den Auftrag von der Schwester des Schmuckhändlers aus Ravensburg bekommen. Deshalb. Ich melde mich, sobald ich wieder zurück bin. Und grüß mir die Gabi schön.«

»Die grüßt dich au schön, du Irrsinniger. Baba und Servus.«

Eine gute Stunde später erreichte Ludwig die Landeshauptstadt von Baden-Württemberg. Hier in der Nähe hatte er sich die ersten Sporen als Polizist verdient.

Mit der S-Bahn ging's zum Flughafen, wo er erst nach 22 Uhr eintraf. Da er noch etwas aß, konnte er nicht besonders gut schlafen.

Nach einer sehr kurzen Nacht in einem Flughafenhotel bestieg Ludwig die knallgelbe Maschine der Tuifly. Da die Sicht nicht besonders gut war, zog er es vor, den versäumten Schlaf nachzuholen und träumte von seinen früheren Flügen.

Das Fliegen war etwas sehr Gewöhnliches geworden. Ein

Transportmittel, um von A nach B zu kommen, wie Bus und Bahn. Er erinnerte sich daran, als er in den 80er- und 90er-Jahren hin und wieder im Auftrag seines Ministeriums in befreundete Länder fliegen musste, um den gerade dort herrschenden Regierungen – Ludwig nannte sie Regimes – seine Analysekenntnisse zu vermitteln. Fliegen hatte seinerzeit noch etwas Elitäres an sich. Da flog man noch in den eleganten Douglas DC 9, hörte gebannt zu, wenn der Kapitän die Route erläuterte und sich meldete, wenn es irgendwo eine Sehenswürdigkeit zu bestaunen gab, oder er die Passagiere informierte, bevor er die Klappen ausfuhr, damit sie sich nicht ängstigten. Die Piloten waren ausschließlich Männer, das Personal in der Kabine bestand nur aus Frauen. Die Fluggäste, auch meistens männlich, erschienen durchweg im Anzug mit weißem, frisch gebügeltem Hemd und Krawatte. Schwarze Lackschuhe mit genagelten Ledersohlen waren damals noch in großer Mode. Meistens blätterten diese Herren während des Fluges wichtig in irgendwelchen Akten. Ein Laptop war damals noch unbekannt. Nachdem die Sitzplätze eingenommen waren, kam eine freundliche Stewardess und fragte, ob man eine Zeitung haben wolle.

Der Service der Austrian Airlines, der AUA, war in dieser Zeit sprichwörtlich. Als ganz besonderes Highlight hatte Ludwig einmal einen Flug nach Bagdad erlebt: Er durfte auf einem Notsitz im Cockpit mitfliegen, weil ein Freund von ihm auf dieser Maschine Co-Pilot war. Seinerzeit stand die Cockpit-Tür noch offen und Ludwig hatte so den Freund erkennen können. Heute flog dieser als Chefpilot auf dem Airbus A 320 und der Service bei der AUA war auch nicht mehr besser als auf einem anderen Flieger.

Ludwig wachte noch einmal kurz auf, als es über die Costa de la Luz hinweg auf den Atlantik hinausging.

Am Flughafen von Gran Canaria, den er schon kurz nach 9 Uhr Ortszeit in der Frühe erreicht hatte, nahm sich Ludwig einen Leihwagen. Angesichts des schönen Wetters war er geneigt, sich ein Cabrio zu mieten. Doch es war ihm zu teuer. Schließlich war er nicht zum Vergnügen auf diese Insel gekommen. Also mietete er sich ein Fahrzeug der günstigsten Kategorie und bekam einen kleinen Ford. Der Flug hatte gut vier Stunden gedauert. Als Erstes stellte Ludwig seine Uhr um eine Stunde zurück. Er stellte die genaue Anschrift im Navi ein und wunderte sich, dass er auf der Insel eine Autobahn vorfand, die ihn direkt bis nach Taurito führte. Währenddessen stiegen die Temperaturen auf sommerliche 25 Grad. Und das im Januar. Kein Wunder, dass so viele Menschen hierher wollten und ein Sonnenanbeter wie Samuel Finger hier seine Winter verbrachte.

Die Autobahn führte durch eine karge Landschaft, vorbei an einer ganzen Armada von Windrädern, ehe er den Süden passierte, von wo aus er die Touristenorte sehen konnte. Kurze Zeit später erblickte Ludwig sogar die berühmten Dünen von Maspalomas und den Faro, den Leuchtturm. Die Landschaft wurde immer karger, je weiter er in Richtung Taurito fuhr. Die künstlich angelegten Grünflächen der Golfplätze wirkten wie Fremdkörper in der vulkanischen Felslandschaft. Plötzlich entdeckte er – was für ein Kontrast – ein fruchtbares Tal mit Bananenstauden. Arguineguin hieß das Städtchen, ein ziemlich unaussprechlicher Name. Weiter ging es durch viele Tunnels, vorbei an Puerto Rico und danach kam auch schon die Ausfahrt Taurito.

Die Anlage fand Ludwig auf Anhieb. Judith Finger-Pascher hatte ihm erklärt, wie er von der Autobahnabfahrt dorthin kommen würde. Und es handelte sich tatsächlich nur um einen Katzensprung. Gerade so weit, dass man nicht mehr vom Lärm der Autobahn belästigt wurde.

Das Appartementhaus lag direkt an einem Bergrücken. Die einzelnen Appartements waren schräg nach hinten treppenartig in den Fels geschlagen. Die Bauweise passte sich dem Fels an, in den die Anlage gebaut worden war. So kam es, dass die Appartements nicht alle auf einer Ebene lagen, sondern teilweise ein halbes Stockwerk versetzt aneinandergrenzten.

Taurito war eine kleine und überschaubare Ortschaft. Jedoch kein Ort im üblichen Sinn mit einer lebendigen Gemeinschaft von Einheimischen, denn es gab hier nur Hotels und ein paar kleine Geschäfte sowie eine riesige Badelandschaft.

Die Hotels wirkten alle, als hätte man sie in die steilen Berghänge des Valle Taurito, dem Tal des kleinen Teufelchens, hineingebaut.

Ludwig wollte sich zunächst einen groben Überblick verschaffen, bevor er sich an die genaue Durchsuchung von Samuel Fingers Zweitwohnung auf der Sonneninsel machte. Eigentlich konnte er sich ja glücklich schätzen: Er verbrachte die nächste Zeit auf einer der beliebtesten Ferieninseln in Europa und wurde dafür auch noch bezahlt. Aber jeder, der Ludwig kannte, wusste, dass er sich davon nicht beeindrucken ließ. Ein Fall blieb ein Fall. Und der hatte Priorität, immer.

Ludwig nahm von der Hausdame den Schlüssel in Empfang. Sie stellte sich schlicht als Esther vor und führte ihn in das moderne Appartementhaus, welches wie alle anderen Häuser in Taurito direkt in den Berghang gebaut war. Ludwig legte seinen Koffer ab. Die hochgewachsene, spindeldürre

Frau, deren Alter Ludwig auf etwa 50 Jahre schätzte, zeigte ihm alles in der geräumigen Wohnung und bat ihn, alles so zu belassen, wie es war. Schließlich rechne sie mit der baldigen Rückkehr von Samuel Finger. Esther hatte ihre schwarzen Haare zu einem Dutt geformt. In ihrem schlichten dunkelgrauen Kleid wies sie eine gewisse Ähnlichkeit mit der Schwester von Samuel Finger auf, allerdings um einiges einfacher. Sie strahlte eine natürliche Eleganz aus. Ludwig war in Modedingen einfach zu unerfahren, um die Details der Unterschiede zu erkennen.

Esther wirkte sachlich und auf den ersten Blick etwas unnahbar. Man könnte ihre Erscheinung auch spröde nennen. Ludwig bemühte sich um Höflichkeit und sagte ihr, dass er Samuel Finger suchen werde und von dessen Schwester den Auftrag dazu bekommen habe. Sie habe ihm auch erlaubt, Samuels Appartement während dieser Zeit zu bewohnen. Er zeigte der schlanken Frau den Brief, den ihm Judith Finger-Pascher für sie mitgegeben hatte und der Ludwig die Erlaubnis bescheinigte. Nachdem Esther ihm versicherte, dass sie keine Ahnung vom Verbleib Samuel Fingers habe, ließ sie Ludwig alleine. Der trat nun auf die Terrasse hinaus, um einen Blick auf den Atlantik zu erhaschen. Dabei fiel ihm eine äußerst attraktive Dame auf der benachbarten, wesentlich größeren Terrasse auf, die ein halbes Stockwerk höher lag.

Ludwig schätzte die Frau auf knapp 30 junge Jahre. Ihre blonden Haare schienen nicht echt zu sein, aber ihre Erscheinung war das, was die Wiener im Allgemeinen als »sehr nobel« bezeichneten.

Sie wirkte sehr gepflegt und war elegant gekleidet. Louis Vuitton schien ihr bevorzugtes Label zu sein. So viel erkannte sogar Ludwig. Sie war bildhübsch. Und: Die Frau hatte ein beachtliches Fahrgestell. Nach endlos langen Beinen kamen grandiose weibliche Rundungen zum Vorschein.

Ihm fiel sofort sein Großonkel ein, der in solchen Situationen immer zu sagen pflegte:

»Heilandzack. Hot dia a spitzigs Fiedla.«

In der Tat, die Dame hatte ein wahrhaft prächtiges Hinterteil, welches sogar eine Jennifer Lopez vor Neid erblassen ließe.

»Sie sind wohl hier, um Sami zu suchen«, sprach sie Ludwig sofort in sehr gutem Deutsch mit leicht südosteuropäischem Akzent an.

»Ja, das tue ich, gnä' Frau. Gestatten, dass ich mich vorstelle. Hirschberger ist mein Name, Ludwig Hirschberger aus Wien, wie das Tier im Wald.«

»Und ich bin Mariana Popolescu. Der Sami ist schon lange nicht mehr hier, ich glaube, der hat sich vom Acker gemacht. Zuletzt habe ich ihn vor Weihnachten gesehen. Aber wieso starren Sie mich denn die ganze Zeit so an?«

»So, tue ich das?«, meinte Ludwig etwas verlegen.

»Ja, das tun Sie. Aber das tun die meisten Kerle. Ob jung oder alt. Da gibt es keinen Unterschied!«

Ludwig kletterte am Ende der Terrasse, die zu Samuels Wohnung gehörte, auf einen kleinen Absatz, um in Augenhöhe mit dieser Mariana zu kommen. Dadurch konnte er auch die Terrasse der benachbarten Wohnung überblicken. Aufmerksam ließ Ludwig seinen Blick über die geräumige und mit einem wunderbaren Pool ausgestattete Terrasse gleiten. Sogar ein Logo gab es auf dem Grund des Pools: ein Delfin in einem Kreis. Was es wohl damit auf sich hatte? Nun, Ludwig war nicht allzu wissbegierig, ihn interessierte sein Fall, das Verschwinden von Samuel Finger viel mehr.

Im Gegensatz zu seiner sonstigen Zurückhaltung bei Frauen, fühlte sich Ludwig bei dieser Frau sicher. Es war sehr erstaunlich. Als ob er schon seit Jahrzehnten mit ihr vertraut wäre. Entsprechend spontan kam auch seine Antwort:

»Wissen Sie, der vordere Teil Ihres Namens ergibt eine wundervolle Symbiose mit dem hinteren Teil Ihres Körpers, da kann selbst ein älterer Herr wie ich gar nicht anders als hinzustarren!«

»Das tut ihr Kerle doch alle!«, rief die Schönheit lachend aus und nahm ihre Sonnenbrille ab.

Ohne Sonnenbrille war sie noch viel schöner. Ludwig war fast schockiert, denn die Ähnlichkeit war frappierend. Diese Frau erinnerte Ludwig fatal an seine erste Jugendliebe. Er nannte es Liebe. Neutrale Beobachter sprachen eher von einer kurzen, aber sehr heftigen Affäre. Doch dazu später.

»Sie haben recht, aber ich glaube, wir können gar nichts dafür. Das ist von der Natur so vorgesehen. Ich glaube, es sind unsere Gene.«

»Soso, die Gene«, meinte die Schönheit. »Das würde ich dann als Gendefekt bezeichnen!«

»Meinetwegen. Bezeichnen Sie es ruhig als Gendefekt. Bei so einem Anblick sind wir nicht in der Lage, unsere Blicke zu kontrollieren. Sie machen sich quasi selbstständig. Vermutlich ist genau dieser Gendefekt dafür verantwortlich, dass die Menschheit nicht schon seit vielen Tausend Jahren ausgestorben ist.«

Ludwigs Konter war auch nicht von schlechten Eltern.

»Jaja, eine Ausrede hat er also auch schon parat. Sagen Sie, hat Samis Schwester keinen jüngeren Detektiv gefunden als Sie?«

Provokation war offensichtlich das Begrüßungsritual von Mariana Popolescu.

»Ich weiß gar nicht, ob sie einen Jüngeren gesucht hat. Womöglich haben Sie recht und ich war nur ihre Ersatzlösung. Aber da ich jetzt schon mal hier bin, werde ich mich auf die Suche nach Gold-Finger begeben. Außerdem: Ihr

Jüngeren seid zwar schneller, aber wir Älteren kennen dafür die besseren Abkürzungen.«

Ludwig blieb der Nachbarin nichts schuldig.

»Wieso nennen Sie Sami Gold-Finger?«, fragte Mariana etwas irritiert.

»Ganz einfach, er betreibt in Ravensburg ein Goldschmied-Geschäft mit dem Namen Gold-Finger. Die Firma besteht schon seit über 100 Jahren, ist also wesentlich älter als der James-Bond-Film.«

Ludwig antwortete ihr mehr aus Höflichkeit, denn er konnte sich kaum vorstellen, dass sie nicht wusste, was ihr Nachbar Sami in seiner Heimat machte.

»Der guckt übrigens nicht so gebannt auf meinen Po«, warf sie noch hinterher.

»Dann«, so Ludwig, »ist er krank oder homosexuell.«

»Ach, und Sie wissen das?«

»Ja, denken Sie mal. Mein Großonkel hat noch am Tag vor seinem Tod unserer Haushälterin einen Klaps auf ihren Hintern gegeben. Der war im Übrigen fast so wohlgeformt, wie der Ihrige.«

»Und was hat die Haushälterin gemacht?«

»Die? Die hat gelacht, wie immer, wenn der das gemacht hat. Das war damals so, ist ja immerhin schon 60 Jahre her.«

»Pah«, meinte Mariana Popolescu abschätzig und verließ ihre Terrasse.

»Heute würde er sich das sicher nicht mehr trauen«, rief Ludwig der Schönheit noch hinterher.

Er konnte erkennen, dass Marianas Appartement und ihre Terrasse wesentlich größer und noch luxuriöser sein mussten als Samuel Fingers Wohnbereich. Sie hatte dieses Schwimmbad und zusätzlich noch einen Whirlpool in der eine halbe Etage höher liegenden, etwas weiter in den Felsen hineinragenden Wohnung.

Irgendwann werde ich wohl in den Genuss kommen, ihr knackiges Hinterteil auch einmal im Bikini zu sehen, dachte Ludwig, um sich selbst sofort zu disziplinieren:

»Idiot, wofür bist du denn hier?«, maßregelte er sich selbst.

Ludwig war versucht, Mariana Popolescu mit Marcella anzusprechen. Marcella war jene Frau, die Ludwig vor vielen Jahrzehnten aus seinem etwas verbohrten Knabendasein erweckt hatte. Mariana glich Marcella wie eine Zwillingsschwester. Sie konnte es aber nicht sein, denn Marcella musste inzwischen eine ältere Dame sein. Schließlich kannte Ludwig sie aus seiner Teenager-Zeit. Und es waren wunderbare Erinnerungen an Marcella, als er auf der warmen Terrasse Samuel Fingers saß, sich von der südlichen Sonne bescheinen und diesen Gedanken einfach freien Lauf ließ. Die wohlige Wärme, die in ihm aufstieg, verschaffte ihm Gänsehaut.

Doch jetzt waren nicht mehr die Jugendträume wichtig. Jetzt war es wichtig, Samuel Finger zu finden.

Ein paar Stunden später machte sich Ludwig auf den Weg, um in dem von zahlreichen Touristen bevölkerten Örtchen Taurito zu Abend zu essen, was gar nicht so einfach war. Es gab nur ein einziges Lokal. Die üblich gewordene Form des All-Inclusive-Urlaubs hatte wohl den meisten Restaurants den Garaus gemacht.

Pikanterweise saß auch seine schöne Nachbarin beim Essen.

»Setzen Sie sich doch zu mir«, meinte sie.

Ludwig folgte der Einladung sehr gerne. Hätte sie eine elegante, weiße Schürze getragen, wie sie im Italien der 60er-Jahre üblich gewesen war, Ludwig hätte sie glatt mit Marcella angesprochen.

»Früher gab es hier fünf oder sechs Restaurants. Eines

besser als das andere. Aber mit diesem unmöglichen All Inclusive sind sie alle pleitegegangen. Und man konnte hier so gut essen. Fisch, Fleisch, eine wunderbare Paella und Tapas, ohne Ende. Und heute? Wiener Schnitzel, Pizza und Spaghetti. Mich wundert, dass es nicht auch noch Köttbullar gibt.«

Mariana wirkte resigniert.

»Gibt's auch Schweden hier?«, fragte Ludwig wegen der Köttbullar neugierig.

»In dieser Bucht sind es überwiegend Skandinavier, Holländer und Franzosen. Natürlich gibt es auch Deutsche, Engländer, Polen und Russen, aber die sind in der Minderheit.«

»Seit wann wohnt denn der Finger in Taurito?«, fragte Ludwig neugierig.

»Das kann ich Ihnen leider nicht sagen. Er war schon da, als Giorgio Anteile von diesem Appartementhaus erworben hat. Giorgio ist mein Freund.«

»Ach, dann wohnen Sie noch gar nicht so lange hier?«

»Nein, seit einem knappen Jahr. Kurz nachdem ich mit Giorgio liiert war, hat er mir dieses Appartement zur Verfügung gestellt und alle zum Verkauf stehenden Wohnungen ebenfalls erworben.«

»Waren das viele?«, fragte Ludwig eher aus Höflichkeit als aus Interesse.

»Das weiß ich nicht genau«, antwortete ihm Mariana Popolescu. »Ich weiß nur, dass er auch der Presidente der Anlage geworden ist.«

»Wie, der Presidente, das verstehe ich jetzt nicht so ganz.«

»Ich habe es auch nicht verstanden, aber Esther hat mich aufgeklärt«, fuhr sie mit einem bezaubernden Lächeln fort. »Wenn mehrere Parteien zusammen ein Haus besitzen, muss nach spanischem Recht ein Presidente gewählt werden, der die ganzen Verwaltungsaufgaben übernimmt. Unentgeltlich übrigens. Dafür darf er den Verwalter bestimmen.«

»Und wieso wurde Ihr Freund sofort zum Presidente gewählt?«, fragte Ludwig etwas erstaunt nach.

»Ja, er hat das Appartement, in dem ich wohne, von einem sehr wohlhabenden Engländer übernommen. Der war der Presidente. Und weil es kein anderer machen wollte, hat mein Giorgio das Amt des Presidente übernommen. Er hat sofort den alten Verwalter hinausgeschmissen und ihn durch Esther ersetzt.«

»Wissen Sie, warum?«

Der alte Verwalter wäre Ludwig vermutlich lieber gewesen, hätte er ihm doch sicher mehr über Samuel Finger erzählen können.

»Ja, das war ein ziemlicher Trunkenbold. Und ein Schulfreund des englischen Presidente, aus Norwich, soweit ich weiß. Und meistens, wenn die Kinder des Presidente kamen, gab es hier in der Anlage eine Party nach der anderen. Und der beste Trinker war der Hausverwalter. Deswegen konnten sich die anderen Besitzer so viel beschweren, wie sie wollten, es tat sich nichts.«

»Aha«, meinte Ludwig, »da waren die anderen Hausbesitzer wohl froh, dass Frau Esther die Hausverwaltung übernommen hat.«

»Und wie«, ergänzte Mariana, »die ganze Anlage ist jetzt viel sauberer und in besserem Zustand als vorher. Sami hat mir das erzählt. Und sie trinkt den Bewohnern auch nicht die Spirituosen weg, wenn sie nicht auf der Insel sind. So ist jetzt Gio der Presidente und immer, wenn es seine Zeit erlaubt, kommt er mich besuchen. Was leider viel zu selten der Fall ist.«

Was interessiert mich dieser Giorgio, dachte Ludwig und brachte das Gespräch wieder auf Samuel Finger.

»Haben Sie viel Kontakt mit Samuel?«

»Im Winter ja. Im Sommer ist er ja in Deutschland, aber letzten Winter und im November und Dezember bis zu seinem Verschwinden haben wir viel miteinander geredet. Er ist sehr belesen und kann sehr interessant erzählen.«

Diese attraktive Frau hatte offenbar eine hohe Meinung von Samuel.

»Was ist er für ein Mensch?«

»Das ist sehr schwierig zu sagen. Er hat mir unheimlich viel erzählt, aber nie etwas über sich selbst. Er ist ein unglaublich höflicher, aber zurückhaltender Mensch. Ich muss ihn immer ansprechen. Er tut das nie, vielleicht weil er weiß, dass ich mit Giorgio zusammen bin.«

»Was macht er den ganzen Tag so hier? Geht er zum Schwimmen ins Meer oder ist er viel unterwegs? Hat er Besuch?«

»Oh darüber habe ich gar nicht nachgedacht. Aber nein, er hat nie Besuch. Obwohl – doch, einmal kam ein Freund von ihm her. Sie haben sich aber nach zwei Tagen gestritten und der Freund ist wieder abgereist. Und zum Schwimmen ans Meer geht er regelmäßig. Meistens relativ früh. Wenn die Strömung zu stark ist und die Wellen zu hoch sind, fährt er immer an die Playa de Amadores und schwimmt dort. Gelegentlich hat er aber mir Gesellschaft geleistet und sich hier im Pool erfrischt.«

Die Lady beherrschte die deutsche Sprache wie eine zweite Muttersprache, was Ludwig verblüffte.

»Und das hat Giorgio nicht gestört?«, fragte Ludwig etwas verwundert.

»Nein, Giorgio hat von Anfang an gewusst, dass ich ihm treu bin, und er hat viel Vertrauen zu mir. Den Sami bezeichnet er immer als Nachtigall.«

Das Wort Nachtigall kam Ludwig komisch vor. Wieso

bezeichnete der Freund dieser Mariana Samuel Finger als Nachtigall? Gab es da irgendetwas zwischen den beiden. Oder war dieser Giorgio nur etwas abfällig, was Samuel anbetraf?

»Wie ist Samuel Finger eigentlich verschwunden?«, fragte Ludwig.

»Wie er verschwunden ist, kann ich Ihnen nicht sagen«, meinte die schöne Nachbarin.

»Ich meine natürlich, wie Sie das erlebt haben und wann es Ihnen aufgefallen ist.«

»Ja, es war vor einigen Wochen. Samuel ist wie so oft nach Las Palmas gefahren. Soweit ich das mitbekommen habe, hat er den Bus genommen, wie fast immer. Samuel ist kein begeisterter Autofahrer – und vor allem kein guter!« Sie blickte den Profiler ernst an, seufzte und fuhr dann fort: »Am nächsten Morgen wunderte ich mich, dass er nicht in sein Appartement zurückgekehrt war. Das war gar nicht seine Art. Er machte auf mich immer den Eindruck eines etwas pedantischen Menschen, der auf Pünktlichkeit und Präzision bedacht war.«

»Nach welcher Zeit wurde Ihnen bewusst, dass etwas mit Samuel nicht stimmen konnte?«, hakte Ludwig nach.

»Schon nach drei Tagen. Es war einfach nicht seine Art. Ich verständigte Esther, die Hausverwalterin. Sie erledigt alles für Giorgio, was hier getan werden muss.«

»Diese Esther, wie muss ich mir die vorstellen?«, wollte Ludwig wissen.

»Eine Perle, eine echte Perle, die mich offensichtlich leider nicht sonderlich mag.«

»Dann haben wir schon eine Gemeinsamkeit. Auch ich habe den Eindruck, dass sie mich nicht mag.«

»Machen Sie sich nichts daraus. Esther ist eine sehr spröde Person, die sehr unnahbar ist. Aber mein Giorgio lässt nichts auf sie kommen. Der schwört auf sie.«

Die Auskunftsfreudigkeit der Nachbarin war schon etwas verwunderlich.

Jedenfalls gefiel Ludwig ihre Offenheit. Sie würde ihm sicher eine große Hilfe sein auf seiner Suche nach dem Ravensburger. Nachdem Ludwig bezahlt hatte – diese Mariana hatte er nicht zum Essen eingeladen, es wäre wohl anzüglich gewesen –, ging er in das Appartement zurück. Er packte erst mal seinen Koffer aus und legte sich ein bisschen auf das Bett, um sich von der Reise zu erholen und nachzudenken.

Wieso verschwindet ein Mensch einfach so? Mir nichts, dir nichts weg? Was hat ihn bewogen zu gehen? Oder was ist mit ihm geschehen, was ist ihm zugestoßen? Mariana hatte offenbar nichts von seinem Verschwinden mitbekommen. Oder hatte sie vielleicht doch etwas damit zu tun? Sein Bauchgefühl sagte Nein. Sie schien die Edelmieze von diesem Giorgio zu sein. Sehr attraktiv und offensichtlich nicht dumm, zumindest war sie nicht auf die Schnauze gefallen.

Während er so dalag, klopfte es an seiner Terrassentür.

»Kommen Sie ruhig herein«, sagte er in der Annahme, es handele sich um Mariana Popolescu.

Aber plötzlich stand Esther vor ihm, die ihre pechschwarzen Haare streng nach hinten gekämmt und am Hinterkopf zu einem Dutt geformt hatte.

»Guten Abend, Herr Hirschberger. Ich bin hier auch für die Sauberkeit dieses Appartements verantwortlich.« Nach einer kurzen Pause, während der sie sich umsah, ob etwas zu tun sei, was natürlich nicht der Fall war: »Wissen Sie, ich finde es tragisch, dass Herr Finger einfach verschwunden ist.«

»Ja, das ist es. Ich glaube, wir sollten uns morgen einmal in aller Ruhe über Herrn Finger unterhalten«, meinte Ludwig.

Im Augenblick war ihm nicht nach Konversation mit der Raumpflegerin zumute. Obwohl: Ihrem Auftreten und ihrer resoluten Art nach schien sie eher eine Hausdame denn eine Raumpflegerin zu sein.

»Ich wollte mich bei Ihnen nur erkundigen, ob alles nach Ihrer Zufriedenheit ist oder ob Sie noch einen Wunsch haben«, sagte Esther.

»Das ist sehr freundlich von Ihnen, Frau Esther. Aber mir fehlt augenblicklich nichts. Wo kann ich Sie erreichen, wenn ich etwas benötige?«

»Sie finden mich im untersten Appartement, direkt neben dem Eingang zu dieser Wohnanlage.«

Ludwig durchsuchte das Appartement am nächsten Morgen noch vor dem Frühstück und stieß relativ früh auf einen Safe, der hinter einer Fotografie versteckt war, welche das Geschäft der Familie Finger auf dem Ravensburger Marienplatz etwa in den 50er-Jahren zeigte. *Gold-Finger, Schmuck-Uhren-Eheringe* prangte auf dem Firmenschild. Ludwig erinnerte sich beim Anblick des Fotos daran, dass er damals sehr oft durch Ravensburg und auch über diesen Marienplatz gefahren war, weil das Wochenendhaus seines Vaters noch nicht über eine Umgehungsstraße zu erreichen war. Das später einmal berühmte »Waldhorn«, auf dem Foto ebenfalls zu sehen, war noch als »bürgerliche Wirtschaft« bezeichnet. Ein anno dazumal durchaus gängiger Begriff.

Ludwig beendete die Reminiszenzen an seine Kindheit und versuchte, den Safe zu öffnen. Natürlich vergeblich, denn es war ein fünfstelliger Zahlencode einzugeben, und Ludwig hatte keine Ahnung, wie der Code lauten könnte. Seine Nachbarin konnte er schlecht danach fragen. Auch

Esther würde ihm vermutlich keine Auskunft geben können. Womöglich hatte sie nicht einmal Kenntnis von dem Safe. Er würde Judith Finger-Pascher anrufen müssen. Vielleicht hatte sie eine Ahnung.

Gesagt, getan. Ludwig wollte keine Zeit verlieren und erreichte die Busunternehmerin sofort.

»Nein, Herr Hirschberger, ich habe keine Ahnung, welche Geheimzahl Samuel da eingegeben hat.«

Das war ganz schön bitter. Denn um zu erfahren, was Samuel Finger hier getrieben, was ihn zur Flucht oder zur Abreise bewogen hatte, konnte er so nicht herausbekommen. Auch nicht, ob er womöglich einem Verbrechen zum Opfer gefallen war. Fieberhaft dachte Ludwig nach. Als ehemaliger Fallanalytiker hatte er ja sehr viel Erfahrung mit Geheimcodes oder Geheimzahlen. Also was könnte infrage kommen? Als Erstes versuchte er es mit der Telefonnummer von Judith Finger-Pascher. Fehlanzeige. Danach nahm er sich die Nummer von Samuels Handy vor. Ebenfalls Fehlanzeige. Dasselbe mit der Telefonnummer des Geschäfts in Ravensburg. Samuels Geburtsdatum. Wieder Fehlanzeige. Die Vorwahlnummer von Ravensburg. Die Postleitzahl. Ludwig wusste nur zu gut, dass es diese Zahlen waren, die die Menschen für solche Codes wählten, aber keine dieser Zahlen half ihm. Es war zu vertrackt. Er kannte Samuel Finger nicht, wusste viel zu wenig über ihn, als dass er ihn hätte professionell durchleuchten können. Vielleicht gab's ja seit seiner Pensionierung Geräte, die so etwas konnten.

Während er darüber nachdachte, welche Stelle im Wiener Innenministerium, seiner früheren Dienststelle, ihm beim Öffnen des Safes helfen konnte, betrachtete er den Firmenprospekt der Firma Gold-Finger, den ihm die Schwester des Vermissten mitgegeben hatte, etwas genauer. Plötzlich entdeckte er, dass die Firma Gold-Finger gar nicht in

Ravensburg gegründet worden war, sondern im 19. Jahrhundert in der Kleinstadt Buchau am Federsee.

Heute war Buchau eine pittoreske, bekannte Sanatoriums-Stadt und trug nicht ohne Stolz den Beinamen »Bad«. Der Federsee, in der Eiszeit entstanden, war ursprünglich um ein Vielfaches größer gewesen. Einige Jahrzehnte vor der Gründung der Firma Gold-Finger war der König von Württemberg auf die glanzvolle Idee gekommen, den See absenken zu lassen, um mehr landwirtschaftliche Nutzfläche zu erzielen. Das Ergebnis war verheerend: Die Wiesen blieben moorig und sauer, waren landwirtschaftlich kaum zu gebrauchen.

Heute jedoch war dieser Federsee genau deswegen ein Kleinod. Über einen kilometerlangen Holzsteg gelangte man durch einen einmaligen Schilfgürtel an den verbliebenen See. Auf dem Weg dorthin tummelten sich Vögel und andere Tiere, die man sonst nirgendwo mehr zu sehen bekam.

Könnte es sein, dass Buchau die Grundlage für das Passwort des Tresors bildete?

Leider hatte Buchau sechs Buchstaben, kam also als Code nicht infrage. Es half auch wenig, dass sich Ludwig die Zahlen aufschrieb, in welcher Reihenfolge Buchau im Alphabet vorkam. Alleine das »U« sprengte alle Möglichkeiten.

Er trank ein Glas Orangensaft, den ihm Esther mitgebracht hatte. Sehr aufmerksam von der Gestrengen. Aber er genoss das Frühstück und den Saft, vielleicht beflügelte das seine Inspiration. Und tatsächlich, nach dem zweiten Glas kam ihm ein Einfall. Bad Buchau, wie es heute hieß, hatte zwar sechs Buchstaben, aber eine fünfstellige Postleitzahl. Mit der könnte er es einmal probieren. Sinn machen würde es allemal; wer konnte schon ahnen, dass das Geschäft der Fingers vor ewigen Zeiten in der klitzekleinen Stadt am Federsee gegründet worden war. Über Google fand er relativ schnell die Postleitzahl von Bad Buchau heraus: 88422.

»Sesam öffne dich«, sprach er, nachdem er den Code eingegeben hatte, und tatsächlich öffnete sich der Tresor.

Mit viel Glück und seiner analytischen Denkweise hatte er ihn geknackt. Was ihn verwunderte, waren die roten Lämpchen, die nach dem Öffnen leuchteten. So etwas hatte Ludwig bis dato nicht gesehen. Er filmte es mit seiner Handycam und schickte das Video sogleich an Thomas Egger, seinen Nachfolger als Fallanalytiker im Innenministerium in Wien. Vielleicht hatte der eine Ahnung.

Kannst du mir sagen, warum an dem soeben von mir geöffnetem Tresor diese Lämpchen blinken?, schrieb Ludwig.

Thomas Egger schrieb zurück. Wie immer mit Großbuchstaben:

DU HAST EIN DECODIERUNGSGERÄT BENUTZT.

Was ist das? Ich habe den Safe mit der Geheimzahl geöffnet!

MIT EINEM DECODIERUNGSGERÄT ENTZIFFERT MAN EINEN CODE EINES SAFES. UND WENN DU KEINES BENUTZT HAST, HAT JEMAND UNMITTELBAR VOR DIR EINES BENUTZT. DANN BLINKEN DIE LÄMPCHEN, DAMIT DER EIGENTLICHE INHABER WEISS, DASS DA JEMAND VORHER DECODIERT HAT.

Vielen Dank Thomas. Das ist sehr wichtig für mich zu wissen.

Also hatte irgendeine Person Samuel Fingers Safe mit einem modernen Gerät geöffnet. Wer konnte das gewesen sein? Und was hatte diejenige Person gesucht? Und was hatte sie gefunden? Hatte sie etwas entwendet? Er musste sofort die Unterlagen sichten, die noch im Safe waren.

Was Ludwig allerdings in diesem Tresor fand, schockierte ihn total. Samuel Finger, so das Ergebnis seines gründlichen Aktenstudiums, war allem Anschein nach gar nicht nur der biedere Ravensburger Geschäftsmann, für den man ihn hielt. Alles, was Ludwig an Unterlagen in diesem Safe fand, ließ Rückschlüsse darauf zu, dass Samuel Finger gestohlene Schmuckstücke kaufte und sie womöglich umarbeitete. Es konnte durchaus sein, dass diese Schmuckstücke aus Einbrüchen stammten. Was er allerdings damit machte, ging aus diesen Unterlagen nicht hervor. Wollte das vielleicht die Person wissen, die diesen Tresor zuvor geöffnet und möglicherweise Unterlagen entwendet hatte? Und vor allem: Was hatte Samuels Schwester damit zu tun? Denn alles, was Ludwig fand, bewies, dass seine Schwester in diese Machenschaften einbezogen war.

Führte Samuel Finger womöglich ein Doppelleben? Hier braver Schmuckhändler, dort gerissener Gauner. Und er musste herausfinden, wie die Schwester in diese dubiosen Geschäfte verwickelt war. Und warum sie ihm dies verschwiegen hatte.

Das Bild eines jungen Mannes fiel ihm in die Hände.

Für meinen geliebten Sam. In ewiger Treue Bernd.

Oho. Samuel Finger war also tatsächlich homosexuell. Da hatte Ludwig also mit seiner schlagfertigen Antwort gegenüber Mariana Popolescu völlig richtig gelegen. Das war tatsächlich auch der Grund, warum er sie nicht so anstarrte wie die meisten Männer.

Judith Finger-Pascher hatte ihm so einiges verschwiegen, konstatierte Ludwig, was er erstaunlich fand. War die Frau wirklich so naiv anzunehmen, ein renommierter ehemaliger Ermittler, ein Fallanalytiker von Rang würde dieses Spiel nicht durchschauen?

Sie hatte ihn offensichtlich unterschätzt. Dass er durch den Prospekt der Firmengeschichte auf den Code des Safes kommen würde, hatte sie vermutlich nicht eingeplant. Welchen Grund hatte die Frau, ihm diese wichtigen Erkenntnisse zu verschweigen? Denn im Grunde war es für ihn ein Kinderspiel, an diese Daten zu gelangen.

»Ein Profiler verlässt sich zu 80 Prozent auf Fakten und zu 20 Prozent auf sein Bauchgefühl«, hatte Ludwig immer gesagt.

Dieses Mal waren die 20 Prozent entscheidend gewesen. Jetzt musste er schleunigst die anderen 80 Prozent herausfinden.

Gut möglich, dass Samuel Finger im Homosexuellen-Milieu der Insel verkehrte, dass sein Verschwinden mit seiner sexuellen Ausrichtung zu tun hatte. War Taurito womöglich sein Liebesnest? Er würde es herausfinden müssen. So richtig wollte Ludwig allerdings nicht daran glauben, nach dem, was ihm die Nachbarin erzählt hatte.

An den folgenden beiden Tagen durchsuchte Ludwig das Appartement nach möglichen Lösungsansätzen. Was war passiert, dass Samuel Finger einfach verschwand? Musste er die Flucht ergreifen? Oder war ihm etwas zugestoßen? Aber was? Eventuell könnte man die Antwort in den nicht mehr vorhandenen und vermutlich gestohlenen Unterlagen finden. Aber die waren ja bestimmt zum großen Teil endgültig verschwunden oder sogar vernichtet.

Volle zwei Tage gönnte er sich. Durchsuchte alle Dokumente, die er im Safe gefunden hatte, um sich ein Bild über das Leben des Samuel Finger während seiner Aufenthalte auf Gran Canaria zu machen. Aber da war nichts. Gar nichts. Nichts deutete auf einen Aufenthaltsort hin. Er fand zwar heraus, dass Samuel Finger ein gerissener Hehler und homosexuell war. Er fand heraus, dass er seine Schwester in seine kriminellen Geschäfte verwickelt hatte. Und er fand heraus, dass dieser Samuel Finger sehr vermögend war. Er besaß 16 Wohnungen in Ravensburg, weitere Objekte am Bodensee in Langenargen und Kressbronn nannte er ebenfalls sein Eigentum. Und was das Komische daran war: Alles erworben nach 2012. Irgendetwas musste sich damals im

Leben von Samuel Finger grundlegend geändert haben. Hatte er im Lotto gewonnen? Hatte er eine Erbschaft gemacht? Wer wusste von diesen Dingen?

Hatte es jemand auf seine Kohle abgesehen? Da seine Schwester beziehungsweise deren Tochter Jasmin Alleinerbin war, hätte sie ein Motiv gehabt. Aber welches? Als Kind einer Busunternehmerin war sie bestimmt nicht Not leidend. Aber mit der Tochter der Paschers würde er sich später einmal befassen müssen.

Vor allem machte ihn eines stutzig: Die Unterlagen belegten eindeutig, dass Samuel Finger ein Hehler war, der gestohlene Ware weiterverarbeitete. Woher diese Ware kam und wohin sie gebracht wurde, ging aus den Unterlagen im Tresor allerdings nicht hervor. Ludwig schloss daraus, dass sie entfernt worden waren. Es machte ja keinen Sinn, Unterlagen in einem Safe zu horten, die eindeutig auf eine Straftat hinwiesen, entscheidende Fakten aber nicht. Es konnte nur so sein, dass sie entwendet worden waren.

In Ludwig kam der Verdacht auf, dass die häufigen Besuche Samuel Fingers in Las Palmas etwas mit diesen Hehlergeschäften zu tun haben könnten. Da aber die Hauptstadt dieser Insel mit knapp 400 000 Einwohnern zugleich die größte Stadt der Kanaren war, suchte er dort womöglich die berühmte Nadel im Heuhaufen.

RÜCKBLICK AUF SAMUELS GESCHÄFTE

Im Jahr 2007 lief das Geschäft prächtig und Samuel Finger begann, stark zu investieren. Das Geschäft am Marienplatz in Ravensburg wurde umgebaut, die Werkstatt auf die neueste Technologie umgestellt. Im nahen Überlingen am Bodensee in der Münsterstraße eröffnete Gold-Finger eine Filiale. Überlingen deshalb, weil es als Einkaufs-El-Dorado für Schweizer Bürger diente. Neben Konstanz war Überlingen die am häufigsten von den Eidgenossen frequentierte Einkaufsstadt in der Bodensee-Region.

Zwar belasteten diese Investitionen die Finanzen des Unternehmens gewaltig, aber Samuel Finger war überzeugt, diese Investitionen in die Zukunft tätigen zu müssen. Außerdem galt es, die Summe der Gewinne zu drücken, und diese Investitionen waren Grund genug, um Steuern zu sparen. Sein Berater bei der See-Bank hatte ihm ausgerechnet, dass er die Kredite bei gleichbleibendem Geschäftsgang mit Leichtigkeit würde schultern können. Noch nicht einmal sein Aktienpaket hatte Samuel angreifen müssen. Allerdings diente es der Bank zur Absicherung der neu aufgenommenen Kredite.

Dass der wachsende Online-Handel auch an Gold-Finger nicht spurlos vorübergehen würde, war Samuel bewusst. Dennoch sah er sich gewappnet: Seine Handwerkskunst war unerreicht. Kunden aus Stuttgart, München und Zürich gingen in seinen Geschäften ein und aus.

Doch dann kam das Seuchenjahr 2008. Die Finanzkrise. Die Umsätze sackten von einem Tag auf den anderen ins

Bodenlose. Schon nach ein paar Monaten konnte Samuel die Bankkredite nicht mehr bedienen. Er musste die Filiale in Überlingen, die so großartig angelaufen war, wieder schließen. Die Schweizer Kundschaft blieb aus. Zum Glück hielt ihm seine alte Kundschaft, die seine geradezu unglaublichen künstlerischen Fähigkeiten schätzte, die Treue. So konnte er sein Unternehmen über Wasser halten.

Die Kurse seiner Aktien, die seine Kredite absichern sollten, rutschen immer tiefer in den Keller. Steffen Tillmanns, ein Bekannter, als raffinierter Vermögensberater geltender Mann, den er bei einem Symposium in Hamburg kennengelernt hatte und mit dem er seither immer wieder lockeren Kontakt hielt, meinte, es sei besser, seine Aktien sofort zu verkaufen. Er habe eine zuverlässige Quelle, wo man mit Traum-Renditen jegliche Verluste wieder ausgleichen könne.

Aber woher das dafür notwendige Geld bekommen? Die Bank erlaubte ihm nicht, die Aktien zu verkaufen, und weigerte sich, Samuel neue Kredite zu geben. Doch seine Schwester Judith wusste Rat: Im Jahre 1995 hatte Samuel von seiner kinderlos gebliebenen Großtante Ariane Finger-Hoven das uralte Gemälde eines niederländischen Künstlers geerbt. Allerdings war diese Erbschaft mit einer Hypothek belastet: Das Gemälde musste als Dauerleihgabe an die Alte Pinakothek in München verliehen werden und hatte laut Testament dort mindestens zehn Jahre nach dem Tod von Tante Ariane zu verbleiben. Samuel Finger hatte diese Erbschaft bisher eher als Belastung denn als Segen betrachtet und das Gemälde auch nach Ablauf der Zehnjahresfrist in München belassen. Doch jetzt könnte es zu seinem Rettungsanker werden. Er fuhr nach München und trug in dem Museum sein Anliegen vor. Die Leitung zeigte Verständnis und war sehr hilfsbereit. Sie stellte den Kontakt zu einer Bank her, die es ermöglichte, das Gemälde zu beleihen und es trotzdem im Museum zu lassen. Das war die Lösung. Daran hatte Samuel gar nicht gedacht. Dieses Gemälde, das Samuel als viel zu schwulstig empfand, betrachtete er irgendwie gar nicht als sein Eigentum, er fühlte sich vielmehr als Treuhänder seiner Großtante und sah das wertvolle Kunstwerk in der Alten Pinakothek bestens aufgehoben. Aber jetzt hatte er durch dieses Gemälde die Möglichkeit, bei Tillmanns zu investieren.

Lange überlegte sich Samuel, ob er Tillmanns vertrauen sollte. Immerhin besaß dieser in der gesamten Schmuckbranche einen einwandfreien Leumund und sein Spürsinn galt geradezu als sagenhaft. Als Samuel nach geraumer Zeit nachfragte, was denn diese Investition mache, wurde er vertröstet. Immer und immer wieder fand Steffen Tillmanns Ausreden. Als Samuel ihm das Messer auf die Brust setzte, legte er ihm einen Finanzierungsplan vor. Auf dem meinte Samuel einwandfrei erkennen zu können, dass sich die Erlöse wegen der Finanzkrise zwar verzögerten, die Gewinne aber dafür danach um ein Vielfaches höher ausfallen würden. Das beruhigte Samuel wieder. Er schloss neue Umschuldungskredite ab und verpfändete bei der Bank sogar sein Unternehmen. Angst spürte er dabei nicht, er glaubte seinem Berater, dass die Gewinne ja in Kürze sprudeln würden.

Dann im Jahr 2011 der Schock: In den Hauptnachrichten der Fernsehsender musste Samuel zusehen, wie Tillmanns abgeführt wurde und die Polizei, der Zoll und die Finanzverwaltung alles um seinen aufwendigen Bürokomplex in einem altehrwürdigen hanseatischen Handelskontor absperrten und beschlagnahmten. Er rief sofort bei seiner engsten Mitarbeiterin, Susanne Marschall, an und erzählte ihr, was er gerade erfahren hatte.

»Wenn das stimmt, sind wir am Ende, Frau Marschall«, sagte Samuel völlig verzweifelt.

Leider stimmten die Informationen. In der Folge verfügte Samuel Finger über kein wesentliches Vermögen mehr, die Firma, ohnehin schon fast an die Bank verpfändet, stand kurz vor der Insolvenz. Samuel hörte bereits die Spatzen von den Dächern pfeifen:

»Hast du schon gehört? Der Gold-Finger ist pleite.«

»Der soll ja ein Jude sein!«

Plötzlich würden seine jüdischen Wurzeln wieder von Belang sein. Obwohl Samuel dem mosaischen Glauben abgeschworen hatte. Obwohl er lupenreines Bodensee-Alemannisch sprach, den Ravensburger Dialekt. Während sein Großvater noch ein bisschen »jiddelte«, war schon bei seinem Vater dieser Akzent nicht mehr zu hören gewesen.

Aber Samuel Finger hatte auch keinen christlichen Glauben angenommen. Samuel Finger glaubte nicht an Gott. Nur seiner Schwester verriet er warum:

»Würde es einen Gott geben, wie ihn unsere Kirchen glauben machen wollen, hätte der die Shoah niemals zugelassen.«

Nach außen drang diese Meinung allerdings nie. Im Gegenteil: Samuel Finger war – zumindest bis zu seinem Finanzdesaster – ein äußerst spendabler Bürger. Er spendete auch für kirchliche Belange, sofern sie einem karitativen Zweck dienten. Für jede Tombola, die von Vereinen oder sozialen Trägern veranstaltet wurde, spendete Samuel. Nicht alibimäßig, sondern großzügig. So entwickelte sich Samuel Finger zu einem der angesehensten Bürger Ravensburgs. Seine Sponsorentätigkeit bei Vereinen galt als vorbildlich. Kaum einmal, dass jemand bei Gold-Finger abgewiesen wurde, wenn um eine Unterstützung gebeten wurde.

Und jetzt sollte er wieder der Jud Finger sein? Niemals! Er sollte sein Geschäft aufgeben? Niemals! Nie und nimmer! Er würde beim nächsten Treffen seines Einkaufsverbandes mit Sven Lewericks reden. Dieser Sven Lewericks hatte ihm einmal ganz im Vertrauen gesagt, dass er Quellen habe, durch die man äußerst günstig an Ware kommen könne.

»Gerade für einen Künstler wie dich eine sagenhafte Einnahmequelle«, waren seine Worte, an die sich Samuel erinnerte.

Als dieses Treffen in Düsseldorf stattfand, sprach Finger Sven Lewericks auf das Angebot an.

»Ich kenne da ein paar Leute, die heiße Ware zu unschlagbar günstigen Preisen verkaufen. Wenn du diese Ware umarbeitest, und das kann keiner besser als du, kannst du sie mit einem unglaublichen Aufschlag wieder verkaufen. 1000 Prozent sind drin.«

In seiner Verzweiflung traf sich Samuel mit diesen Leuten und erhielt schon kurze Zeit später die erste Lieferung. Sogar auf Kommission, was bedeutete, er musste die Ware erst bezahlen, wenn er sie selbst verkauft hatte.

Lewericks hatte eine Firma im Freihafen von Las Palmas. Diese Firma vertrieb die Ware anschließend. Dass es sich um Hehlerware handelte, darüber war sich Samuel Finger schon im Klaren. Aber hatte er eine andere Wahl? Entweder ließ er sich auf diesen Deal ein oder er war der Jud Finger, der pleite war.

Das Umarbeiten erwies sich für den Goldschmied als das kleinste Problem, da war er viel zu begabt, war er viel zu fingerfertig und künstlerisch angehaucht. Nie und nimmer würden die Behörden die Herkunft der Ware erkennen, so sorgfältig, so nachhaltig hatte er sie verändert. Die alles entscheidende Frage war: Wie bekam er die Ware am Zoll vorbei? Wie am Finanzamt? Welche Möglichkeiten gab es da? Gab es überhaupt Möglichkeiten?

Glenn Steiner, sein Kegelbruder, war Abkömmling einer Spediteurs-Familie. Die beiden verband aber noch mehr als das Kegeln. Wie Samuel war Glenn homosexuell und die beiden hatte eine heftige Affäre miteinander. Samuels langjähriger Lebensgefährte Bernd hätte ihn beinahe wegen Glenn Steiner verlassen.

Genau diesen Glenn wollte er fragen, ob er eine Möglichkeit wüsste, wie man die Stücke nach Las Palmas bringen könnte, ohne sie über den Zoll und die Behörden anzumelden.

»Ich gebe dir eine Adresse von einem Spediteur in Balzers in Liechtenstein. Wenn du die Ware dort hinbringst, transportiert er sie in einem verplombten Container nach Genua und von dort aus mit dem Schiff in den Freihandelshafen nach Las Palmas. Das geht alles risikolos. Nur den Transport nach Balzers musst du selbst organisieren.«

»Du meinst schmuggeln?«

»Nenne es, wie du willst«, meinte der Spediteur sarkastisch.

Jedenfalls war das eine Möglichkeit, die Ware außer Landes zu bringen. Lediglich der Transport nach Balzers war das Problem. Drei schlaflose Nächte danach hatte Samuel Finger die Lösung. Diese Lösung hieß Tobias Stemmler und seine Schwester Judith.

Tobias Stemmler war der Verwaltungschef des Senioren-Pflegeheims St. Georg in Ravensburg.

»Sag mal, Tobias, was hältst du davon, wenn ich regelmäßig einigen von deinen besonders dementen Senioren einen wunderschönen Ausflug organisiere?«

»Hm. Das ist an sich keine schlechte Idee. Allerdings werden sich die Leute am nächsten Tag schon wieder nicht mehr an diesen Ausflug erinnern können.«

»Spielt doch keine Rolle. Die leben doch eh von einem Tag in den anderen.«

»Von dem her gesehen. Ja. Könnte gehen. Wie soll so etwas ablaufen?«

»Ein Bus meiner Schwester holt die Leutchen ab, fährt mit ihnen in die Berge, lädt sie zum Mittagessen, zu Kaffee und Kuchen ein und bringt sie am Abend wieder zu euch ins Heim.«

»Samuel Finger, der ewige Samariter«, meinte Stemmler. Und fragte weiter: »Wie stellst du dir das vor?«

»Nun, meine Schwester hat ja eine Ausbildung als Krankenschwester. Die würde als Begleitperson mitfahren. Die Senioren müssen natürlich angeschnallt werden.«

»Die Idee ist faszinierend. Ich muss aber noch mit meinen Mitarbeiterinnen und Mitarbeitern sprechen, ob das Ganze auch realisierbar ist.«

Das Pflegepersonal war natürlich sehr angetan von dieser Idee. Die schwierigsten Patienten für einen Tag loszuwerden, wäre ein Segen. Durch das Anschnallen im Bus wäre eine Fixierung gegeben, die nicht einmal einen richterlichen Bescheid erforderte, weil das Anschnallen im Bus inzwischen verpflichtend war.

Dass Judith Finger-Pascher den bedauernswerten Senioren zu Reisebeginn Schmuck anlegte, welchen sie den armen Leutchen, einmal in Balzers angekommen, wieder wegnahm, brauchte man dem Pflegepersonal ja nicht auf die Nase binden.

Für Judith Finger-Pascher war das ein äußerst lukratives Geschäft. Einmal in der Woche ging es von Mitte Oktober bis kurz vor Weihnachten, zwischen den Jahren und von Anfang März bis Mitte April, wenn Samuel seinen Aufenthalt in Taurito beendete, nach Balzers. Und, was daran das Beste war: Sie konnte sich den Wochentag aussuchen, konnte den

Bus dann einsetzen, wenn es eine Auftragslücke gab. Sie konnte auch einmal eine Woche aussetzen oder umgekehrt zweimal die Woche fahren. Es musste nur mit ihrem Bruder abgestimmt werden, denn auch der Empfänger in Balzers musste von ihm instruiert werden. In der Regel war es allerdings so, dass Samuel das Datum bestimmte. Er schickte Judith vorher eine Liste mit den Schmuckstücken, die dann nach Liechtenstein gebracht werden mussten.

Auch die Presse war angetan. Der »Oberland-Kurier« schrieb:

Großzügiger Spender ermöglicht dementen Senioren einen Sahnetag

Samuel Finger, der Inhaber des Ravensburger Gold- und Schmuckgeschäfts Gold-Finger und allseits bekannter und beliebter Wohltäter, finanziert zunächst für ein halbes Jahr Ausfahrten von dementen Senioren aus dem Alters- und Pflegeheim St. Georg. »Ab und zu und das nicht nur ein Mal sollen die älteren Insassen einen schönen Tag in den Bergen verbringen«, verspricht Finger, dessen Schwester die Busse und die Fahrer stellt und sich persönlich um die Patienten kümmern werde. Schließlich ist die Frau examinierte Krankenschwester. Eine vorbildliche Aktion des Firmeninhabers Finger, die zur Nachahmung wärmstens empfohlen wird.

Das war Balsam auf die Seele von Gold-Finger. Vielleicht würden jetzt die Stimmen verstummen, die ihm einen baldigen Bankrott voraussagten.

Und es klappte mit diesem Geschäft. Es klappte so wunderbar, dass Samuel Finger seine Schulden mit einer Geschwindigkeit tilgen konnte, die seine Bank staunen ließ.

Dass das alteingesessene Geschäft sich so gut und so rasch erholen würde, hatten ihre Analysten nicht erwartet.

Ursprünglich hatte Samuel tatsächlich vor, diese Geschäfte spätestens ab jenem Zeitpunkt zu beenden, an dem er wieder schuldenfrei war, doch viel zu leicht war das Geld verdient. Viel zu viel hatten sie zwischenzeitlich eingebracht.

Nein, er würde nicht aufhören damit. Dass er ein Krimineller geworden war, verdrängte Samuel Finger, zumal ihn seine Schwester vehement zum Weiterführen animierte – alleine schon aus eigenem Interesse. Nun gut, sie machte sich ja nicht strafbar dabei. Dachte sie sich.

Sein Lebenspartner Bernd sah das ganz anders.

»Mensch Samuel, was du da machst, ist kriminell. Höchst kriminell sogar. Komme auf den Boden der Tatsachen zurück.«

»Ich will nicht, dass die Leute sagen, der Jud Finger ist pleite. Verstehst du? Ich bin kein Jude mehr, ich will keiner mehr sein. Ich bin Atheist, ich glaube an gar nichts mehr. Ich bin kein Jud Finger. Ich bin Samuel Finger, mit Haut und Haaren Oberschwabe. Mit Leib und Seele Ravensburger.«

»Und kennst du die Alternative? Ha! Dann sagen die Leute nicht mehr, ›der Jud Finger ist pleite‹, dann sagen sie: ›Der Jud Finger ist ein Gangster, ein Schwerverbrecher. Der Jud Finger ist im Knast‹.«

Nur noch einmal besuchte Bernd seinen langjährigen Lebenspartner. Er wollte Samuel Finger auf den Pfad der Tugend zurückbringen und flog extra nach Gran Canaria, um ihn in Taurito zu besuchen, wollte versuchen, ihn von seinem Tun abzubringen. Allein, es gelang ihm nicht. Enttäuscht verließ er die Insel wieder und kurze Zeit später Samuel.

Seine schöne Nachbarin traf Ludwig auch an den folgenden Abenden beim Essen. Sie genoss offenbar Ludwigs Gesellschaft. Vermutlich hatte dieser Giorgio nicht sehr viel Zeit, sich um seine prächtige Freundin zu kümmern. Eine Schande, befand Ludwig. Wieder trank sie ein Mineralwasser.

»Hätten Sie noch Lust auf ein bisschen Musik? In den Hotels hier spielen sehr oft sehr gute Bands«, regte Mariana an.

»O ja, das wäre nicht schlecht, da würde ich gerne mitkommen.«

Ludwigs Antwort kam prompt. Unter normalen Umständen hätte er sich volle Zurückhaltung auferlegt. Nicht so bei Mariana. Die Erinnerung an seine Jugendliebe war zu intensiv, wenn er ihr begegnete.

»Welche Art von Musik bevorzugen Sie denn?«, erkundigte sich Mariana.

»Wenn es nicht gerade Hip-Hop oder Metal ist, eigentlich alles. Am liebsten natürlich die Musik aus meiner Jugendzeit, den Roaring sixties.«

»Oh, da haben Sie ja Glück, direkt hier im ›Taurito Princess‹ spielen heute Abend die Soulful Dynamics. Die haben sich auf schwarzen Soul spezialisiert. Der war ja in diesen 60er-Jahren ziemlich in.«

»Sie kennen sich ja erstaunlich gut aus. Ja, da waren Otis Redding, Wilson Pickett, Sam and Dave, Carla Thomas und nicht zu vergessen: Aretha Franklin, die Queen of Soul! Da geht mir doch glatt das Herz auf.«

Nach einer kleinen Pause wechselte Ludwig das Thema und stellte endlich die Frage, die ihn schon vom ersten Tag ihrer Begegnung an beschäftigt hatte:

»Woher sprechen Sie eigentlich so ein perfektes Deutsch?«

»Meine Ur-Oma kam aus der Pfalz nach Rumänien. Man

könnte Deutsch also fast meine Muttersprache nennen. Bei uns zu Hause wurde Deutsch gesprochen. Ich habe erst Rumänisch gelernt, als ich in die Schule kam. Mein Papa ist zwar rumänischer Abstammung, aber der war bei der Armee und praktisch nie zu Hause.«

Inmitten von All-Inclusive-Touristen gingen die beiden in den Salon des Hotels und hörten sich die dunkelhäutigen Sänger und Sängerinnen an. Ludwig genoss jeden Song. Als »Tramp«, ein Duett von Carla Thomas und Otis Redding, gespielt wurde, hielt es Ludwig nicht mehr auf den Beinen.

»Haben Sie Lust auf ein Tänzchen?«, fragte er völlig ungeniert, als ob es den etwas verklemmten, scheuen und zurückhaltenden Ludwig noch nie gegeben hätte.

Alle seine Freunde und Bekannten würden sich fragen, was es mit dieser Frau auf sich hatte, die Ludwig derart zu verwandeln schien, aber Ludwig würde dazu schweigen. Das war sein Geheimnis.

Mariana war erstaunt, wie beweglich Ludwig beim Tanzen war. Natürlich tanzte man auf »Tramp« auseinander, aber schon beim nächsten Stück von Percy Sledge nahm Ludwig die Hand seiner Partnerin und führte sie richtig gut. Als danach Wilson Picketts »Mustang Sally« gespielt wurde, tanzten die beiden natürlich wieder getrennt.

Ludwig gönnte sich ein Gläschen Rotwein und Mariana einen Tequila Sunrise.

»Ich bin der Ludwig.«

Er bot seiner Nachbarin das Du an, welches diese sofort annahm. Es war einfacher, sich an einem Ort wie diesem zu duzen. Die Geschwindigkeit, mit der dies geschah, würde Gernot Heubl, der forensische Psychiater und Ludwigs Ex-Kollege, als atemberaubend bezeichnen. Niemand kannte Ludwig besser als Gernot Heubl. Und gerade deswegen würde ihn Ludwigs Verhalten dermaßen verwundern.

»Du kannst meinen Pool auch benutzen, wenn ich noch nicht auf der Terrasse bin. Außer, Giorgio ist hier«, lud ihn Mariana ein.

»Und wie erkenne ich, dass Giorgio hier ist?«

Mariana lachte kurz auf.

»Man merkt, dass du noch nicht lange hier bist. Alle wissen das hier. Wenn da unten auf dem Landeplatz ein Helikopter steht, dann ist Giorgio hier. Er kommt nur mit dem Heli.«

Ludwig war schon etwas deprimiert. Alle Nachforschungen blieben ergebnislos. Nichts fand sich im Appartement. Samuel Finger, der Ravensburger Gold-Finger, blieb verschwunden. Spurlos, als hätte er sich in Luft aufgelöst.

Was konnten die dunklen Geschäfte des Samuel Finger mit seinem Verschwinden zu tun haben? Wer hatte ein Interesse daran, den Ravensburger zu beseitigen? Oder hatte er einfach das Weite gesucht, weil ihm der Boden unter den Füßen zu heiß geworden war? War er, der Fallanalytiker, womöglich Teil einer Finte? Hatte Judith Finger-Pascher ihn am Ende nur als zusätzliches Alibi engagiert? Hatte sie das Ganze nur deshalb über Gerlinde Lüscher eingefädelt? Darüber musste er in Ruhe nachdenken.

In der kleinen, aber feinen Bibliothek von Samuel Finger suchte er nach einer Ablenkung. Er verharrte bei Ernest Hemingways Bestseller »Der alte Mann und das Meer«. Dieses Thema schien ihm bei dieser Location sehr passend.

Das Buch musste schon viele Leser vor ihm gehabt haben, denn es war schon etwas zerfleddert. Der Einband hing an einer Ecke schon weg, was ihn etwas störte. Bei Ludwig gab's keine beschädigten Einbände an Büchern. Sobald sie Risse hatten, entsorgte er sie. Also nahm er gewohnheitsmäßig auch diesen Einband ab. Dabei fiel ein Zettel heraus, auf dem stand: *Firgas!* Sonst nichts, nur *Firgas!* Das große, rote Ausrufezeichen hinter dem Namen deutete für Ludwig daraufhin, dass Samuel Finger mit »Firgas« möglicherweise etwas sehr Wichtiges verband. Wer oder was war dieser oder dieses »Firgas«?

Er hatte diesen Namen oder Begriff schon einmal irgendwo gelesen, dessen war er sich sicher. Aber wo? Er versuchte sich zu konzentrieren. Dunkel erinnerte sich an Großbuchstaben auf rotem Untergrund und diffus an eine Alltagssituation. Er würde mit Sicherheit noch draufkommen, um was es sich handelte.

Er begann mit dem Lesen des Buches. Ernest Hemingway, von dem man sagte, er habe sich den Verstand abgesoffen. In Bars auf der ganzen Welt. Vor allem aber in Kuba. In der Hauptstadt Gran Canarias, in Las Palmas, lebten, das wusste Ludwig, viele Exil-Kubaner. Sie waren wegen des Klimas hierhergekommen, da es dem von Havanna sehr ähnelte.

Dass Hemingway seinen Verstand versoffen hatte, konnte man beim Lesen dieses Buches beim besten Willen nicht vermuten. Vor allem die kurzen und prägnanten Sätze gefielen Ludwig.

Bereits nach wenigen Seiten fiel ihm ein, wo er den Namen »Firgas« gelesen hatte: Auf der Flasche von Marianas Mineralwasser beim Essen! Sie trank dieses Wasser. Also war »Firgas« der Name eines Mineralwassers. Was dieser Name mit dem Verschwinden von Samuel Finger zu tun haben könnte, war Ludwig allerdings nicht klar. Wieso versteckte Samuel Finger einen Zettel mit dem Namen eines Mineralwassers? Aber er würde dem nachgehen. Klar doch: Es war ja seine einzige Spur. Sonst hatte er gar nichts. Niemand in der Umgebung hatte eine Ahnung, was mit dem Mann passiert war.

Ludwig legte den Hemingway zur Seite und klappte seinen Laptop auf. Er googelte nach »Firgas« und fand einen Eintrag: kleiner Ort im Norden der spanischen Kanareninsel Gran Canaria mit einer bekannten Quelle und einer sehenswerten Wassertreppe. Firgas lag nicht an der Küste, sondern etwas zurückversetzt in den Bergen, unweit der Hauptstadt Las Palmas.

Dorthin würde er gleich morgen früh fahren. So viel stand jetzt schon fest.

Aber er fand noch etwas anderes in dem Hemingway-Buch. Ein fast verblichenes altes Blatt Papier. Er nahm es zur Hand und las:

I hon Hoimweh noch meim alta Raveschburg

Woisch, s'Hoimweh noch meim alta Raveschburg isch groß.
I sehn mi noch deara Zeit zruck, wo ma beim Ruatafescht
auf dr Kuppelnau no Raveschburger troffa hot und 's Riesarad und
d' Achterbahn no 's Hailait waret.
Wo ma im Bääragarta no gmiatlich sei Bierle trinke kenna hot.
Wo dr Hepperle no bei dr Milka war, on dr TSV Sportplatz no näbr 'm Daimler.
Wo dr Buläāh im Waldhorn grad sein Weltruhm hot begründet,
und ma im Obertor hot no a Spätzlessuppa griagt.
Wo ma zum Mittagessa in Walfisch gange isch, wo ma hot no in dr Muke,
im Wilda Maa und im Engel jederzeit zum guat eassa naahocka kenna.

Wo im Café Bauer dr Zach und dr Vetter und dr Selinka g'hogget sind.
Wo ma sich beim Eishockey in Sankt Christina no da Arsch abgfrora hot
und dr Ohlicher vom FV zum VfB ganga ischt.
Wo ma beim Grüninger in dr Bachschtroß no a rote Wurscht kauft hot.
Wo ma nachts in dr Schtadt no g'hört hot, wenn a Dampflok aufm Baahof durchdreht hot.
Wo's da Oberpaur, da Betta Buck und da Möbel Lenz gäa hot und ma beim Schinacher Märklin-Eisabahna kauft hot.
Wo d' Adlerschtroß no fiir d' Hotvollee do war.
Wo 's Kaufhaus Orion no in der Bachschtroß war und
wo ma aufm Mariaplatz no a Kino ghett hot und anstatt am Mäg Donlds no en Wienerwald.

Jo 's ischt andersch heit, itt d' Häuser, d' Plätz und Schtroßa, noi, des sind Leit.
Jo, wieso bischt noch it do, wirscht Du mi jetzt froga, gell!
Weil i z' Raveschburg genauso Hoimweh hett noch meim alta Raveschburg wia hier.
Mir goht's wahrscheinlich wia meim Vadder ond meim Großvadder.
Mei Vadder hot au immer vo frieher vrzehlt. Wo ma im Bahnhofhotel Hildebrand zum Essa ischt,
Wo d'Bee dreißg noch iber da Mariaplatz ganga isch und d'Miihle no ge Boiafurt gfara isch.
Au dem ischs gleich ganga wia mir. Und de Junge von heit wirds au so ganga, derfsch mr's glauba.

Für Samuel von seinem Paps

Ludwig konnte es kaum glauben. Dieser Mann, der jeden Winter auf der Sonneninsel verbrachte, hatte Heimweh. Denn dieses Blatt war stark abgegriffen. Wie oft musste Samuel Finger es in der Hand gehalten haben. War der Grund dafür Heimweh? Oder mehr ein Zeichen dafür, wie sehr er seinen verstorbenen Vater vermisste? Ganz offensichtlich hatte schon Vater Finger seine Winter nicht in Ravensburg verbracht. Doch bei genauerem Betrachten der Zeilen, dieses Gedichtes oder Liedes wurde Ludwig bewusst, dass es gar nicht so sehr das Heimweh nach seiner Stadt war, sondern vielmehr das Heimweh nach seiner Kindheit, seiner Jugend. Es äußerte sich nur in den Zuständen seiner gewiss wunderbaren Heimatstadt. Unweigerlich fühlte sich Ludwig an seine eigene Heimatstadt Biberach erinnert.

Eine gewisse Ähnlichkeit war beiden oberschwäbischen Städten nicht zu nehmen, obwohl sie sich gegenseitig gar nicht besonders mochten. Die Einwohner beider Städte lebten jedes Jahr auf ihren jeweiligen Jahresmittelpunkt zu: das Ruten- beziehungsweise das Schützenfest. Dass die beiden Feste denselben Ursprung hatten, bezweifelte jeder Bewohner beider Städte empört. Beide Städte hatten einen großen Platz in der Stadtmitte und in beiden Städten gab es viele Türme und Tore, wobei hierbei die Ravensburger etwas im Vorteil waren, weil die Biberacher in der Mitte des 19. Jahrhunderts viele Tore und Türme einfach abgerissen hatten.

Während er so vor sich hin sinnierte, stieß Ludwig ein paar Seiten weiter auf eine höchst interessante und wichtige Liste: Schon die Handschrift kam ihm bekannt vor. Er verglich sie mit der auf dem Zettel, auf dem ihm seine Auftraggeberin die Flugzeiten und die Anschrift des Appartements aufgeschrieben hatte, und erkannte sofort, dass es sich um die Handschrift von Judith Finger-Pascher handelte.

21. Oktober Fahrt nach Balzers mit 37 Personen von St. Georg und 41 Schmuckstücken
27. Oktober Fahrt nach Balzers mit 43 Personen von St. Georg und 52 Schmuckstücken
2. November Fahrt nach Balzers mit 30 Personen von St. Georg und 48 Schmuckstücken

Und so weiter. Es fanden etliche Fahrten in die Gemeinde in Liechtenstein statt. Jeweils durchgeführt vom Busunternehmen der Samuel-Schwester Judith. Was hatte das zu bedeuten? Wer waren die Personen? Was waren das für Schmuckstücke? Wer, was oder wo war St. Georg? Eine Menge Fragen prasselten auf Ludwig herab. In ihrer peniblen Art hatte Judith Finger-Pascher sogar die Namen der einzelnen Teilnehmer aufgeführt. Ludwig fiel auf, dass sich viele Namen wiederholten, aber nicht alle. Das alles herauszufinden, bedeutete jede Menge Analysearbeit. Zum Glück hatte Samuel Finger in seinem Appartement ein erstklassig funktionierendes WLAN installiert. Er würde das analysieren müssen. Doch zuerst rief Ludwig Gernot Heubl an, den Freund und früheren Kollegen.

»Gernot, servus, ich bin hier an der warmen Sonne des Südens.«

»Brauch i net«, war die mürrische Antwort des forensischen Psychiaters. Danach klang er etwas beleidigt: »Ah, do schau her, der Herr Profiler weiß nicht mehr weiter. Da muss man halt den Doktor Heubl fragen. Also, kann ich dir was helfen?«

Gernot Heubl kannte Ludwig lange genug, um zu wissen, dass der ihn niemals von Gran Canaria aus anrufen würde, wenn er nicht seine Hilfe benötigte.

»Ja Gernot, du musst für mich herausfinden, was im Altenheim St. Georg in Ravensburg im Zusammenhang mit

Frau Judith Finger-Pascher abgeht. Ich habe da Listen entdeckt mit Personen, die man per Bus nach Balzers in Liechtenstein verfrachtet und wieder zurück in das Heim gefahren hat. Alles am selben Tag. Ich will wissen, was das für Leute sind und warum die nach Balzers gefahren wurden.«

»Na guat, moch i dir, wird's mir wenigstens nicht fad heut am Nachmittag. Die Gabi hat wieder mal Frauenkränzchen.«

»Ich schick dir gleich die Liste mit den Namen der Personen mit Whatsapp. Meld dich bitte sofort, wenn du etwas herausbekommen hast.«

Als Ludwig gerade die Analyse der einzelnen Fahrten und ihrer Teilnehmer beginnen wollte, fiel ihm ein, er könnte womöglich beobachtet werden. Vielleicht hatte ihm schon irgendjemand einen Spion eingebaut. Er sah sich im Zimmer um. Unauffällig, um mögliche Betrachter nicht zu warnen. Das große Blumenbild hinter ihm schien ihm geeignet für eine verdeckte Minicam. Nachschauen konnte er schlecht, das wäre zu sehr aufgefallen. Also tat er so, als betrachte er das Zimmer eher interessiert. Er tat so, als würde er überlegen, und nach einigem Nachdenken begann er, die Bilder umzuhängen. Als ob sie vorher nicht richtig gehangen hätten. Dabei entdeckte er genau hinter diesem Blumenbild eine Minicam.

Es war also höchste Vorsicht geboten.

Die Frage, die sich Ludwig stellte, war: War diese Minicam extra für ihn installiert worden oder galt sie Samuel Finger? Falls ja, warum war sie seit seinem Verschwinden nicht abmontiert worden? Gab es da jemanden, der beobachten wollte, was Ludwig alles anstellte, um das Verschwinden des Ravensburgers aufzuklären? Ludwig würde höchst behutsam mit den Ermittlungen umgehen müssen, durfte keinen seiner Schritte für diejenigen offenbaren, die am anderen Ende dieser Beschattungsinstrumente lauerten. Wo waren noch überall Minicams installiert? Er musste es herausfinden. Und wenn er ein bisschen Glück hatte, würde er es auch herausfinden.

Nach einem tiefen und festen Schlaf stand Ludwig auf und kochte sich einen Kaffee. Er schlief hier bedeutend besser als zu Hause in Wien. Es musste dieses Klima sein. Nicht umsonst warb die Tourismus-Zentrale von Gran Canaria damit, dass die UNESCO das Klima zwischen Puerto Rico und Puerto Mogán zu den besten der ganzen Welt zählte. Zunächst hatte er es als Wichtigtuerei empfunden, dass diese Insel mit solchen Superlativen um sich warf. Bestes Klima der Welt! Doch so langsam kam er darauf, dass das möglicherweise stimmte.

Es war jetzt von großer Wichtigkeit festzustellen, ob und inwieweit er überwacht wurde. Er war seit Tagen den Verdacht nicht losgeworden, dass dies hier der Fall war. Dazu war es notwendig, sich einen Scanner zu besorgen, mit dem Überwachungsgeräte wie Kameras und Wanzen aufgespürt werden konnten. Zu seiner aktiven Zeit in Wien hatte er so ein Gerät besessen. Das müsste jetzt eigentlich sein Nachfolger in seiner früheren Wiener Dienststelle Thomas Egger haben. Sicherheitshalber verließ Ludwig das Appartement und ging ein paar Schritte in das Valle Taurito hinein in Richtung Autobahn. Hier, so war er sich ziemlich sicher, konnte niemand hören, was er von seinem Nachfolger in Wien wollte. Er rief ihn an und bat Egger, ihm dieses Gerät zu verleihen.

»Einen oder zwei Tage kannst es haben, Wiggerl. Aber danach brauch ich es wieder.«

»Verstehe ich«, meinte Ludwig, »ich melde mich wieder.«

Gleich danach rief er einen weiteren Freund in Wien an: Jörg, seines Zeichens Kapitän bei der Austrian Airlines. Nach kurzer Zeit meldete sich seine Stimme. Es tue ihm leid, aber er sei gerade in einer Besprechung und melde sich danach. Ludwig blieb nichts anderes übrig, als aufzulegen und zu warten. Dafür ging er wieder in das Appartement zurück. Er holte irgendein Buch aus Samuel Fingers Bibliothek. Es war ein Roman aus den 70er-Jahren von Johannes Mario Simmel. »Und Jimmy ging zum Regenbogen« lautete der Titel. Ludwig setzte sich auf die Terrasse und begann zu lesen.

Aus Wien kam der Anruf von Jörg. Ludwig versprach, in Kürze zurückzurufen. Er machte sich auf den Weg zu der Stelle, an der er vorher schon mit Thomas Egger gesprochen hatte. Er fragte Jörg, ob er zufällig nach Las Palmas fliege, ihm ein Gerät von Thomas Egger mitbringen und es so schnell wie möglich wieder mit nach Wien nehmen könne. Nach einer kurzen Zeit des Überlegens meinte Jörg:

»Also, ich kann dir das Gerät nicht selbst vorbeibringen. Aber ich habe eine sehr gute Möglichkeit, es heute nach Gando zu bringen und es morgen in aller Früh wieder zurück nach Wien fliegen zu lassen.«

»Das wäre ja optimal«, frohlockte Ludwig. »Und wie geht das im Einzelnen?«

»Um 16 Uhr 30 landet ein Airbus der Austrian Airlines auf dem Flughafen Gando. Sein Co-Pilot heißt Rainer Stossek. Er übernachtet heute im Hotel ›Elba Vecindario Aeropuerto‹, das ist im gleichnamigen Viertel von Santa Lucia, und fliegt morgen um 10 Uhr 45 wieder zurück nach Wien. Er hat das Ding dabei. Du holst dir die Sendung bei ihm ab und bringst sie ihm heute Abend noch zurück. Kannst du das garantieren?«

»Solange mich kein Komet trifft oder eine abstürzende AUA-Maschine, ja!«

Jörg lachte und sagte dann:

»Okay, dann machen wir das so.«

Wie immer machte sich Ludwig relativ rechtzeitig auf den Weg nach Vecindario. Glücklicherweise, denn zunächst war er am Hotel vorbeigefahren. Es lag nicht direkt am Flughafen, sondern etwa zwei Kilometer weiter südlich. Er fuhr wieder ein Stück auf der Autobahn zurück und fand das Hotel kurz darauf in der Nähe eines riesigen Shopping-Centers.

Er setzte sich an die Hotelbar. Es war ein typisches Airport-Hotel. Kalt, nüchtern, aber nicht unluxuriös. Meist waren die Gäste Flugzeugbesatzungen aus aller Herren Länder und Teilnehmer irgendwelcher Tagungen, die man auf der Sonneninsel veranstaltete, wobei man hoffte, durch den scheinbar attraktiven Ort möglichst viele Personen requirieren zu können. Das wirklich Angenehme war der Kaffee, der hier ausgeschenkt wurde. Der war so schmackhaft, als wäre er in seinem Wiener Stammcafé zubereitet worden. Nicht umsonst genoss Ludwig gleich drei Tassen.

Ein junger Mann in Pilotenuniform steuerte direkt auf ihn zu. Das Emblem auf seiner Jacke und seiner Mütze wies ihn als Mitglied der AUA aus.

»Guten Tag, Sie müssen Herr Hirschberger sein«, sprach ihn der Pilot an.

»Steht das auf meiner Stirn oder hat mich Jörg so präzise beschrieben? Guten Tag. Dann müssen Sie Rainer Stossek sein!«, gab Ludwig etwas verdutzt zur Antwort.

»Na ja, Sie sind ja nicht ganz unbekannt in Österreich. Früher hat man Sie ja öfter im Fernsehen gesehen. Von daher kenne ich Sie! Übrigens, hier ist das Packerl, das mir der Jörg für Sie mitgegeben hat.«

»Na vielen Dank auch. Sie haben mir sehr geholfen«, bedankte sich Ludwig und machte mit dem Piloten gleich aus, wie er das Gerät wieder zurückgeben würde. »Wenn Sie nichts dagegen haben, werde ich das Packerl heute am späten Abend hier an der Rezeption wieder für Sie hinterlegen, dann muss ich Sie in der Nacht nicht stören.«

»Ja wunderbar, so machen wir das.«

»Guten Abend, Herr Stossek, schlafen Sie gut und guten Rückflug morgen noch!«

Danach machte sich Ludwig auf den Weg zurück nach Taurito.

Irgendwo läutete ein Handy:

»Gio, der alte Bulle ist zum Flughafen gefahren. Dort ist er aber nicht geblieben, sondern sofort wieder zurückgefahren in das ›Elba Aeropuerto‹. Dort hat er einen Piloten von Austrian Airlines getroffen, der ihm etwas übergeben hat.«

Der Chef antwortete lässig:

»Dann ist das harmlos, der wohnt ja in Wien und mit uns hat Österreich gar nichts zu tun. Das war Zufall. Vergiss es. Trotzdem gute Arbeit, Gianni.«

In Taurito angekommen, schaltete Ludwig unmittelbar den Laser-Scanner ein und entdeckte sofort, dass hinter einem Tulpenbild eine Wanze saß. Das schien aber die einzige in diesem Appartement zu sein.

Gespannt, ob auch Marianas Räumlichkeiten abgehört oder mit versteckter Kamera ausgestattet waren, ging er sofort zu ihr.

»Hallo Mariana, wie geht's dir?«, fragte er sie bewusst belanglos.

»Wo kommst du denn her?«, fragte sie erstaunt.

»Meine Schilddrüsen-Tabletten sind am Ausgehen. Und mein Doktor meint, es müssen immer dieselben sein. Nachdem ich die hier nicht bekomme, hat sie mir ein befreundeter Pilot aus Wien hierhergebracht. Und dafür war ich eben in Vecindario im Airport-Hotel Elba.«

»Hättest du was gesagt, dann wäre ich mitgekommen. Habe mich schrecklich gelangweilt heute Nachmittag. Und so lange du im Hotel warst, hätte ich mich im Shopping-Center vergnügen können.«

»Daraus wäre aber nichts geworden. Ich bin nur direkt dorthin gefahren, habe die Pillen abgeholt und bin wieder hierher zurückgefahren.«

Wäre also nichts gewesen mit Shoppen. Ludwig blieb bei der möglichst nachvollziehbaren Halbwahrheit. Zumindest die zeitlichen Abläufe mussten korrekt sein.

»Willste 'nen Drink?«, fragte Mariana.

»Ne, aber eine Tasse von deinem guten Kaffee wäre jetzt ein Hit!«

»Das ist nur der Kaffee aus der Kaffeemaschine«, lachte Mariana und machte sich auf in die Küche.

Diese Zeit nutzte Ludwig, um auch ihren Raum abzuscannen. Ein wahres Feuerwerk bot sich ihm da. Mindestens vier, eher fünf Abhörgeräte und Kameras befanden sich in diesem Raum. Auch außerhalb mussten noch etliche Geräte versteckt sein.

»Ich muss im Übrigen gleich noch einmal nach Gando. Wenn du willst, kannst du mitfahren.«

»Wieso noch mal?«

»Ich hatte einem guten Freund etwas zum Geburtstag besorgt und habe es vergessen. Jetzt bringe ich es dem Piloten noch kurz, denn mit der ersten AUA-Maschine kommt es dann nach Wien und mein Freund hat es dort pünktlich zu seinem Geburtstag.«

»Du und vergessen? Dich hätte ich nicht für vergesslich gehalten!«, antwortete Mariana befremdet.

»Ja, auch ich werde nicht jünger«, meinte Ludwig und versuchte, möglichst verärgert und betroffen dreinzublicken.

»Nee, heute Abend habe ich keine Lust, ich gehe runter zum Essen. Und vielleicht kommt ja Giorgio noch.«

»Also mach's gut!«, verabschiedete sich Ludwig und fuhr wieder zum Flughafenhotel.

Unterwegs erreichte ihn der Anruf von Gernot.

»Ich ruf dich gleich wieder zurück!«, was er sofort tat, nachdem er den Wagen auf dem Hotelparkplatz abgestellt hatte.

»Hallo Gernot.«

»Also Wiggerl, pass auf. Das sind lauter demente, alte Personen, die keinerlei Erinnerungen an die Fahrten mehr hatten. Ich hab da aber einen Trick, mit dem kann ich kurzfristig die Leuterln wieder erinnerlich machen. Und weißt was? Bös sand s' wordn. Richtig bös!«

»Das verstehe ich jetzt nicht.«

»Wie auch. Den Armen hat man im Bus ein Schmuckstück angelegt. Die haben sich so gefreut, weil sie dachten, sie bekommen was geschenkt. Aber dann in Balzers hat man es ihnen wieder weggenommen. Da sind vor allem die Frauen böse geworden. In Feldkirch sind s' dann mit den Leuterln auf die Schattenburg gefahren und haben sie zu Kaffee und Kuchen eingeladen. Danach hatten es die dementen Personen wieder vergessen.«

»Raffiniert!«, staunte Ludwig, »und was dann mit dem Schmuck passiert ist, kann ich mir zusammenreimen. Vielen Dank, Gernot!«

»Nix danke, fünf Flascherln Grüner Veltliner aus dem Kamptal.«

Ludwig musste grinsen, weil er mit dieser Forderung gerechnet hatte.

Nachdem er den Scanner an der Hotelrezeption für den Piloten hinterlassen hatte, machte er sich auf den Weg nach Agüimes, wo er ein Fischlokal aufsuchte, welches er in den Aufzeichnungen von Samuel Finger mit einem Ausrufezeichen versehen gefunden hatte. Entweder schmeckten dort die Fischgerichte besonders lecker oder es war auf andere Weise hochbrisant.

Ein Blick in die Speisekarte wies Ludwig eindeutig darauf hin, dass sich die Anmerkung von Samuel Finger wohl auf die Qualität der Speisen beziehen musste. Selten einmal hatte er eine derartige Auswahl an Fisch gesehen und kaum einmal in derartig wohlschmeckender Form auch gekostet. Dieses Lokal würde jeden zu verteilenden Michelin-Stern verdienen. Er nahm sich fest vor, noch einmal hierherzukommen. Und wahrscheinlich würde er dann Mariana mitnehmen. Ob sie dieses Lokal kannte? Als er es verließ, fiel ihm davor ein weißer Lieferwagen mit einem Orca als Symbol auf. Ein dunkelhäutiger Mann lud die Ware aus. Er kam offenbar direkt vom Hafen hierher.

Als er zurückkam, war Esther dabei, das Zimmer aufzuräumen, was sie immer machte, wenn Ludwig außer Haus war. Entweder war sie sehr diskret oder aber sehr neugierig. Sie musste etwas bemerkt haben. Dieser vorwurfsvolle Blick. Und sie hatte das große Blumenbild wieder an die alte Stelle gehängt. Ludwig bemühte sich, unwissend in freundlichem Tonfall zu bleiben.

»Esther, Sie haben das Bild wieder an seinen alten Platz zurückgehängt. Da gefällt es mir aber nicht. Ich möchte, dass Sie es an die Stelle hängen, wo ich es angebracht habe.«

»Das ist nicht Ihre Wohnung, Señor. Das ist immer noch das Appartement von Herrn Finger. Und der wollte, dass dieses Bild genau da hängt. Und genau deswegen habe ich es wieder an die alte Stelle gehängt. Solange man nicht weiß, wo sich Samuel, äh, Herr Finger aufhält, bleibt alles beim Alten. Sie sind hier nur Gast, merken Sie sich das.«

Esther trat sehr bestimmt auf. Sie machte sich mit dieser Haltung bei Ludwig aber auch sehr verdächtig. Welche Raumpflegerin achtete schon so genau darauf, dass alles beim Alten blieb, obwohl der Besitzer seit Wochen vermisst wurde.

»Jetzt hören Sie mir mal gut zu. Sie verstehen offensichtlich genügend Englisch, um das zu begreifen: Die Schwester von Samuel Finger ist im Besitz eines Dokuments des Gerichts von Las Palmas, auf dem steht, dass sie bis zum Auffinden oder zur Rückkehr ihres Bruders die alleinige Verfügungsgewalt über dieses Appartement hat. Und diese Verfügungsgewalt hat sie für die Zeit meines Aufenthaltes an mich übertragen. Tun Sie also bitte nicht so, als hätten Sie zu bestimmen, wo was zu hängen hat. Und jetzt hängen Sie bitte sehr das Gemälde gefälligst wieder um. Es gefällt mir an dieser Stelle nicht. Nach meiner Abreise dürfen Sie es gerne wieder an die alte Stelle hängen, aber nicht, solange ich hier bin!«

Rumms, diese Ansprache hatte gesessen. Esther war es offensichtlich nicht gewohnt, dass man so mit ihr umsprang. Es schien so, als ob sie hier eine Art Gouvernanten-Status genießen würde, fast so, als wäre sie die Eigentümerin dieser Immobilie, und die Bewohner müssen froh sein, hier überhaupt bleiben zu dürfen. Vielleicht sollte er sich diese Esther einmal genauer ansehen. Wusste sie eventuell doch mehr über das Verschwinden von Samuel Finger? Womöglich wusste sie, wie er verschwunden war und wo er sich befand, beziehungsweise wo man seine Leiche versteckt hatte, sollte man ihn ermordet haben.

Ludwig verfiel wieder in einen etwas freundlicheren Tonfall:

»Sie haben Samuel Finger ja gekannt. Was war er für ein Mensch? Welche Hobbys hatte er? Was tat er den ganzen Tag über den Winter hier in Taurito?«

Esther überlegte lange, was sie Ludwig antworten sollte. Zu lange befand Ludwig.

»So wahnsinnig viel kann ich Ihnen nicht erzählen. Ich war ja meistens nur zwei Mal pro Woche hier für ein paar Stunden, und das war meistens, wenn Herr Finger gar nicht im Appartement war.«

Höchst verdächtig. Das war ein Widerspruch. Wieso ging sie nur zweimal wöchentlich zu Samuel Finger, während sie bei ihm mindestens einmal täglich auftauchte?

»Wissen Sie denn, wo er meistens war, wenn er sich nicht in seinem Appartement aufhielt?«, hakte Ludwig nach.

»Na ja, er ging öfter an die Playa zum Baden. Er nutzte auch manchmal den Bus, um nach Puerto Rico oder Puerto de Mogán zum Baden zu fahren. Abends ging er sehr gerne ins Strandrestaurant zum Essen. Sehr oft mit Señora Mariana. Aber nur, wenn Señor Giorgio nicht da war. Das ist nämlich der Begleiter von der Señora.«

»Und diesen Begleiter der Señora, kennen Sie den gut?«

Ludwig war neugierig, was ihm Esther dazu zu sagen hatte.

»Den kenne ich nicht sehr gut«, sagte Esther. »Der muss ein bedeutender Mensch sein, er kommt immer mit seinem Helikopter angeflogen, bleibt über Nacht hier und verschwindet am nächsten Morgen wieder.«

Das konnte ja wohl kaum stimmen. Das passte einfach nicht mit seinen Beobachtungen zusammen und auch nicht mit dem, was ihm Mariana erzählt hatte. Ludwigs Bauchgefühl sagte ihm, dass Esther mehr über diesen Giorgio wusste. Er konnte zwar keine habhaften Beweise dafür erbringen, traute aber seinem Bauchgefühl und misstraute daher dieser spindeldürren und sehr eleganten Frau. Eigentlich eine Dame. Viel zu vornehm für so einen Job. Er fragte weiter:

»Kannte Samuel Finger Giorgio?«

»Das sollten Sie besser die Señora Mariana fragen. Ich bin ja nur die Hausdame. Ich habe da keinen Einblick. Außerdem, es geht mich auch gar nichts an.«

Scheinbar sehr distanziert sprach Esther über die Personen. Doch Ludwig hatte in seinem langen Berufsleben zu viel über Körpersprache gelernt, um nicht sofort zu bemerken, wie unangenehm Esther diese scheinbar belanglosen Fragen waren. Ihre andauernden Blicke nach der Ausgangstür verrieten ihm, dass sie die Unterhaltung am liebsten beenden und zur Tür gehen wollte, um das Gespräch nicht fortführen zu müssen.

»Wären Sie jetzt bitte so freundlich und hängen die Bilder wieder um?«

»Si, Señor Hirschberger«, sagte Esther etwas missmutig und kam Ludwigs Bitte, die eigentlich eine Anordnung war, nach.

Ludwig war sich im Klaren, dass er beobachtet wurde. Sollte er etwas Brisantes finden, was er für seine Ermittlungstätigkeit benötigte, durfte er es keinesfalls wieder an seinen alten Platz zurückbringen.

Wer war diese Esther? Und was hatte sie mit dem Verschwinden von Samuel Finger zu tun? Was wusste sie? War sie in sein Verschwinden involviert?

Wie so oft im Valle Taurito kühlte es am Abend kaum ab und Ludwig beschloss, auf der bequemen Liege auf der

Terrasse zu übernachten, von der man das Rauschen des Meeres hören konnte.

Dabei wurde ihm bewusst, dass er so nicht weiterermitteln konnte. Ohne zu wissen, wie die Geschwister Finger ihre Hehlerfahrten organisierten, ohne zu wissen, wie sich Samuel Finger innerhalb der Homosexuellen-Szene bewegte, gab es kein klares Wie und Wo. Er beschloss, so schnell wie möglich nach Ravensburg zurückzukehren, um dieser Judith Finger-Pascher Druck zu machen. Würde sie diesem Druck widerstehen, wäre er gezwungen, seine Ermittlungen aufzugeben. Was hatte sie gesagt, wann die Maschine nach Friedrichshafen fliege? Am Mittwoch. Heute war Dienstag; er würde aufs Geratewohl nach Gando fahren. Sollte es ihm gelingen, den Flug zu bekommen, würde er sofort mitfliegen. Er packte seine Siebensachen zusammen und setzte sich auf die Terrasse, um auf Esther zu warten, der er die Schlüssel für das Appartement wieder übergeben musste.

Mariana kam ebenfalls auf die Terrasse und sah, dass Ludwig die Koffer gepackt hatte.

»Na, hast du die Ermittlungen schon beendet?«, fragte sie leicht enttäuscht.

»Nein, eher unterbrochen«, meinte Ludwig. »Meine Auftraggeberin hat mir einiges verschwiegen. Ich muss wissen, was. Wenn sie es mir nicht sagt, werfe ich die Brocken hin. So komme ich auf jeden Fall nicht weiter.«

Er hatte im Freien herrlich geschlafen. Überhaupt: Sein Schlaf auf dieser Insel war viel tiefer, erholsamer als auf dem Festland in Mitteleuropa. Es wäre natürlich bedauerlich, wenn er die Ermittlungen tatsächlich einstellen müsste, wenn ihm Judith Finger-Paschen nicht reinen Wein einschenken würde. Schon alleine seiner hübschen Nachbarin wegen. Er war sich ziemlich sicher, dass er die Schwester des Vermissten aus der Reserve locken konnte.

Er hatte Glück: Praktisch auf den letzten Drücker bekam er noch einen Platz in der eigentlich ausgebuchten Maschine. Ein Urlauber konnte wegen einer Erkrankung die Heimreise nicht antreten, sodass Ludwig dessen Platz bekam.

Auf dem Flug nach Friedrichshafen las Ludwig eine Dokumentation über die Kanarischen Inseln und war beeindruckt. Die Vielfalt dieses Archipels war einmalig.

Glücklicherweise konnte Ludwig direkt nach der Landung die Bahn nach Ravensburg ohne größeren Aufenthalt erreichen. So saß er kurz nach 14 Uhr im Büro seiner Auftraggeberin.

Judith Finger-Pascher, die Schwester von Samuel Finger, wirkte einigermaßen überrascht, als sie Ludwig in ihrem Büro antraf:

»Nanu, Sie hier? Ich dachte, Sie wollten meinen Bruder auf Gran Canaria finden«, blaffte sie Ludwig an.

»Das wollte ich bis gestern auch, es macht aber unter den gegebenen Umständen keinen Sinn mehr, deswegen höre ich auf!«

Ludwig war so deutlich geworden, wie er es für nötig fand.

»Und die Frau Hauptkommissarin Lüscher stellte mir Sie als einen Mann vor, der niemals aufgibt! Welch ein Irrtum, was für ein falsches Versprechen!«

Judith Finger-Pascher zog zynisch die Mundwinkel nach unten, es sollte sehr verächtlich wirken.

»Tja, da haben Sie wohl recht, Frau Finger-Pascher. In jeder Beziehung. Man sagt mir für gewöhnlich nach, dass ich ein Mann bin, der nur ungern aufgibt. Und in diesem

Falle war es auch ein falsches Versprechen, wie Sie es auszudrücken pflegen. Allerdings habe ich meine Gründe. Und die sind triftig. Und sie liegen an Ihnen!«

»An mir? Wieso soll es an mir liegen, wenn Sie nicht fähig sind, meinen Bruder auf einer nicht sehr großen und überschaubaren Insel zu finden?«

»Weil Sie mir wichtige und für die Ermittlung über den Verbleib Ihres Bruders entscheidende Informationen unterschlagen haben.«

Ludwig sah der Schwester durchdringend in die Augen, doch die ließ sich offensichtlich nicht beirren und fuhr mit ihrer Tirade fort:

»Ach ja, der große Herr Profiler. Große Honorare fordern, teure Spesen verursachen und dann mir die Schuld in die Schuhe schieben, wenn sich die eigene Unfähigkeit herausstellt. Ha? Und jetzt: Außer Spesen nix gewesen. Klasse, Herr Profiler!«

»Mit Unfähigkeit haben Sie insofern recht, als es unmöglich ist, so einen Auftrag zu erledigen, wenn man als Ermittler essenzielle Informationen nicht bekommt!«

Ludwig bemühte sich um Sachlichkeit, was aber die auf Krawall gebürstete Busunternehmerin noch mehr auf die Palme brachte.

»Was habe ich Ihnen unterschlagen? Essenzielle Informationen? Nichts habe ich Ihnen verschwiegen. Nichts, was zur Ermittlung von Samuels Aufenthaltsort wichtig wäre. Sie sind doch nur ein Quacksalber!«

Ludwig überging diese Beleidigung. Einen erfahrenen Ermittler, einen mit allen Wassern gewaschenen Analytiker brachte man mit derart plumpen Anfeindungen nicht ins Grübeln.

»Nun, Sie haben mir beispielwese unterschlagen, dass Ihr Bruder homosexuell ist!«

Jetzt geriet Judith Finger-Pascher richtig in Rage:

»Woher wollen Sie das wissen? Haben Sie es mit ihm getrieben?«

Souverän überging Ludwig auch diesen Untergriff.

»Und Sie haben mir verschwiegen, dass Sie Ihr Busunternehmen dafür hergegeben haben, dass Samuel Finger bearbeitete Hehlerware außer Landes bringen konnte.«

Gerade wollte die Frau wieder lospoltern, doch dann fiel ihr auf, dass der Fallanalytiker tatsächlich über Wissen verfügen musste, was sie ihm unbedingt hatte vorenthalten wollen. Plötzlich wechselte sie die Tonlage. Vom Vorlauten, Präpotenten ins Leisetreten. Wenn der Kerl auf alles gekommen war, hatte er sie womöglich sogar in der Hand. Sie musste herausfinden, was genau dieser Profiler wusste.

»Wie, Hehlerware. Was hatte mein Bruder mit Hehlerware zu tun? Und wie soll ich ihm dabei geholfen haben?«

»Niemand weiß so gut wie Sie, was ich damit meine. Ich sage nur: häufige kostenlose Ausflugsfahrten für demente Senioren des Pflegeheims St. Georg nach Balzers.«

Ludwig sagte das, als ginge es um das Wetter von gestern.

Judith Finger-Pascher war wie gelähmt. Der alte Bulle war gerissen. Sie hatte ihn unterschätzt. Und jetzt konnte sie sich auch einen Reim darauf machen, was es zu bedeuten hatte, als ihr Oberschwester Annegret Andeutungen machte, ein älterer Herr aus Wien habe einige Menschen besucht, die auf einer oder mehrerer dieser Reisen dabei gewesen seien. Und dass er mit ihnen gesungen habe, mit ihnen musiziert, dass er sich sehr intensiv mit ihnen befasst habe. Dass ihr dieser Mann wie ein Pferdeflüsterer vorgekommen sei. Vermutlich hatte Hirschberger diesen Mann dorthin geschickt. Wenn die so völlig dementen Senioren dem Typen entgegen den Beteuerungen von Schwester Annegret doch etwas erzählt hatten, dann war sie aufgeschmissen.

»Ja, Sie haben recht, Herr Hirschberger. Entschuldigen Sie bitte mein Verhalten. Es war unverschämt und ungebührlich. Zeigen Sie uns jetzt bei der Polizei an?«

»Sie haben mich als Privat-Ermittler engagiert«, antwortete Ludwig lächelnd. »Ich bin nicht verpflichtet, Ihre Fehltritte der Polizei zu melden, sofern es sich nicht um ein Kapitalverbrechen handelt. Ich empfehle Ihnen aber dringend, Selbstanzeige zu erstatten. Denn in den weiteren Ermittlungen, die ich am Ende meiner Arbeit durch die Polizei vermute, wird die Angelegenheit mit Sicherheit ans Tageslicht kommen. Mit einer Selbstanzeige vorher kommen Sie womöglich mit einer Bewährungsstrafe davon, sofern Sie nicht vorbestraft sind.«

»Das werde ich, glaube ich, tun müssen«, stöhnte die Busunternehmerin.

»Wenn Sie aber wünschen, dass ich mit meiner Suche nach Samuel Finger fortfahren soll, müssen Sie mir jetzt reinen Wein einschenken. Und zwar vollständig.«

Ludwig sprach sehr eindringlich auf die Frau ein. Jeder Außenstehende hätte es nicht für denkbar gehalten, dass es möglich war, eine Furie von jetzt auf nachher in ein Lamm zu verwandeln. Für Ludwig war das nicht außergewöhnlich. Er hatte es schon oft erlebt, wie schnell sich das Verhalten von Menschen ändern konnte, wenn man ihnen ihre Fehler vorführte.

»Womit soll ich anfangen. Mit der Homosexualität?«

»Hatte er einen festen Partner oder hielt er es mehr mit der Promiskuität?«

»An einen festen Partner kann ich mich in den letzten Jahren nicht erinnern, aber auch nicht, dass er sehr viele Beziehungen hatte. Das hängt vielleicht damit zusammen, dass er sich vor ein paar Jahren einer Prostata-Operation unterziehen musste.«

»In so jungen Jahren?«, fragte Ludwig erstaunt dazwischen.

»Er hatte mal eine Entzündung und danach hatte er ein Geschwür, das operiert werden musste.«

»Ja, gut, das reicht. Ich glaube sowieso nicht, dass sein Verschwinden damit zu tun hat. Vielmehr mit der anderen Sache. Da muss ich genau Bescheid wissen.«

»Nun gut. Es begann vor ungefähr zehn Jahren«, begann Samuel Fingers Schwester. »Mein Bruder hatte sich mit Waren-Termingeschäften völlig verzockt. Sein Geschäft schien am Ende. Sie müssen das verstehen: Die Firma Gold-Finger pleite? Das ging gar nicht. Also besorgte sich mein Bruder Diebesgut, betätigte sich als Hehler. Die gestohlene Ware bearbeitete er so, dass sie nicht mehr als Diebesgut erkennbar war. Sie müssen wissen, Samuel ist ein großer Künstler …«

»Woher hat er dieses Diebesgut?«

»Keine Ahnung. Ich weiß nur, dass es aus dem Raum Köln-Düsseldorf kommt.«

Samuel Finger hatte seiner Schwester offenbar nicht auf die Nase gebunden, von wem er seine »heiße Ware« bezog und bekam.

»Und diese Ware hat er bearbeitet?«, insistierte Ludwig.

»Ja. Da war er wirklich gut. Sehr gut. Weltklasse würde ich sagen. Er hat diese Schmuckstücke so umgearbeitet, dass sie selbst von Spezialisten nicht mehr dem Diebesgut zugeordnet werden konnten.«

»Und wieso wurde die Ware dann nach Liechtenstein transportiert?«, lautete Ludwigs nächste Frage. »Normalerweise bringen Gauner und Betrüger Geld nach Liechtenstein. Aber Ihr Bruder hat Ware dahin exportiert.«

Ludwig nahm die Begriffe Gauner und Betrüger absichtlich in den Mund, um Judith Finger-Pascher damit zu zeigen, wie sehr er dieses Vorgehen verachtete. Normalerweise hätte er den Auftrag hier und jetzt zurückgegeben, hätte er seine Ermittlungen nicht fortgesetzt. Aber zwischenzeitlich war das Verschwinden dieses Mannes zu seinem Fall geworden. Zu viel hatte er schon investiert, um jetzt aufzugeben. Er fühlte sich auch dieser Mariana gegenüber verpflichtet, denn vielleicht war ja auch sie in Gefahr. Also betrachtete er die Busunternehmerin fortan nur noch als Sponsorin für seine aufwendigen Ermittlungen. Die antwortete jetzt ziemlich ehrlich, war Ludwig überzeugt.

»Samuel ist ein sehr vorsichtiger Mensch. Er war sich nie ganz sicher, ob es nicht doch einen Spezialisten gibt, der die Ware erkennen kann. Außerdem befürchtet er immer einen Zufall. Deshalb muss die Ware außer Landes geschafft werden. Samuel kennt in Balzers einen Spediteur, der den Schmuck übernimmt und via Genua nach Las Palmas verschifft. Dort nimmt ihn Samuel dann in Empfang und verkauft ihn über seine Firma in Taurito weltweit für sehr gutes Geld.«

»Ups«, meinte Ludwig, »dass er in Taurito eine Firma hat, habe ich bisher noch nicht mitbekommen.«

»Doch, die Firma heißt ›Sagofira‹!«

»Ja. Das sagt mir was. Ich habe aber noch nicht gewusst, dass Ihr Bruder eine Firma auf diesen Namen in Gran Canaria hat. Und wieso Sagofira?«

»Na klar, Samuel Gold-Finger Ravensburg, davon jeweils die ersten beiden Buchstaben. Und diese Sagofira verschickt die Schmuckstücke dann wieder per Schiffsfracht von Las Palmas aus in die Golf-Region und nach Asien. Dubai. Abu Dhabi, Oman, in dessen Hauptstadt Mascat, Tokio, Singapur, Hongkong. Was weiß ich, wohin überall. Zuerst hatte er die Geschäfte über einen Bekannten abgewickelt. Nachdem sie sich aber so hervorragend entwickelt haben, hat er eine eigene Firma gegründet.«

»Und Sie haben sich als barmherzige Samariterin gezeigt und die armen alten Leutchen nach Liechtenstein verfrachtet. Auf dem Hinweg mit teurem Schmuck versehen und auf dem Rückweg ohne den Schmuck. Raffiniert, das muss Ihnen der Neid lassen!«

Ludwig war sichtlich beeindruckt von so viel Cleverness.

»Oh, das ist, na ja, das war manchmal ganz schön stressig. Die alten Leute, insbesondere die Damen, wurden oft ganz schön böse, wenn ich ihnen in Balzers den Schmuck wieder abgenommen habe. Zuerst die leuchtenden Augen, als ich ihnen die Schmuckstücke anlegte, und dann der unverhohlene Zorn in denselben Augen, als ich ihnen das tolle Stück wieder wegnehmen musste.«

»War das nicht doch relativ riskant? Ich meine, eine Person hätte doch irgendwo den Zoll informieren können?«

»Nein, meine Informantin im Altenheim sagte mir, dass die Patienten derart dement wären, dass sie schon nach ein paar Minuten alles wieder vergessen hätten. Wir sind dann mit den Leutchen noch ein paar Kilometer gefahren und dann haben sie Kaffee und Kuchen bekommen. Danach war alles wieder easy.«

Ludwig erschauerte. Diese kriminelle Energie hätte er bei seiner Klientin niemals vermutet. Und normalerweise hätte er diesen Auftrag tatsächlich beendet. Aber ihm war die Geschichte, war das Verschwinden des Samuel Finger inzwischen viel zu wichtig geworden.

»Und die Leute vom Heim, die haben ohne Weiteres mitgemacht? Haben Ihnen einfach so ihre Schutzbefohlenen anvertraut und Ihnen die Reisepässe mitgegeben?«, fragte er die Frau.

»Ja, anfangs waren die Damen schon sehr skeptisch. Deswegen haben wir eine Probefahrt mit Begleitung der

Betreuerinnen gemacht. Ohne Schmuck natürlich. Nachdem die Schwestern bemerkt hatten, wie gut das den Senioren tat, haben sie eingewilligt. Außerdem: Wenn Sie tagtäglich Alzheimer-Patienten betreuen und dann kommt jemand und nimmt Ihnen mehr als die Hälfte fast einen ganzen Tag ab, ist das natürlich auch für das permanent überlastete Personal angenehm.«

»Und jetzt sind sie enttäuscht, dass das zurzeit alles nicht stattfindet?«

»Na ja, zurzeit hätten ohnehin keine Fahrten stattgefunden. Aber Mitte März wären bis zu Samuels Rückkehr im April sicher wieder einige Fahrten geplant gewesen.«

»Woher wissen Sie das?«, hakte Ludwig nach.

»Das war jedes Jahr so. Da hat mir mein Bruder immer mitgeteilt, dass er den Spediteur beauftragt hat, zum Beispiel in den Kalenderwochen elf bis vierzehn vor seiner Rückkehr nach Ravensburg weitere Schmuckstücke zu übernehmen und via Genua nach Las Palmas zu verschiffen. Er bestimmt immer, in welcher Woche der Spediteur liefern soll, weil er die Päckchen dann selbst entgegennimmt. Den Tag für die Fahrt nach Balzers kann ich mir dann in Abstimmung mit dem Pflegeheim selbst aussuchen. Ich muss nur sicherstellen, dass der Spediteur die Ware rechtzeitig erhält.«

Judith hoffte, ihren Detektiv mit möglichst präzisen Angaben besänftigen zu können.

»Wie haben Sie es überhaupt begründet, dass das alles kostenlos vonstattengeht?«

»Sehen Sie. Samuel ist in Ravensburg eine öffentliche Person. Er saß jahrelang im Stadtrat, ist immer noch Mitglied der Rutenfest-Kommission, ist Mitglied im Rotary-Club. Spielt beim Eishockey-Club eine wichtige Rolle, ist ein Sponsor vom Fußballverein und auch sonst in fast jedem Verein tätig. Er ist in Ravensburg als sehr sozial eingestellter

Mensch bekannt. Natürlich nicht während der Finanzkrise, aber da sind ja fast alle Sponsoren weggeblieben.«

»Ach so. Und dann hat man angenommen, der edle Ritter Samuel gönnt den armen Leuten etwas Abwechslung, indem er ihnen Kaffeefahrten spendiert. Das ist, mit Verlaub, an Perfidie nicht zu überbieten.«

Ludwig war wie paralysiert. Er glaubte ja schon lange nicht mehr an das Gute im Menschen. Aber was er da zu hören bekam, überstieg alles, was er bisher an Zynismus erlebt hatte.

»Und, werden Sie Samuel jetzt noch weiter suchen?«, stellte Judith Finger-Pascher die bange Frage an Ludwig.

»Wenn Sie mir versprechen, eine Selbstanzeige zu machen!«

»Das ist eine glatte Erpressung. Aber gut: Sobald Sie Samuel gefunden habe, mache ich eine Selbstanzeige.«

Damit gab sich Ludwig zufrieden. Ohne sich großartig von seiner Auftraggeberin zu verabschieden, verließ er das Büro. Dass er die Ermittlung auch dann weitergeführt hätte, wenn sie nicht nachgegeben hätte, brauchte sie ja nicht zu wissen. Doch plötzlich drehte Ludwig sich um und ging noch einmal auf Judith Finger-Pascher zu.

»Hier, das habe ich im Appartement Ihres Bruders gefunden. Vielleicht interessiert Sie das ja?«

Ludwig übergab ihr das Gedicht, welches er bei den Unterlagen gefunden hatte.

»›I hon so Hoimweh noch meim alta Raveschburg!‹« Die Auftraggeberin lachte verzückt. »Jahrelang habe ich danach gesucht. Wissen Sie, das stammt von meinem Vater, von unserem Vater …«

Plötzlich rannen Tränen über das Gesicht dieser vor wenigen Augenblicken noch so eiskalten Frau.

»Wo haben Sie es gefunden?«, fragte sie nach einer Weile mit leiser Stimme.

»Es lag genau bei den Unterlagen, die Sie als Mitwisserin seiner Betrügereien entlarvten.«

Das stimmte zwar nicht ganz, denn Ludwig fand es in Hemingways Buch, aber das störte ihn nicht. Er machte keinen Hehl aus der Zurückhaltung seiner Auftraggeberin gegenüber. Dennoch lobte er das Gedicht.

»Wissen Sie, mir gefällt das Gedicht sehr gut. Es definiert nämlich, dass Heimat etwas anderes ist als Straßen, Plätze, Gebäude. Heimat hat sehr viel mehr mit Menschen und Gefühlen zu tun. Wenn diese Menschen dann noch in den Straßen, Plätzen und Gebäuden leben, dann ist das Heimatgefühl perfekt. Für Ihren Vater und auch für Ihren Bruder schien das nicht mehr erreichbar gewesen. Das drückt sich für mich in diesem Schriftstück aus. Ob man es Gedicht nennen kann, weiß ich nicht. Und es trifft sicher nicht nur auf Ravensburg zu.«

»Aber auf Ravensburg besonders. Und auf mich ganz besonders.«

Judith Finger-Pascher nahm das Dokument entgegen und hütete es wie ihren Augapfel. So hatte er diese scheinbar so eiskalte Frau noch nie gesehen. Vermutlich hatte sie ein viel engeres Verhältnis zu ihrem Vater gehabt als Samuel.

Das tut aber in diesem Fall nichts zur Sache, dachte Ludwig und ging seines Weges. Am nächsten Morgen würde er von Friedrichshafen über Frankfurt wieder nach Gran Canaria fliegen, denn Lea hatte sein Angebot, sie in Altenrhein abzuholen und ein paar Tage gemeinsam in Bregenz zu verbringen, abgelehnt:

»Geh Wiggerl, ich kenn dich doch. Solange du den Fall nicht gelöst hast, kann man mit dir sowieso keinen vernünftigen Satz reden.«

Kein Mensch kannte Ludwig so gut wie Lea. Vielleicht Gernot Heubl noch.

Er rief noch bei der Hausverwalterin an, um ihr mitzuteilen, dass er am nächsten Tag wieder zurückkehren werde.

Es war schon späterer Abend, als er wieder in Taurito ankam. Er hatte seinen Leihwagen wiederbekommen, was ihm sehr angenehm war. Gleich am nächsten Morgen wollte er damit nach Firgas fahren.

Als er in das Appartement von Samuel Finger kam, fiel ihm sofort auf, dass Esther die Bilder wieder an ihren alten Platz gehängt hatte. Nun, sie hatte ja nicht ahnen können, dass Ludwig so schnell wieder zurückkommen würde.

Auf einen morgendlichen Sprung in den Pool verzichtete er wieder; er wollte Mariana nicht aufwecken vor seiner Reise. Und er wollte ihr auch nicht erzählen, wohin er fuhr. Er wollte es überhaupt niemandem erzählen.

Gleich zeitig in der Frühe setzte sich Ludwig in den Ford und gab Firgas in das Navi ein. Das zeigte ihm zwei Möglichkeiten auf: Entweder auf der Küstenautobahn mehr als die Hälfte der gesamten Insel zu umrunden oder mitten durch die Insel zu fahren, was wesentlich kürzer aussah, aber offenbar mehr als doppelt so lange dauerte. Allerdings könnte er auf der kürzeren Route einen Abstecher nach Tejeda machen. Gabi Maurer hatte ihm diesen Tipp gegeben, denn sie wusste, dass Ludwig nicht die überlaufenen Touristenorte bevorzugte, sondern sich lieber dort aufhielt, wo es etwas ruhiger zuging. Ihm war schon Taurito viel zu dicht bevölkert, obwohl es im Vergleich zu anderen Orten auf der Insel gar nicht so überlaufen war. Der etwas weitere Weg über die Autobahn schien aber deutlich besser zu sein.

Nach nur wenigen Metern war Ludwig bereits auf dieser Autobahn. Sie führte ihn an kargen Landschaften vorbei, an Puerto Rico, Arguineguin, dann Maspalomas mit seinen künstlich angelegten, das knappe Wasser der Insel verschwendenden grünen Golfplätzen bis zur größten Urbanisation im Süden: Playa del Inglés. Hier ging bekanntlich die Post ab. Etwas für Ludwig Unvorstellbares. Obwohl er schon einmal vorhatte hierherzukommen, um die berühmten Sanddünen zu bestaunen. Doch zuvor musste er Samuel Finger finden. Es ging jetzt in Richtung Norden an einer riesigen Windrad-Plantage vorbei. Kurze Zeit später passierte er den Flughafen und im Süden der Inselhauptstadt Las Palmas musste er laut Navi abbiegen. Hier war die Landschaft plötzlich üppig. Saftiges Grün verwandelte sie in eine pittoreske Gegend mit kleinen Dörfern, die an die Berge geschmiegt waren, bis Ludwig schließlich sein Ziel erreicht hatte: Firgas.

Würde er hier Samuel Finger finden? Hatte sich der Ravensburger hierher zurückgezogen? Warum wohl? War er hier womöglich auf seinen Entführer oder gar seinen Mörder gestoßen?

Oder einfach nur eine neue Liebschaft? Einen neuen Liebhaber. Er würde dem nachgehen und stellte seinen Wagen an einem öffentlichen Parkplatz ab, denn offenbar gab es im Ortsinneren von Firgas keine Parkplätze. Da es noch relativ früh war, hatte Ludwig keine Mühe, einen Parkplatz zu ergattern. Direkt beim kleinen, aber schmucken Fußballstadion von Firgas stellte er den Wagen ab und ging zügig in das Zentrum, das an sich wenig einladend war. Aber diese Wassertreppe, die das Örtchen mit seinen rund 7500 Einwohnern von anderen abhob, war eine Wucht. Ludwig konnte sich kaum daran sattsehen. Jedoch: Er war ja nicht als Tourist hier, sondern hatte einen Auftrag zu erfüllen.

In einer kleinen Bodega, in der es Tapas gab, machte er Rast. Immer, wenn er hier den Namen Tapas las, kam eine Erinnerung an Lea hoch. Gerne waren sie früher ins Wiener Lokal »Papas Tapas« am Schwarzenbergplatz gegangen. Hier traten in schnuckeliger Atmosphäre Künstler auf. Hier konnte man Boogie-Woogie-Abende erleben, tolle Jazz-Bands oder aber einen Ausflug in die 50er- und 60er-Jahre mit der Kultband »Schurli und die Motorbienen«.

Kaum saß er in der Bodega, in der er einen Kaffee bestellte, kam ein älteres Paar und fragte, ob es sich zu ihm an den Tisch setzen dürfe. Ludwig hörte am Zungenschlag sofort, dass das Paar aus Wien kam, sagte aber vorerst noch nichts. Die beiden kannten nicht nur den Wirt sehr gut, sondern begrüßten auch fast alle neu hinzukommenden oder die Bar nach einem schnellen Espresso wieder verlassenden Gäste. Es waren offenbar »Residentes«, Menschen also, die hier ständig oder zumindest einen Teil des Jahres lebten. Das kam Ludwig gerade recht. Wenn Samuel Finger sich nach Firgas zurückgezogen hätte, könnten diese Leute ihm bestimmt sagen, ob sie ihn schon einmal gesehen hatten.

»Gehen S', kommen Sie aus Wien?«

Ludwigs Frage war rhetorisch, denn es war klar, dass es sich um lupenreine Wiener handelte.

»Klar, aus Meidling«, sagte der Mann, »schön, dass sich einmal ein Wiener Tourist nach Firgas verirrt und nicht immer nur in Masbalomas bleibt.«

Wie es sich für einen echten Wiener gehörte, konnte er kein hartes P sagen, deshalb »Masbalomas« statt Maspalomas.

»Jo, ich wohn in der Leopoldstadt, bin hier aber nicht in Maspalomas und bin gar kein Tourist. Ich bin ein privater Ermittler und suche einen Mann. Samuel Finger heißt er.«

»Und den suchen S' ausgerechnet hier in Firgas?«

Schon an dieser Frage konnte Ludwig erkennen, dass das Wiener Pärchen Samuel Finger nicht kannte. Zum Glück hatte er das Foto des Ravensburgers dabei.

»Gehen S', tun Sie mir einen Gefallen«, bat Ludwig. »Schauen S' Ihna des Foto an. Kommt Ihnen der Mann bekannt vor?«

»Naa, den hob i noch nie gesehen«, sagten beide wie aus einem Mund. »Wie kommen S' denn überhaupt drauf, dass Sie den hier suchen?«, fragte die Frau neugierig.

»Na ja, ich habe in den Unterlagen einen Hinweis auf Firgas bekommen und dem will ich hier nachgehen.«

»Ist der vielleicht mit dem Edi Finger verwandt?«, mutmaßte der Mann.

Edi Finger war jener legendäre Sportreporter, der 1978 bei der Fußball-Weltmeisterschaft in Argentinien während des Spieles Deutschland gegen Österreich jenen legendären Satz gesagte hatte:

»Krankl schießt ein. I wear naarrisch!«

Das geschah, als der gute Hans Krankl wenige Minuten vor Spielschluss das 3:2 für Österreich erzielte, dem amtierenden Weltmeister Deutschland das vorzeitige Ausscheiden bescherte und die Titelverteidigung vermieste.

»Des weiß ich net. Aber ich kann's mir kaum vorstellen.«

Ludwig musste grinsen. Auf diese Idee war er bisher noch gar nicht gekommen.

Bei dem folgenden Small Talk erfuhr Ludwig, dass die beiden tatsächlich Residentes waren und jeden Winter auf der Insel verbrachten.

»Meine Knie san so hin, i kann nimmermehr Schi foahn«, so der Mann. »Aber den Herrn auf dem Bild kennen wir nicht.«

Danach verließen die beiden wie die Einheimischen nach kurzer Zeit die Bodega. Hereinkommen, kurz einen Kaffee trinken und wieder gehen. Das war hier offenbar die Norm. In Wien unvorstellbar. In Wien gab es Menschen, die verbrachten im Caféhaus mehr Zeit als in ihrer Wohnung. Aber hier? Ein ständiges Kommen und Gehen. Auch Ludwig wollte bezahlen, musste sich aber noch gedulden. Er hatte zwischenzeitlich den Wirt gefragt, ob ihm der Mann auf dem Foto bekannt vorkomme, aber auch er hatte nur ein Kopfschütteln übrig, als plötzlich die beiden Wiener wieder in die Bodega zurückkamen.

»Guat, dass no do san«, hechelte die etwas übergewichtige und für ihr Alter etwas zu dick geschminkte und aufdringlich grellbunt gekleidete Wienerin, »mir ist gerade eingefallen, dass es im Hafen von Las Palmas ein Schiff gibt, welches auch Firgas heißt. Dees is so a Fischdroola.«

Ob die gute Frau das Wort Fischtrawler nun richtig aussprechen konnte oder nicht, war Ludwig völlig wurscht. Er hatte einen weiteren Ansatzpunkt für seine Ermittlungen gefunden.

Alle weiteren Nachforschungen in dem kleinen Städtchen blieben erfolglos. Keiner hatte jemals Samuel Finger gesehen oder etwas von ihm gehört. Also würde er zum Hafen nach Las Palmas fahren müssen, der zugleich ein internationaler Freihandelshafen war.

Zwar würde er nicht wie ursprünglich geplant auf der Rückreise über Tejeda fahren können, weil er ja wieder zurück nach Las Palmas fahren musste, aber das Schiff namens Firgas im Hafen von Las Palmas könnte ihn vielleicht auf die richtige Fährte bringen. Immerhin hatte Ludwig Hinweise genug, dass Finger seine Hehlerware über Las Palmas verschickte. Nur hatte Ludwig den Flughafen vermutet. Dass es der Hafen sein könnte, hatte er bislang nicht in Betracht gezogen. Aber klar. Las Palmas war ja ein Freihandelshafen, dort konnte man dubiose Geschäfte glänzend erledigen.

Die Fahrt in die Inselhauptstadt dauerte nur wenige Minuten. Der Verkehr in der Hauptstadt war sichtlich stark. Und er wirkte auf Ludwig wenig europäisch. Er kam sich vor, als ob er sich im von Ernst Hemingway so stilvoll beschriebenen Havanna aufhalten würde. Der Verkehr wuselte nur so dahin. Er war froh, als er in der Nähe des Hafens eine Tiefgarage entdeckte, in der er parken konnte. Wie immer fotografierte er das Gebäude von außen, damit er Einheimische nach dem Weg fragen konnte, sollte er sich im Straßengewirr verirren. Zu Fuß machte er sich auf zum Hafen.

Glücklicherweise sprach der Hafenmeister Englisch, da Ludwig große Schwierigkeiten hatte, sich auf Spanisch zu verständigen. Wenigstens verstanden die Bediensteten in den Restaurants alle Deutsch. Egal, ob in Taurito, Puerto Rico oder Puerto de Mogán. Dann würde es sicher auch in Las Palmas so sein, hoffte Ludwig, wurde aber enttäuscht. In dieser vor Leben überquellenden Stadt sprach man kaum Deutsch, ja kaum einmal Englisch.

»Firgas? Nein, die ist nicht hier. Die ist heute Vormittag ausgelaufen. Die kommt so gegen 16 Uhr zurück. Wenn Sie mitfahren wollen, müssen Sie aber morgen wiederkommen.«

Ludwig wollte natürlich nicht mitfahren, sondern einfach etwas in Erfahrung bringen.

Bis vier Uhr am Nachmittag war noch lange hin, Ludwig ging deshalb wieder in die Innenstadt. Im Parque de Santa Catalina ließ er sich von einem alten Schuhputzer die Schuhe reinigen. Hinterher waren sie so sauber wie seit dem Kauf nicht mehr. Danach wanderte er noch durch diesen schönen Park. Einer alten Gewohnheit folgend, sah sich Ludwig die Firmen- und Namensschilder entlang der Häuser an. Auf einem stand Abogado Victor Domingo. Welch ein melodisch klingender Name für einen Rechtsanwalt, dachte Ludwig.

Am berühmten Stadtstrand las Canteras, der ihn ein bisschen an die Copacabana erinnerte, ging er essen. Danach setzte er sich auf eine Bank der Strandpromenade, ließ sich von der Sonne bescheinen und betrachtete die vielen Tausend Badegäste. Irgendwie wurde Ludwig das Gefühl nicht los, als gehöre die größte Stadt der Kanaren gar nicht zu Europa, sondern wäre irgendeine Großstadt in Südamerika oder der Karibik. Eine Stadt, die er unbedingt einmal in aller Ruhe besuchen musste. So hatte er sich in seinen Träumen immer Caracas vorgestellt, die Hauptstadt Venezuelas, in die sein 15 Jahre älterer, weitläufiger Cousin in den 60er-Jahren gezogen war. Ludwig fiel ein, dass dies ungefähr zu der Zeit gewesen sein musste, als Freddy Quinn seinen Hit »Die Gitarre und das Meer« landete. Was wohl aus seinem Cousin Hellmuth geworden war, ob er wohl noch lebte? Ihm fiel ein, dass er ihn eigentlich besuchen wollte, sobald er in Pension war. Und was hatte er gemacht? Sich in alle möglichen und unmöglichen Fälle eingemischt, sich um Vereine gekümmert, die Frauen helfen, welche häuslicher Gewalt ausgesetzt sind. Er fasste einen Plan: Sobald dieser Fall erledigt war, würde er mit Lea auf dieser Insel einen Urlaub machen und er würde mit ihr nach Caracas fliegen, sofern Hellmuth noch lebte. Obwohl, wäre er verstorben, hätte er sicher etwas gehört. Während er sich in diesem pittoresken Parque de Santa Catalina einen Café »Olé« gönnte und seinen Gedanken freien Lauf ließ, verrann die Zeit.

Pünktlich um 16 Uhr ging er wieder zum Hafen. Schließlich wollte er ja der Firgas einen Besuch abstatten. Der Hafenmeister erklärte ihm, wo die größeren Fischtrawler anlegten. An der Muelle de la Luz. Dort würde er die Firgas finden, wenn sie einlief, was jeden Moment sein könne. Ein riesiger Hafen, befand er. Zum Verirren. Glücklicherweise hatte ihm der Hafenmeister einen Plan mitgegeben. So konnte er Pier 36 finden, den Platz der Firgas.

Es war kurz vor halb fünf, als sie endlich eintraf. Im Unterbewusstsein nahm er etwas wahr, was ihm schon beim Namen Firgas passiert war: Etwas auf diesem Schiff erinnerte ihn an etwas Bestimmtes. Irgendetwas hatte er schon einmal irgendwo gesehen. Früher einmal hätte er auf Anhieb gewusst, woran ihn etwas erinnerte, aber immerhin fiel es ihm noch auf und so haderte er nicht allzu sehr mit sich.

Nur drei Männer verließen das Schiff. Zwei liefen miteinander, der dritte, ein dunkelhäutiger großer Mann, ging alleine des Weges. Ihm folgte Ludwig.

Es dauerte eine Weile, bis dieser Mann in eine Hafenkneipe ging. Ludwig betrat die Spelunke nach ihm, fiel aber mit seinem schmucken Polohemd und seinen frisch polierten Schuhen sofort auf. Es waren lauter Seeleute, die hier verkehrten. Die meisten kamen von der Arbeit, waren dreckig und verschwitzt. Eine dralle Bardame, die ihre besten Jahre schon lange hinter sich hatte, stellte dem Mann, dem Ludwigs Interesse galt, eine Cerveza hin. Ludwig trat an die Theke und sagte der Barfrau, dass das Bier auf seine Rechnung gehe. Erstaunt blickte der Matrose Ludwig an.

»Kennen Sie diesen Mann«, fragte Ludwig ihn und zeigte ihm das Bild von Samuel Finger.

Der Befragte bekam sofort große Augen, sah Ludwig an und versuchte, möglichst unauffällig mit dem Kopf zu schütteln.

»No«, dann nach einer kurzen Pause: »Espanol?«

»No, Aleman.«

Als erfahrener und gefinkelter Ermittler fiel Ludwig an der Reaktion des Mannes sofort auf, dass hier etwas nicht ganz geheuer war. Der Mann schüttelte den Kopf, trank sein Bier aus und ging hinaus, ohne Ludwig auch nur eines Blickes zu würdigen. Schweißperlen auf seiner Stirn signalisierten Ludwig, dass dieser Mann das Geheimnis um das Verschwinden von Samuel Finger kennen könnte. Jetzt musste er ihn nur noch dazu bringen, ihm die Wahrheit zu sagen. Spätestens jetzt war zu befürchten, dass dem Bruder seiner Auftraggeberin etwas zugestoßen war.

Es wäre gelogen zu behaupten, dass sich Ludwig in dieser Spelunke wohlfühlte. Aber er hatte seinen Kaffee noch nicht ausgetrunken und das Treiben hier war interessant genug, um noch ein paar Minuten hier zu verweilen. Dass die Bardame, die eher 60 als 50 Jahre alt war, kurz mal wegging, bemerkte Ludwig schon, hielt es aber für einen Toilettengang. Weit gefehlt, denn sie kam mit einem Zettel in der Hand auf Ludwig zu und legte ihn auf den Tisch.

»500 Euro in drei Tage hier abgeben. Dann Sabado 9 Uhr Pier 36.«

»Samstag?« fragte Ludwig nach, um sicherzugehen, dass er das richtig verstanden hatte.

Nach ihrem Nicken steckte er den Zettel ein, bezahlte seinen Kaffee und das Bier des Mannes, nicht ohne ihr ein üppiges Trinkgeld zu geben. Kleine Geschenke erhielten die Freundschaft und vielleicht benötigte er von ihr noch eine Auskunft. Denn spätestens jetzt war klar: Das war die Spur, die Ludwig so lange gesucht hatte. Woher konnte der Dunkelhäutige Deutsch? Zumindest ein paar Brocken und woher kam ihm dieses Gesicht bekannt vor? Du musst Gespenster sehen, dachte Ludwig.

Auf dem Weg zur Tiefgarage und seinem Leihwagen fand er einen Bankomaten und besorgte sich die geforderte Summe. Ganz egal, ob Judith Finger-Pascher der Investition zustimmte oder nicht, das musste jetzt sein. Danach machte er sich wieder auf den Weg nach Taurito.

Dort entdeckte er den Helikopter, der zwischen den beiden Hotels am hinteren Ende der Urbanisation, nicht weit weg von seinem Appartement abgestellt stand. Helikopter interessierten Ludwig, seit er in seltenen Fällen mit dem Helikopter des Innenministeriums zu Einsätzen geflogen worden war, bei denen er eine Tatort-Analyse an unzugänglichen Stellen machen musste oder die prekär waren. Also machte er einen kurzen Umweg und ging zu dem Helikopter. Ein paar Jungs, meist Kinder von Touristen, standen um den Hubschrauber herum und begutachteten ihn. Auch Ludwig sah sich ihn an. Dieser Heli war anders als jene Geräte, mit denen das Innenministerium flog. Er war viel kleiner und vor allem viel luxuriöser als die ihm bekannten Helis.

Noch etwas fiel ihm auf. Dasselbe Logo wie auf der Firgas. Es war wieder dieser kleine schwarz-weiße Orca. Der war ihm jetzt schon ein paar Mal begegnet. Dem würde er sich auch noch widmen müssen. Als er in sein Appartement kam, sah er, dass Mariana Besuch hatte.

»Hola«, sagte Ludwig nur kurz, weil er die beiden nicht stören wollte.

»Ludwig, das ist Giorgio, mein Darling. Und das ist Ludwig, der Mann, der nach Samuel Finger sucht.«

»Hola Ludwig«, sagte Giorgio mit einem breiten Grinsen,

streckte Ludwig jovial seine Hand entgegen und drückte sie kräftig.

Er hatte eine richtige Pratze und Ludwig tat sogar die Hand weh. Mächtige und machtgierige Menschen drückten einem die Hand gerne so fest. Der abgewählte amerikanische Präsident Donald Trump soll ja einen geradezu brutalen Handschlag gepflegt und in seiner Amtszeit die – oft ungeliebten – Staatsgäste gerne damit gepeinigt haben.

»Haben Sie schon eine Spur entdeckt von Samuel?«, fragte Marianas Lover.

Er überragte Ludwig um gut einen Kopf. Sein Körper wirkte stählern und sehr sportlich. Arnold Schwarzenegger hätte seine wahre Freude an ihm gehabt.

»Leider, gar nichts. So etwas habe ich noch selten erlebt. So spurlos!«

»Wo suchst du denn nach ihm?«

Giorgio bemühte sich, die Frage rhetorisch wirken zu lassen. Und er war plötzlich beim Du. Das fiel Ludwig sofort auf.

»Na ja, ich war gerade in Las Palmas. Dort ist Samuel Finger ja möglicherweise verschwunden. Zumindest wollte er ja dorthin fahren, bevor er nicht mehr wiederkam. Aber das ist sehr schwierig. Las Palmas ist eine Großstadt mit einem internationalen Hafen. Ich kann ja dort nicht jeden fragen.«

Dieser Giorgio war ein seltsamer Typ. Er wirkte auf Ludwig wie der Sohn eines Großindustriellen. Und die Fragen, die er Ludwig stellte, waren nicht gerade geeignet, Ludwigs Vertrauen in diesen Mann zu steigern.

»Du bist also der Ermittler aus Wien, der einen Vermissten vom Lago de Costanza suchen soll.«

Dass Giorgio vom Bodensee als Lago de Costanza sprach, war für Ludwig ein Zeichen dafür, dass er ihn kannte.

»Ja, aber ich bin in der Gegend des Bodensees geboren und groß geworden«, entgegnete Ludwig.

»Muss ja ziemlich lange her sein, hoho!«, gab dieser Mann, den Ludwig sofort als arroganten Fatzke einstufte, von sich.

Doch Ludwig ließ sich davon überhaupt nicht aus der Ruhe bringen.

»In der Tat, das ist lange her. Aber wenn man eine Gegend einmal genau studieren konnte, wenn man vom selben Menschenschlag ist, wird man niemals ein Fremder sein.«

Über diese Worte dachte Giorgio lange nach. Der Alte hatte recht. Giorgio dachte an seine eigene Kindheit in Bagheria auf Sizilien. Niemals würde er diese Gegend mit ihren Menschen vergessen, niemals würde er ein anderer sein als ein Sizilianer. Er war zwar inzwischen sehr erfolgreich und auf der ganzen Welt unterwegs, aber seinen kleinen Heimatort würde er immer im Herzen behalten. Ganz egal, was dort passiert war.

Ludwig fand, dass es an der Zeit war, in die Offensive zu gehen.

»Und nachdem du jetzt weißt, was ich mache, könntest du mir erklären, was du machst. Immerhin kommst du mit einem Helikopter hierher.«

»Wie viel Zeit hast du? Hoho!« Der Mann lachte. »Aber in wenigen Worten gesagt. Ich mache in Import und Export. Alle möglichen Sachen, von Erdöl bis Südfrüchte.«

»Muss ja ein einträgliches Geschäft sein, wenn man mit dem eigenen Heli unterwegs ist«, meinte Ludwig, dem bei Import-Export sofort die Alarmglocken schrillten.

Alle Typen, die krumme Geschäfte machten, mit denen er es früher zu tun bekommen hatte, waren in Import und Export unterwegs gewesen. Und dieser Giorgio wusste, dass er aus Wien kam und einen Mann aus Ravensburg suchte. Wieso interessierte ihn das?

»Auf dem Flughafen hat Giorgio sogar einen eigenen Privatjet. Mit dem fliegen wir immer durch die Gegend. Sogar in Amerika waren wir schon mit ihm. Und als wir in Rumänien waren, durften meine Eltern eine Runde über ihr Haus fliegen. Da waren sie sehr, sehr stolz.«

Mariana schien den Jet-Set-Luxus sichtlich zu genießen, den ihr dieser Giorgio bot. Wenn man aus einem relativ armen Land kam, war das natürlich nicht verwunderlich, weshalb Ludwig seiner Gesprächspartnerin keinesfalls gram war. Dieser Giorgio allerdings war ein sehr zwielichtiger Typ. Ihn musste er im Auge behalten. Zuerst musste er in Erfahrung bringen, wie der Mensch mit richtigem Namen hieß.

Gerade in diesem Augenblick läutete das Handy dieses etwas undurchsichtigen Giorgio.

»Pronto.«

Es folgte ein Dialog auf Italienisch, dem Ludwig nicht folgen konnte. Er sprach zwar einige Brocken, kam aber bei dem Tempo, mit dem Giorgio redete, nicht mit.

»Ciao Gianni, a domani«, war dann so ziemlich das Einzige, was Ludwig so einigermaßen mitbekommen hatte.

»Leider mein Schatz, ich muss morgen wieder weg. Ich habe eine Konferenz in Casablanca«, sagte Giorgio anschließend zu Mariana.

Diese hatte es sich abgewöhnt zu fragen, ob er sie mitnehmen würde. Er bestimmte, wann sie mitdurfte, und er sagte es ihr. Da war er eisern. Das Betteln hatte sie irgendwann bleiben lassen. Denn dann war er immer böse geworden.

Von seiner Fahrt nach Firgas erzählte Ludwig natürlich nichts. Und auch nicht von seiner Begegnung im Hafen. Am Abend ging er wieder in das Restaurant am Meer. Mariana und ihr Lover waren nicht da. Sie aßen im Fischrestaurant in Agüimes.

Aber kurz vor ihrer Abfahrt dorthin machte Ludwig eine interessante Entdeckung. In einem unbeobachteten Augenblick sprachen Esther und dieser Giorgio miteinander. Und das Zusammentreffen wirkte sehr vertraut. Die beiden unterhielten sich wie ein Ehepaar, das seit Jahrzehnten verheiratet war. Giorgio und diese Esther waren möglicherweise ein Team. Das musste Mariana entgangen sein oder sie verschwieg es ihm. Auf jeden Fall war sein Misstrauen dem Mann gegenüber nicht unberechtigt.

Könnte es sein, dass die beiden oder die drei etwas mit dem Verschwinden von Samuel Finger zu tun hatten? Er hatte natürlich keine stichhaltigen Beweise für eine Verwicklung. Aber sein Bauchgefühl sagte ihm: Da ist etwas dran. Wer ist dieser Giorgio, wer ist diese Esther? Was wissen diese Menschen über den Verbleib von Samuel Finger? Falls ja, ist Mariana in die Geschichte involviert oder ist sie ahnungslos? Diese Fragen galt es schnellstmöglich zu klären.

Langsam, ganz langsam ergab sich für Ludwig ein Bild. Ein Bild, das ihn erschaudern ließ.

Giorgio war nicht nur Marianas Lover, nein Giorgio war noch etwas ganz anderes. Und Giorgio war mit Sicherheit nicht der richtige Name des Mannes.

Mit einem sehr unguten Gefühl ging Ludwig zurück zum Appartement. Dort entdeckte er, dass Marianas Notizbüchlein auf dem Boden ihrer Terrasse direkt neben dem Pool lag. Es musste ihr aus der Tasche gefallen sein. Ludwig hatte beobachtet, dass sie ihre Notizen nie in ihr Smartphone eintrug, sondern relativ altmodisch in ein Büchlein. Es war ungefähr doppelt so groß wie eine Visitenkarte, aus beigebraunem Krokodilleder und hatte einen Goldrand. Ludwig nahm es an sich, zunächst in der Absicht, es vor dem aufkommenden Wind zu sichern und es ihr am nächsten Morgen zu übergeben.

Ursprünglich wollte er das, was er heute herausgefunden hatte, einordnen und sichern. Schließlich war es Ludwig gewohnt, jeden Schritt fein säuberlich zu dokumentieren, seit er als privater Ermittler gegen Honorar arbeitete. Doch das Notizbüchlein ließ ihm keine Ruhe, und zwar nicht aus Neugierde, sondern als Analytiker. Und so verbrachte er den ganzen Abend mit dem Studium dieses Büchleins.

Nichts, aber auch gar nichts von Marianas Aufzeichnungen ließ einen Verdacht zu, dass sie etwas mit dem Verschwinden Samuels zu tun haben könnte. Als Analytiker fiel ihm aber sehr bald etwas anderes auf: Marianas Zeit als Geliebte hatte bei Giorgio ein Ablaufdatum. Und dieses Ablaufdatum schien bald erreicht. Ludwig hatte in früheren Fällen schon die Notizbücher der Opfer seiner Fälle – und wenn es ging auch jene der Täter – studiert und dabei eine spezielle, für Laien kaum nachvollziehbare Methode der Termin-Beurteilung entwickelt.

War die Person, egal ob Opfer oder Täter, an ihrem gewohnten Ort, den man gemeinhin als Lebensmittelpunkt betrachtete, machte er auf einem gesonderten Blatt Papier als Kennzeichnung einen Pfeil nach oben. Und für die Zeit, in der die Person nicht da war, einen nach unten. Beim Gegenspieler zeichnete er die umgekehrten Pfeile. Damit konnte Ludwig ersehen, ob und wie – und vor allem wie oft und wie lange – Opfer und Täter gemeinsame Zeit verbrachten.

Nachdem Mariana ihm erzählt hatte, dass Giorgio zu Beginn ihrer Beziehung noch mit einer anderen Frau liiert war, konnte er für Giorgio ein »Anwesenheitsmuster« erstellen. Nach dessen Studium schälte sich für Ludwig heraus, dass sich Giorgios Verhältnis mit Mariana in der Endphase befand, weil sich seine Anwesenheitszeiten fast synchron zu den Abwesenheitszeiten zu Beginn der Liaison bewegten.

Ein wahrlich kompliziertes Verfahren, welches bestenfalls noch Gernot Heubl einigermaßen durchschaute.

Ludwig erstellte einen Fußabdruck der An- und Abwesenheitszeiten von Giorgio und schloss daraus, dass sich Mariana alsbald ein neues Heim würde suchen müssen. Danach legte er das kleine Notizbüchlein wieder an die Stelle, an der er es gefunden hatte. Das Diagramm, welches er den Fußabdruck nannte, behielt er aber. Vielleicht würde er es noch einmal brauchen.

Zum Glück hatte ihn Judith Finger-Pascher mit einem ordentlichen Spesenbetrag ausgestattet. Dennoch würde er sie heute Abend anrufen müssen. 500 Euro waren nun mal kein Pappenstiel. Sollte er ihr schon heute Abend sagen, dass ihr Bruder wahrscheinlich tot war? Eigentlich sollte er das tun, denn sein Eindruck war, dass es der Schwester gar nicht um den ach so geliebten Bruder ging, sondern vielmehr um dessen Vermögen. Samuel Finger hatte keine Angehörigen. Somit war Judith Finger-Pascher, beziehungsweise von ihm verfügt ihre Tochter Jasmin seine Alleinerbin. Dafür konnte man schon einmal 500 Euro locker machen.

Als Ludwig die Busunternehmerin am späten Abend, noch während er das Notizbuch Marianas auswertete, anrief, um sie von seinen neuesten Erkenntnissen zu unterrichten, gewann er nicht den Eindruck, dass die Nachricht des wahrscheinlichen Todes sie allzu sehr schockte. Ludwig kannte die Stimmungslage trauender Hinterbliebener aus zahllosen Gesprächen ganz genau, aber dass Judith Finger-Pascher in die Sache verwickelt sein könnte, konnte sich Ludwig nicht vorstellen. Geldgierig? Ja! Aber eine Mörderin? Nein! Die 500 Euro extra genehmigte sie sofort.

Und irgendwie war es vielleicht ganz gut, dass Marianas Lover gerade anwesend war. So konnte er unbemerkt nach Las Palmas fahren. Er musste ja die 500 Euro dorthin bringen.

Er schlief am nächsten Morgen etwas länger. Der gestrige Tag war nicht spurlos an Ludwig vorbeigegangen. Zudem hatte er lange nicht einschlafen können, weil ihm viel zu viel durch den Kopf ging. Als er auf seinem Balkon frühstückte, sah er, dass Mariana schon schwamm. Als sie ihren makellosen Körper aus dem Becken bewegte, fragte sie ihn, ob er keine Lust zum Schwimmen habe.

»Gerne, nach dem Frühstücken. Setz dich doch her und trink noch ein Tässchen mit mir!«, lud Ludwig seine hübsche Nachbarin ein.

»Danke, ich habe schon gefrühstückt.«, antwortete ihm Mariana.

»Ähm sorry, dein Freund ist ja da«, entschuldigte sich Ludwig.

»Nein, ist er nicht«, meinte Mariana sichtlich enttäuscht.

»Ach, ich hab den Hubschrauber gar nicht gehört. Ist er schon wieder weggeflogen?«

Ludwig musste in der Tat sehr tief geschlafen haben.

»Ja, er musste dringend nach Gando zum Flughafen, kommt aber wieder, wenn er seinen Termin in Casablanca erledigt hat.«

Sie trocknete sich ab und plötzlich erkannte Ludwig den Orca auf Marianas Badetuch.

Genau denselben Orca wie an der Firgas. Und wie auf Giorgios Heli. Ganz klein nur, fast verschwindend, aber er war da. Ludwig wurde heiß und kalt zugleich. Was wurde hier gespielt? Wohin war er hier geraten? Was war hier alles faul? Warum flog Giorgio in aller Herrgottsfrühe nach Casablanca? War das vielleicht eine Finte und er flog gar nicht nach Casablanca? Hatte es womöglich damit zu tun, dass Ludwig ihm gesagt hatte, er sei in Las Palmas auf der Suche nach Samuel Finger gewesen?

Danach ging Ludwig wieder in sein Appartement. Besser

gesagt in das Appartement des Mannes, nach dem er suchte. Wieder und wieder studierte er die Akten, machte sich Zeitachsen, versetzte sich in Gedanken an Orte, an denen Samuel Finger gewesen sein könnte, was er dort getan und was ihm widerfahren sein könnte. Wofür stand dieser Orca? Welche Bedeutung hatte er? Während seiner aktiven Zeit als hauptamtlicher Profiler war ihm dieses Logo noch nicht untergekommen, dessen war er sich sicher.

Thomas Egger, Ludwigs Nachfolger als Fallanalytiker im Wiener Innenministerium, wollte gerade sein Büro verlassen, um zu einem Außentermin zu fahren, als das Telefon klingelte. Normalerweise wäre er nicht mehr rangegangen, als aber auf dem Display der Name *Ludwig Hirschberger* aufleuchtete, nahm er den Hörer doch ab.

»Wiggerl, servus, was machst gerade? Was kann ich für dich tun?«

»Hallo Thomas, ich bin immer noch auf Gran Canaria und genieße bei 25 Grad den schmuddeligen Winter in Europa. Nein, im Ernst, ich bin bei meinen privaten Ermittlungen auf etwas gestoßen, bei dem du mir vielleicht behilflich sein kannst.«

»Na dann leg mal los!«

»Also Thomas, sagt dir das Logo von einem Orca in Verbindung mit einer Verbrecherorganisation etwas?«, fragte Ludwig.

Die Antwort kam wie aus der Pistole geschossen.

»Na. Bumm, da hast du dich aber auf etwas eingelassen. Die Orca ist eine Seitenlinie der Cosa Nostra, die sich mit der Verteilung von Hehlerware befasst. Der Kopf der Organisation heißt Giorgio Bennifatti, Gio oder der Orca genannt. Seine rechte Hand heißt Gianni Pecoro, einer der übelsten Killer der Cosa Nostra. Er erledigt normalerweise die Drecksarbeit der Orca. Ganz schwierige Fälle erledigt der Chef höchstpersönlich. Er ist schon in jungen Jahren zum eiskalten Mörder geworden. Er ist ein Weiberheld, aber sehr effizient in seinen Hehlergeschichten. Wer ihm in die Quere kommt, lebt normalerweise nicht mehr lange. Wenn du also in seiner Schusslinie bist, brich die Ermittlungen sofort ab und begib dich sofort wieder in dein Pensionisten-Dasein.«

»Ich glaube, das mit der Schusslinie ist schon geschehen. Ich habe ihn bereits kennengelernt und mich mit seiner Gespielin etwas angefreundet. Gut, dass ich jetzt Bescheid weiß. Ich werde dementsprechend vorsichtig sein«, meinte Ludwig.

»Nicht vorsichtig sein. Abbrechen, sofort abbrechen! Hörst du! Hau ab. Der Kerl killt dich!«

Thomas' Worte waren sehr eindringlich. Doch Ludwig überging diese Appelle und fragte weiter:

»Ist hier auf der Insel Gran Canaria der Hauptstützpunkt?«

»Nein, keinesfalls, die Orca operiert weltweit. Die Orca organisiert nicht nur selbst Einbrüche, Raubzüge und Überfälle, sie nimmt sich auch der Waren aus anderen Verbrechen an. Erinnerst du dich noch an den Einbruch in Dresden? An den Louvre? Hinter all den Verbrechen soll die Orca stecken. Warum der Bennifatti gerade auf Gran Canaria ist, kann ich dir nicht sagen«, sagte Egger.

»Aber ich kann's dir sagen: Weil er vermutlich einen Konkurrenten aus dem Weg schaffen musste. Und genau nach diesem Konkurrenten soll ich suchen.«

Ludwig blieb ungerührt und bestimmt. Ihm war nach Thomas' Ausführungen über die Orca schon klar geworden, wie pikant seine Aufgabe war. Er würde nun doppelt so viel Vorsicht walten lassen müssen. Und er musste herausfinden, in welchem Verhältnis diese beiden Frauen zur Orca standen. Könnte es nur diese Esther betreffen oder war auch Mariana ein Teil dieser Organisation?

»Verschwinde Wiggerl, brich ab. Bitte! So etwas ist nichts für einen ehrenwerten älteren Herrn!«, flehte Thomas Egger.

»Der jetzt plötzlich vor der ehrenwerten Gesellschaft kapituliert! Nie, Thomas, dann haben die gewonnen. Das kann ich nicht zulassen. Dazu bin ich immer noch zu sehr Polizist.«

»Du bist ein hoffnungsloser Fall, du störrischer, alter Esel«, sagte Ludwigs Nachfolger und beendete das Gespräch.

Ludwig dachte kurz nach, machte sich aber weiter keine Gedanken über die Gefährlichkeit von Giorgio. Solange der mit Mariana zusammen war, gab's vermutlich keine Gefahr für ihn. Wenn's dann mal aus war, könnte es durchaus brenzlig werden. Vor allem dann, wenn Ludwig bis dahin etwas über den Verbleib des Ravensburger Goldschmieds und Schmuckhändlers herausgebracht hatte.

Für Ludwig gab es nach diesen Erkenntnissen nur einen plausiblen Grund, warum Giorgio hier war, warum Esther hier war und warum Mariana hier war. Giorgio hatte sich in die Wohnanlage Taurito Building nur deswegen eingekauft, um dem unliebsamen Konkurrenten auf die Pelle rücken, ihn ausspionieren zu können. Festzustellen, ob er der Orca möglichweise ernsthaft Konkurrenz machte und wenn ja, ihn aus dem Weg zu räumen. Dass er sogleich der Presidente der Wohnanlage wurde, kam seinen Plänen natürlich entgegen. Vermutlich hätte er ohne die Möglichkeit, Esther als seine Verwalterin einzusetzen, gar nicht zugegriffen.

Ursprünglich hatte Ludwig mit dem Gedanken gespielt, Mariana am Samstag nach Las Palmas mitzunehmen. Davon sah er jetzt ab. War sie in das Geschehen verwickelt? Und wenn ja, wie?

Auf jeden Fall war es günstig, dass er ihr Notizbüchlein

studiert hatte. Er machte sich Notizen, malte Zeitdiagramme und deren Gegenstücke, so, als hätte er seinen Job als Fallanalytiker nie beendet.

Am nächsten Morgen ging Ludwig in der Bucht von Taurito schwimmen. Mariana schlief offenbar noch, weshalb er nicht an ihre Terrassentür klopfte. Nach zehn Minuten erreichte er die Bucht. Es herrschte Niedrigwasser und Ludwig schwamm hinaus. Die grüne Flagge zeigte ihm an, dass es heute gefahrlos war. Weiter draußen im Meer legte er sich auf den Rücken und ließ sich etwas treiben. Er liebte das. Die Sonne versteckte sich noch hinter den Bergen und der Passat, der an der windgeschützten Südwestküste dieser Insel nur eine leichte Brise war, erfrischte diesen wunderbaren Morgen. Plötzlich wurde er nass gespritzt. Mariana hatte ihn gehen sehen und war ihm zum Meer gefolgt. Sie war eine viel bessere Schwimmerin als Ludwig.

»Guten Morgen«, lachte sie ihm zu.

»Guten Morgen«, erwiderte Ludwig, »was ist das für eine Unart, ältere Männer zu bespritzen?«

»Na ich wollte dich ertränken! Giorgio wird schon eifersüchtig auf dich und hat mich beauftragt, dich zu ersäufen!«

Mariana lachte laut über ihren Witz.

Na ja, eifersüchtig ist er wohl nicht, dachte Ludwig, aber es könnte schon noch passieren, dass er mir nach dem Leben trachtet. Sie legten sich in den Sand, ließen sich trocknen und gingen wieder ins Meer zum Schwimmen. Ludwig versuchte währenddessen, in sehr privaten Gesprächen herauszubekommen, was Mariana über die Orca wusste.

»Sag mal, überall wo ich hinsehe, sehe ich diesen schwarzweißen Delfin. Was hat der zu bedeuten?«

»Das ist ein Orca, ein Schwertwal. Soviel ich weiß, ist das das Firmenlogo von Giorgios Firma.«

»Was macht denn dein Giorgio?«

»Mehr, als er dir gestern erzählt hat, weiß ich auch nicht. Jedenfalls ist Giorgio heute mal hier und morgen mal dort. Er kommt auf der ganzen Welt herum. Wenn ich ihn begleiten darf, bin ich im Hotel oder gehe mit Esther zum Shopping. Aber das passiert leider sehr selten. Denn die meiste Zeit reist er alleine und seine arme Mariana ist die ganze Zeit mit seiner Schwester alleine und freut sich, dass ihr ein älterer Herr hie und da Gesellschaft leistet.«

Spätestens jetzt war Ludwig klar, dass Esther ihn ganz plump belogen hatte, als sie sagte, Giorgio nicht sehr gut zu kennen. Und spätestens jetzt war ihm auch klar, warum sie seine Vertrautheit mit Mariana so missbilligte.

»Hoffentlich bin ich nicht aufdringlich«, sagte Ludwig etwas verlegen.

»Nein, ganz im Gegenteil. Ganz ehrlich: Du bist der willkommenste Gast, seit ich hier auf der Insel lebe. Der Einzige außer Giorgio, bei dem ich mich normal verhalten kann, so wie ich bin. Mit dem ich sprechen und blödeln kann. Ich blödele nämlich für mein Leben gerne. Außerdem bis du wie eine Feder: Sobald du nur den Hauch verspürst, dass ich alleine sein will, bist du weg und das macht dich sehr angenehm.«

Ludwig überkam nach diesem Kompliment und der Bezeugung der Wertschätzung einen leichten Schauer. Seiner Meinung nach war diese Mariana viel zu schade für einen Mafia-Boss.

Am Abend gingen die beiden wieder gemeinsam zum Essen. Ludwig bemerkte aber, dass Esther die Vertraulichkeit zwischen Mariana und ihm sehr kritisch beäugte. Und in der Tat telefonierte Esther an diesem Abend mit Giorgio:

»Du solltest auf den Alten aufpassen, Giorgio. Der pirscht sich ganz gewaltig an deine Mariana heran.«

»Also wenn du meinst, dass ich auf einen alten Mann eifersüchtig sein soll, dann solltest du mich anders kennen. Außerdem liebes Schwesterlein: Ich habe dieser Tage eine ganz zuckersüße Maus kennengelernt. Die Tage von Mariana sind ohnehin bald gezählt. Sobald die Sache mit dem Finger ausgestanden ist, kommst du wieder nach Bagheria«, meinte Giorgio.

»Alter Schwerenöter du! Aber das meine ich nicht. Ich meine, dass dieser alte Bulle gefährlich werden könnte. Der scheint mir ein verdammt raffinierter Kerl zu sein. Der freundet sich mit Mariana an, um etwas über dich herauszubekommen.«

»Also, erstens«, erwiderte Giorgio, »Mariana weiß überhaupt nichts. Die ist völlig ahnungslos. Und zweitens bin ich schon mit ganz anderen Typen fertig geworden als mit einem senilen, pensionierten Bullen, der plötzlich meint, sich als Privatdetektiv aufspielen zu müssen.«

Im Hotel »Taurito Princess« gingen Ludwig und Mariana währenddessen wieder zum Tanzen. Jedes Mal wurde dieses Tanzen intensiver. Ludwig hatte immer mehr das Gefühl, Mariana suchte etwas zum Anlehnen. War dieser ach so tolle Giorgio doch nicht der Traummann, für den sie ihn hielt?

Irgendwann in den nächsten Tagen würde er ihr reinen Wein über ihren Lover einschenken müssen. Das war zwar gefährlich, aber er meinte, ihr das schuldig zu sein. Auf jeden Fall wollte er damit jedoch abwarten, bis er das Schicksal von Samuel Finger geklärt hatte.

Als Ludwig der schönen Frau eine gute Nacht wünschte, gab sie ihm einen Kuss auf die Wange. Nur gut, dass es dunkel war, denn jetzt war der Profiler richtig verlegen.

Am Morgen stand er früh auf. Per Bus machte sich Ludwig diesmal auf den Weg nach Las Palmas. Mit der Linie 32 kam er direkt in das Hafengebiet. Schon im Bus sah er sich nach einem möglichen Verfolger um. Aber es war nichts zu sehen. Auch in Las Palmas hatte er auf dem kurzen Weg zum Hafen nicht das Gefühl, dass er verfolgt oder beobachtet würde.

Er tat das, was man vom ihm verlangte, und brachte die 500 Euro in die kleine Bar nahe dem Hafen. Es schien kein Wunder, dass er den dunkelhäutigen Mann nicht sah, denn um die Mittagszeit waren die Seeleute auf dem Meer. Entsprechend leer war die Bar. Die ältliche Bardame erkannte Ludwig sofort, kam zu ihm und nahm das Geld in Empfang.

»Du hast Glück, dass sich Miguel mit dir einlässt. Normalerweise lässt er niemanden an sich heran. Nicht einmal andere Seeleute. Und Touristen schon gar nicht«, sagte sie verwundert.

»Na ja, 500 Euro sind vielleicht schon ein guter Grund«, entgegnete Ludwig.

»Nicht bei Miguel.«

Ludwig dachte, vielleicht liegt der Grund darin, dass Miguel seine Informationen für noch teureres Geld verkaufen möchte. Und dazu war der Fallanalytiker möglicherweise ein willkommenes Opfer.

Auf der Rückfahrt sah er rechts der Autobahn bunte Häuschen auf den Hügeln von Las Palmas, die aussahen wie Spielzeughäuser auf einer Modelleisenbahnanlage, welche man auf einen Berg geklebt hatte. Schade, dass er keine Zeit hatte. Zu gerne wäre er zwischen ihnen am Berg spazieren gegangen und hätte von oben auf den Hafen und den Atlantik geblickt.

Erst gegen Morgen ging Ludwig ins Bett. Er grübelte nach und sah sich in seinen Analysen bestärkt. Deshalb wusste er, warum Giorgio trotz Marianas Vermutung doch nicht gekommen war. Dass sein Wissen Mariana ganz und gar nicht gefallen würde, davon war er überzeugt. Aber er konnte es ihr nicht gleich sagen. Noch nicht.

Er verhielt sich Mariana gegenüber völlig unauffällig. Höflich, beredt, oft schlagfertig, aber niemals anzüglich oder aufdringlich. Er wusste, dass Mariana dies sehr schätzte. Jeden Morgen gingen sie zusammen in die kleine Sandbucht von Taurito schwimmen. Sie genoss es inzwischen, im Meer zu schwimmen. Bevor Ludwig gekommen war, hatte sie ausschließlich in ihrem Pool gebadet.

Anfangs war Mariana nicht sonderlich begeistert, dass ein alter Mann ihr neuer Nachbar war. Noch dazu einer mit Glatze und Bauch. So gar nicht das, was man sich als junge, bildschöne Frau erhofft. Aber Ludwig wurde ihr mit jedem Tag sympathischer. Er war ein unheimlich unterhaltsamer Mensch. Sehr gebildet. Und was sie am meisten an ihm bewunderte: Er konnte ihr schwierige Zusammenhänge so einfach erläutern, dass sie diese sofort verstand. Bei ihm hatte sie immer das Gefühl, ernst genommen zu werden. Bei ihm war sie sich sicher, nicht als Sexualobjekt gesehen zu werden. Seit ihr Opa nicht mehr lebte, war dieser Ludwig der einzige Mann, den sie alles fragen konnte. Der lachte sie nicht aus, selbst wenn die Frage noch so doof war. Wenn nötig, erklärte er ihr auch die erforderlichen Hintergründe. Er nahm sich Zeit für alles. Und wenn sie ihre Ruhe haben wollte, dann roch es dieser Mann. Er war dann einfach weg. Wäre er 30 Jahre jünger und gäbe es keinen Giorgio, könnte sie sich glatt in den Kerl verlieben. Der war so herrlich unkompliziert, stellte keine Ansprüche und war einfach da.

Dass er Samuel Finger finden würde, glaubte sie allerdings nicht. Allzu interessant war ihr früherer Nachbar ja nicht, auch wenn Esther offenbar ein Auge auf diesen Mann geworfen hatte. Sowieso verwunderlich, warum Esther, die spröde Esther genau auf diesen Langweiler hereingefallen war. Mariana ging von sich selbst aus: Mit Ludwig hatte sie in den vergangenen paar Tagen schon viel mehr erlebt als mit Samuel den gesamten letzten Winter.

Ludwig war so etwas wie ihr Retter in ihrer luxuriösen Einsamkeit. Sie wünschte sich, dass dieser Mann noch lange Zeit brauchte, um das Schicksal von Samuel Finger auf Gran Canaria zu ergründen.

Obwohl Ludwig gewichtige Gründe gehabt hätte, sich mit Mariana noch tiefer einzulassen, setzte er sich selbst eine Bremse. Erstens war da Giorgio, zweitens war da Esther und last, not least war da Lea. Ihr Verhältnis war in den letzten Monaten immer vertraulicher geworden. Fast schon wie zu der Zeit, als sie noch in familiärer Gemeinschaft gelebt hatten. Ihm fiel ein, dass er sie doch einmal anrufen könnte. Aber leider war sie entweder nicht zu Hause oder sie ging einfach nicht an den Apparat. Das konnte bei Lea leicht passieren. Wenn sie keine Lust hatte, nahm sie das Gespräch nicht entgegen – völlig egal, wer da gerade anrief.

Also vertiefte sich Ludwig wieder in die wenigen Akten, die er von Samuel Finger im Tresor gefunden hatte.

Am Abend ging er wieder mit Mariana zum Essen. Nachdem sie schon etwas traurig war, dass ihr Lover wieder nicht gekommen war, schien es ihr ganz recht zu sein, dass wenigstens Ludwig Zeit fand. Sollte er Mariana langsam auf das vorbereiten, was er vermutete? Sollte er ihr sagen, dass ihre Zeit mit Giorgio absehbar war?

Er wollte, nein, er musste einen Versuch unternehmen.

»Darf ich dich etwas ganz Persönliches fragen?«, fing er ganz vorsichtig an.

»Nur zu.«

»Hast du dir schon einmal Gedanken über deine Zukunft gemacht?«

Ludwig glaubte, er hätte sich relativ unverbindlich angehört. Aber Marianas Laune war nicht besonders gut an diesem Abend. Sie reagierte gereizt.

»Was soll ich mit dir über die Zukunft reden. Sei nicht böse, aber du bist ein alter Mann. Sorry, nein. Ein älterer Herr, hört sich vielleicht besser an. Aber was interessiert dich meine Zukunft? Wenn diese Zukunft stattfindet, von der du redest, bist du möglichweise schon mausetot! Oder ein seniler Greis!«

Ludwig kannte Mariana inzwischen gut genug, um zu wissen, dass sie ihn keinesfalls beleidigen wollte. Es war eher eine Challenge, eine Herausforderung.

»Da hast du natürlich vollkommen recht, Mariana. Eigentlich dürfte ich dir diese Frage gar nicht stellen. Aber da gibt es einen einzigen, kleinen Punkt, der mir die Rechtfertigung für diese Frage gibt.«

»Und der wäre?«

»Dass ich diese Zukunft, nach der ich dich gefragt habe, an mir bereits erlebt habe und deshalb weiß, wovon ich spreche.«

Mariana sah Ludwig mit großen Augen an:

»Ach so, du bist Zukunftsforscher. Ha. Und ich dachte immer, du bist ein pensionierter Bulle!«

Ludwig überging den Angriff und fuhr in seiner sachlichen Art fort. Dabei versuchte er, das Gespräch zu kanalisieren.

»Sieh her, Mariana. Als ich in deinem Alter war, fragte ich mich selbst oft genug, was mir die Zukunft bringen wird. Was werde ich beruflich erreichen? Wie entwickelt sich meine Familie, werde ich gesund bleiben? Werden mich Schicksalsschläge ereilen? Und so weiter und so weiter. Und heute kann ich diese Fragen fast alle beantworten, weil ich diese Zukunft schon sehr, sehr weit erlebt habe. Deshalb brauche ich kein Zukunftsforscher zu sein, um über die Zukunft diskutieren zu können.«

Mariana sah zu Ludwig hin. Sie hatte ihre Challenge beendet. Ludwig schien auf alles eine Antwort zu wissen. Und er stritt sich nicht gerne. Ihr war heute Abend nach Streiten gewesen, aber Ludwig war nicht im Geringsten darauf eingegangen, sondern hatte sachlich, ruhig und vor allem sehr fundiert weiterdiskutiert.

»Meine Zukunft? Hm. Meine Zukunft heißt Giorgio«, beschied sie ihm.

Jetzt war es Ludwig, der zum Angriff blies:

»Giorgio. So. Sonst nichts? Du siehst dich nur an der Seite dieses Mannes. Siehst nur ihn als deine Zukunft. Selbst hast du keine Pläne? Selbst willst du dich nicht einbringen in diese Welt?«

»Natürlich will ich das. Aber nur an der Seite von Giorgio. Er ist mein Leben!«

Ludwig merkte Mariana an, dass sie sehr bestimmt wirken wollte.

»Ich betrachte deine Zeit mit Giorgio im Gegensatz zu dir nicht so positiv, liebe Mariana. Ich habe so meine Zweifel, ob du in fünf Jahren noch mit ihm zusammen sein wirst. Und das ist nicht sehr lange in die Zukunft geplant!«

»Ha, wenn ich's nicht besser wüsste und wenn du nicht zu alt dafür wärst, würde ich jetzt glauben, du willst mich ihm ausspannen. Wie kommst du auf so einen dummen Gedanken?«

Mariana wirkte verwundert oder besser gesagt irritiert.

Heute Abend schien der richtige Moment für seine Enthüllung noch nicht gekommen zu sein. Aber er hatte eine Marke gesetzt. Und Mariana verunsichert. Das war Ludwigs Plan.

»Gefühl und Erfahrung. Jede Menge Erfahrung. Viele Taten, die ich zu ermitteln hatte, waren Beziehungstaten. Jedes Mal musste ich mich in die Menschen hineinversetzen, die die Protagonisten dieser Beziehungstat waren, musste herausfinden, was passiert war in dieser Tat, warum es passiert war und natürlich auch wie es passiert war. Da bekommt man im Laufe der Jahrzehnte ein untrügliches Gefühl.«

Das musste für heute reichen. Von seinem Blick in ihr Notizbüchlein würde er ihr nichts erzählen. Noch nicht. Dieser Tag würde ihm noch bevorstehen.

»Komm, wir gehen noch ins ›Taurito Princess‹. Da spielt heute dieses Trio mit Gitarre, Klarinette und Bass.«

»Darauf kann man aber nicht tanzen«, beklagte sich Mariana.

»Aber wunderbar zuhören und die Gedanken spielen lassen«, sagte Ludwig und nahm Mariana einfach mit.

Sonst gar nicht seiner Art entsprechend legte er seinen Arm um Mariana, die dem leichten Druck seiner Hand nachgab und die Nähe seines Armes suchte.

Hätte Gernot Heubl seinen Ex-Kollegen und Freund jetzt sehen können, wäre er vor Verwunderung in Ohnmacht gefallen. Der Wiggerl benahm sich einer fremden Frau gegenüber so ungeniert, so locker? Er hätte ihn für krank erklärt. Aber nicht einmal Gernot Heubl kannte das Geheimnis, warum sich Ludwig bei Mariana nicht wie ein scheuer, schüchterner Tölpel benahm, sondern mit einer perfekten Leichtigkeit agierte, als ob er Lothar Sattler, sein Jugendfreund und Womanizer wäre. Dieser Grund hieß Marcella, die Dame, der Mariana in jeder Faser ihres Körpers glich wie ein Klon. Marcella! Die erste Frau in Ludwigs Leben.

RÜCKBLICK AUF LUDWIGS JUGENDLIEBE

Ludwig war schon während seiner Jugend Mädchen gegenüber sehr schüchtern und zurückhaltend gewesen. Ein hoffnungsloser Spätzünder. Seine Freunde hatten lange vor ihm den Stimmbruch und mussten sich schon regelmäßig rasieren, da betrachtete Ludwig noch seinen Oberlippen-Flaum.

Während seine Freunde Lothar und Richard bereits erste Freundinnen hatten, war Ludwigs große Liebe zu der Zeit noch immer Nscho-tschi, Winnetous Schwester. Sie war sowieso die Allerschönste. Aber sie existierte ja nur imaginär, wenngleich sie von der bezaubernden Marie Versini wunderbar auf die Leinwand projiziert wurde.

Nur Lilly aus der Parallelklasse konnte da mithalten. Sie war die Einzige, für die sich Ludwig interessierte. Sie hatte die gleichen sanften Rehaugen wie Nscho-tschi. Und auch sonst entsprach sie am ehesten dem, was der pubertierende Jüngling als Traumfrau ansah. Nur sie würde er später einmal heiraten. Sonst keine. Aber Lilly zeigte ihm die kalte Schulter. Ganz offensichtlich hatte sie wenig Interesse an ihm, obwohl sie sowohl in der Schule als auch in der Jugendgruppe des Theatervereins viel Zeit miteinander verbrachten. Vermutlich bekam sie noch nicht einmal mit, wie sehr Ludwig sie anbetete.

Es kam, wie es kommen musste: Eines Tages hatte Lilly einen Freund. Bill hieß er. Nachdem sich die beiden ständig vor der Eisdiele »Rocco« trafen – vis-à-vis von dem Haus, in dem Ludwig wohnte –, bekam er das heftige Flirten der beiden in voller Länge mit.

Er wollte sich nichts anmerken lassen, aber seine Schwester Jutta begriff ganz genau, was los war. Jutta bemerkte immer sofort, was los war. Und sie hänselte Ludwig deswegen:

»Schau dir diesen Bill an. Der ist immer wie aus dem Ei gepellt. Sehr gepflegt, immer eine frisch gebügelte Hose an, immer ein frisches Hemd, immer ein adretter Pulli. Und mein Bruder? Mit deiner blöden Kickerei! Hechtest den Bällen nach. Wirfst dich in den Dreck! Hast schwarze Ränder unter den Fingernägeln! So wird das nie was mit dieser Lilly.«

So war das also. Nun ja. Jutta musste sich ja auskennen, schließlich war sie selbst ein Mädchen. Zwar um einiges älter als Lilly, aber es hörte sich logisch an, was seine Schwester da sagte. Ludwig war allerdings damals schon ein Querkopf gewesen. Er sollte als Kopie von diesem Bill gehen? Niemals! Sollte das geliebte Fußballspiel aufgeben? Was machte schon ein bisschen Taubenmist aus, wenn es galt, ein Tor zu erzielen oder zu verhindern. Jutta hatte einfach keine Ahnung!

Sollte Lilly doch diesen Bill heiraten. Denn dass sie das tun würde, wenn sie schon einmal miteinander gingen, davon war aus Ludwigs ziemlich knabenhafter Sichtweise auszugehen. Er würde es mannhaft nehmen. Wozu sang Freddy Quinn in seinem Schlager: »Doch es blieben ihm zwei Freunde: die Gitarre und das Meer.« Nur war die Gitarre nicht sein Freund und das Meer ungefähr so unerreichbar wie Lilly. Also hießen seine Freunde: der Ball und das Tor. Lonesome Rider, das war es, was das Schicksal für Ludwig vorgesehen hatte. Und irgendwie gefiel ihm diese Rolle. Oder besser gesagt, gefiel er sich in dieser Rolle.

Und so wie Ludwig gebaut war, hätte er das womöglich sogar durchgezogen, wäre er ein einsamer Eigenbrötler geworden. Wäre da nicht Marcella gewesen, die bildschöne Nachbarin.

Marcellas Schönheit war fast schon aufdringlich. Ihr Teint war weiß, ihre Haare waren pechschwarz. Das Temperament sprang ihr aus den Augen heraus, fast konnte man es fühlen. Sie war bezaubernd, ja betörend. Sie schien das pralle Leben zu sein. Marcella kam aus Neapel.

Ihr Bruder Rocco hatte die Eisdiele gegenüber Ludwigs Elternhaus mitten in Biberach eröffnet. Nachdem es in Ludwigs Geburtsstadt aber schon eine Eisdiele gab, lief Roccos Laden mehr schlecht als recht. Das rief den geschäftstüchtigen Italiener auf den Plan. Er holte sein attraktives Schwesterlein nach, um die Gäste zu bedienen. Und Rocco hatte aufs richtige Pferd gesetzt: Die jungen Männer Biberachs strömten in Scharen, denn so ein himmlisches Geschöpf hatte man im Biberach der Nachkriegszeit noch nicht gesehen. Zuerst kamen die jungen Männer, danach auch die Mädchen. Die Jungs, die Teenager, die Männer, die Spieler vom örtlichen Fußballverein. Sie kamen aus allen Schichten der Bevölkerung, Arbeiter, Angestellte, Lehrer, sogar Söhne reicher Unternehmer bemühten sich um die schönste Frau der Welt, wie sie von vielen jungen Männern tituliert wurde.

Kurzum: Roccos Eisdiele wurde innerhalb kürzester Zeit zum »In-Lokal«, der Laden brummte. Marcella aber dachte gar nicht daran, dem Werben der zahlreichen lauten und leisen Verehrer nachzugeben. Als Bedienung war sie höflich, aber sehr spröde. Sie schien keinerlei Interesse an oberschwäbischen Balzhähnen zu haben. Gemeinerweise trug sie eine weiße Arbeitsschürze, die einem Arbeitsmantel gleichkam. Allerdings nicht wie die Arbeitsmäntel, die man sonst in Biberach sah. Nein, Marcellas Mantel kam aus Italien und hatte Stil, war schick, todschick sogar. Und er zeigte mehr von Marcellas körperlichen Vorzügen, als er verbergen sollte. Einer Mischung aus Sophia Loren und Gina Lollobrigida gleichkommend war Marcella mit jenen

Reizen ausgestattet, welche die beiden Italienerinnen zu Weltstars hatten werden lassen.

Die jungen Männer konnten Marcella umgarnen, wie sie wollten: Eine Chance hatte keiner bei ihr. Natürlich gefiel die schöne Nachbarin auch Ludwig. Aber der dachte gar nicht daran, sich um sie zu bemühen: Marcella war sechs Jahre älter als er und damit sogar älter als seine große Schwester Jutta. Außerdem gab es nur eine: Lilly. Die oder keine!

Doch dann kamen sich Ludwigs Eltern und Rocco näher. Zunächst bestand nur eine gut nachbarschaftliche Beziehung, die jedoch bald in eine Freundschaft mündete. Rocco war ein begeisterter Fußballspieler und hatte eine Heidenfreude daran, wenn er mit Ludwig und dessen Kumpeln kicken konnte. Auch die Kumpel hatten es gerne, wenn der Italiener mitspielte: Schließlich gab's hinterher immer eine Gratisportion Eis. Ludwig wunderte sich zwar, dass ihn dabei Marcella beim Vorbeigehen immer unabsichtlich streifte und sie das ganz offensichtlich nur bei ihm machte, wie er beobachtete. Er dachte sich aber überhaupt nichts dabei, denn er konnte mit Signalen dieser Art nichts anfangen. Noch nicht.

Es wurde Sommer und an den freien Tagen gingen die Hirschbergers mit Rocco und seiner schönen Schwester zum Baden. Nicht ins Freibad, nein, das fiel Rocco gar nicht ein. Er musste sein Schwesterchen vor den Blicken der jungen Männer schützen. Folglich fuhren sie an den abgelegenen Neuweiher in einem Wald hinter dem Ortsende von Ringschnait.

Marcella verhielt sich bei diesen Badeaufenthalten ganz anders als in der Eisdiele. Sie war freundlich, liebenswert, lachte, scherzte und tollte mit Ludwig im Wasser herum. Der wiederum genoss es in vollen Zügen, hautnah erblicken zu dürfen, wonach fast die gesamte Biberacher Männerwelt lechzte. Er empfand es sogar als besonderes Privileg, welches er aber bewusst vor seinen Freunden verschwieg. Die würden sich sonst auf ihr Fahrrad schwingen und auch an den Neuweiher fahren. Dass sich Marcella dabei viel mehr mit Ludwig abgab als mit Jutta, die eher gleichaltrig war, nahm Ludwig als gottgegeben hin.

Schließlich konnte er zu diesem Zeitpunkt noch nicht ahnen, was sich in Bälde herausstellen sollte: Marcella war sexuell etwas anderes orientiert, sie mochte keine erwachsenen Männer. Marcella hatte ein Faible für pubertierende Jungs. Und Ludwig war ihr Lieblingsobjekt. Der allerdings benötigte sehr lange, bis er das bemerkte. Und Marcella musste kräftig nachhelfen.

Marcellas Deutschkenntnisse waren eher miserabel. Zusammenhängende Sätze brachte sie kaum zustande. Es reichte gerade dafür, dass sie die Bestellungen der Gäste einigermaßen aufnehmen, ihnen das Gewünschte bringen und am Ende noch eine korrekte Abrechnung hinbekommen konnte.

Auch sie spielte gerne Fußball, was Ludwig natürlich mächtig imponierte. Regelmäßig kickte sie mit Rocco und Ludwig auf einer kleinen Lichtung im Wald beim Neuweiher. Natürlich gefiel Ludwig Marcellas beinharte und hautnahe Manndeckung – aber auch dabei dachte er sich überhaupt nichts. Hautnah gedeckt zu werden, war er ja beim Kicken gewohnt.

Eines Tages gingen sie nach dem Fußballspielen gemeinsam ins Wasser zum Schwimmen.

»Komm mit«, rief sie ihm zu und schwamm in einen abgelegenen Bereich des Neuweihers, wo sie schon fast vom Schilf umgeben waren.

»Nix mit Badehose is ville schenna«, sagte sie unvermittelt und zog ihre Bikinihose aus.

Ludwig stockte der Atem. Sein Herz pochte wie verrückt.

»Du auch«, forderte sie ihn auf.

Als Ludwig nicht reagierte, weil er gar nicht wusste, wie ihm geschah, ging sie zu ihm und zog ihm die Badehose aus. Dabei küsste sie Ludwig leidenschaftlich. Der wäre beinahe in Ohnmacht gefallen. Er hatte bis dahin noch nie einen Zungenkuss bekommen und Marcella genoss es sichtlich, dass Ludwigs Männlichkeit förmlich explodierte. Er benötigte relativ lange, bis er wieder – wie Marcella mit Badehose bekleidet – an den Strand zurückschwimmen konnte.

»Heuta Abend nach Arrbeit Marcella komme zu Ludawigga. An kleine Tire warta.«

Ludwig brauchte volle zwei Stunden, bis er sich der Tragweite dieses Satzes bewusst wurde. Er sollte warten, bis das Licht in der Eisdiele ausging und sich dann zur Türe des Nebeneingangs an seinem Elternhaus begeben. Marcella würde ihn besuchen. Was war, wenn sie ihm wieder die Hose herunterziehen würde? Er musste mit ihr irgendwo hingehen, wo Jutta sie keinesfalls entdeckte. In dem geräumigen Haus gab es viele Möglichkeiten, aber Ludwig fand nur einen Raum, wo sie vor seiner Schwester absolut sicher sein konnten: ein Zimmer im ersten Stock, eine Art Gästezimmer. Sogar eine Liege stand drin. Als Jutta einmal diesen Raum säuberte, sprang ein Mäuschen herum. Sie schrie wie eine Irrsinnige und schwor, diesen Raum nie mehr in ihrem Leben zu betreten.

An diesem Abend wurde Ludwig zum Mann. Marcella entführte ihn in sämtliche Töpfe der körperlichen Liebe – und sie kam fortan allabendlich. Bis auf ein paar Tage im Monat. Aber warum, das wusste Ludwig schon. Immerhin lebte er ja in einem Haushalt mit Frauen.

Den beiden war aber bewusst, dass absolute Verschwiegenheit die Grundvoraussetzung für das amouröse Abenteuer war.

»Wenn Rocco wissen, Marcella wieder Italia und Ludawigga auf Nase boxen.«

Diese Drohung war deutlich genug: Dass Marcella wieder nach Italien nach Hause verfrachtet und Ludwig außerdem von dem sehr kräftigen Rocco verprügelt werden würde, wirkte eindringlich genug. Seine Entwicklung vom Knaben zum Heranwachsenden ging nicht wie bei den anderen allmählich vonstatten, sondern machte ungeheure Zeitsprünge.

Zwar ärgerte es Ludwig ein bisschen, dass er nicht mithalten konnte, wenn seine Kumpel mit tatsächlich stattgefundenen oder erfundenen Liebesabenteuer prahlten, aber dass ausgerechnet er derjenige war, den Marcella von allen Verehrern auserwählt hatte, entschädigte ihn vollends.

Eines Nachmittags genossen Ludwig und seine Freunde das gemeinsame Eis nach dem Kicken mit Rocco, als Lilly und ihr Bill ebenfalls in das »Rocco« kamen. Sie setzten sich an einen Nebentisch, nahmen aber von Ludwig und seinen Freunden keine Notiz und unterhielten sich miteinander. Scheinbar nahmen sie nichts um sich herum wahr. Ludwig betrachtete Lilly. Ob sie wohl mit Bill dieselben Dinge machte wie er mit Marcella oder, um bei der Wahrheit zu bleiben, Marcella mit ihm?

Wie wäre es wohl, wenn er die Dinge, die ihm Marcella gelehrt hatte, mit Lilly tun würde? Ob sie überhaupt wusste, dass es so etwas Einmaliges gab? Während er sich von seinen Gedanken treiben ließ, rammte ihn Marcella so heftig in die Rippen, dass sie das Tablett fallen ließ und die darauf befindliche Tasse Espresso zu Bruch ging.

»Du nixa Lilly schauen. Lilly nix Deine, Marcella Deine«, würde sie ihm am Abend sagen, wenn sie wieder in seinen Armen lag und leise »Aiuto« in sein Ohr flüstern würde.

»Das war aber heftig«, reagierte Richard spontan.

»Immerhin hast du jetzt mal Körperkontakt mit ihr gehabt«, rief Lothar lauthals lachend aus.

Wenn du wüsstest, hätte Ludwig am liebsten gesagt, musste sich aber zurückhalten.

Als Marcella die Scherben auf dem Boden zusammenkehrte, bekamen die Jungs schiefe Hälse und Stielaugen: Die Chance, in ihren Ausschnitt oder gar unter ihren Rock zu schauen, war für die pubertierenden Jungs schlichtweg zu verlockend. Nur Ludwig blieb völlig ruhig: Er kannte die Früchte ja in- und auswendig.

Doch diese Situation rief Rocco auf den Plan. Die ganze Zeit hegte er schon den Verdacht, dass es sein Schwesterlein mit irgendeinem Kerl trieb. Nur, er kam ihr nicht auf die Schliche. Marcella verstand es meisterhaft, sich unerkannt aus dem Haus zu stehlen. Mit diesem kleinen Bastard etwa, diesem Ludwig? Der kann ja kein Wässerchen trüben, hatte er bisher gedacht. Dieser Sache würde er auf den Grund gehen müssen. Die ersten beiden Nächte war er nicht erfolgreich: Er beobachtete den Haupteingang. Auch am nächsten Abend kam er nicht weiter. Rocco war inzwischen überzeugt davon, dass zwischen Marcella und Ludwig etwas stattfand, was einfach nicht sein durfte und sich offenbar jede Nacht wiederholte. Eine Schande war das: Eine erwachsene junge schöne Frau, die sich jeden Mann in dieser Stadt hätte nehmen können, trieb es mit einem Minderjährigen. Einem Buben, der noch nicht einmal richtig trocken hinter den Ohren war. Unvorstellbar. Wehe, das sollte sich als wahr herausstellen.

Nach vier Tagen geschah genau das: Rocco beobachtete, wie Marcella, nachdem er in sein Schlafzimmer gegangen war, wieder aufstand, sich in die Toilette der Eisdiele einschloss und nicht mehr herauskam. Bereits am nächsten Tag bezog er Stellung und verfolgte Marcella bis zum kleinen

Eingang am Haus gegenüber, wo sie von Ludwig empfangen wurde. Rocco klingelte total schockiert bei Ludwigs Eltern, um sie von der Ungeheuerlichkeit seiner Beobachtung zu unterrichten.

Am nächsten Tag brachte Rocco seine Schwester stehenden Fußes beziehungsweise fahrenden VW-Käfers wieder nach Neapel.

Und nun bekam Ludwig Liebeskummer. Echten, richtigen Liebeskummer. Jetzt half kein Fußball mehr. Kein Freddy Quinn, keine Gitarre und kein Meer. Auch der »Lonesome Rider« war überhaupt keine Option mehr. Ludwig musste nach Neapel. Koste es, was es wolle. Probleme in der Schule? Egal! Probleme mit den Eltern? Egal. Die Kumpel? Wurscht! Lilly? Schade, aber jetzt war Marcella seine Herzensdame. Außerdem würde Lilly eh diesen Bill heiraten. Nscho-tschi? Ach was! Kinderkram!

Er zählte sein Erspartes. Würde wohl kaum reichen für eine Reise in den Süden Italiens, aber Marcella hatte ihm in weiser Voraussicht ein Kuvert für den Fall übergeben, dass das passieren würde, was jetzt passiert war. Ludwig öffnete es und entdeckte die für ihn unvorstellbare Summe von 200 D-Mark, ein Teil des meist üppigen Trinkgelds, das Marcella bekommen hatte.

Ein paar Tage später bestieg Ludwig in aller Herrgottsfrühe den ersten Zug nach Friedrichshafen. Dort ging er auf die Bodenseefähre nach Romanshorn in der Schweiz, wo er sich beim Aussteigen so geschickt unter die Berufspendler mischte, dass er unerkannt und ohne seinen Pass herzeigen zu müssen, in das Land der Eidgenossen einreisen konnte. Und er hatte noch das Glück, einen Lkw-Fahrer hinter dem Zollamt zu erwischen, der nach Lugano fahren musste. Dort gab ihm der Mann sogar noch einen Tipp:

»Dieser Lastzug fährt nach Mailand«, sagte er und zeigte

auf ein in unmittelbarer Nähe parkendes Fahrzeug. »Frag, ob du mitfahren darfst.«

Gesagt, getan. Ludwig durfte mitfahren, wurde aber am Grenzübergang Chiasso entdeckt und von den Schweizer Behörden postwendend – und zwar in einem verschlossenen Zugabteil – wieder nach Romanshorn spediert, wo er von seinem erbosten Vater mit einer saftigen Ohrfeige in Empfang genommen wurde.

Nach wenigen Tagen erhielt er einen Brief von Marcella auf Italienisch, den sich Ludwig nicht etwa von Rocco, sondern von einem italienischen Gastarbeiter übersetzen ließ, den er ebenfalls vom Fußball her kannte. Der lachte zunächst:

»Ah, du die kleine Junge mit Amore bei Marcella, oh Mamma mia!«, sagte dieser und pfiff durch die Zähne.

Dann übersetzte er den Brief und was Ludwig zu hören bekam, war erschütternd: Marcella schrieb, sie sei gegangen, weil sie ihm nicht wehtun wolle. Sie empfinde keine Liebe für ihn, er sei nur ein Abenteuer gewesen, das jetzt ein für alle Mal vorbei sei. Er solle sie bitte nie mehr kontaktieren und sie ja nicht mehr besuchen wollen. Sie habe schon einen neuen Freund in Neapel gefunden.

Das traf Ludwig wie ein Keulenschlag. Viel schlimmer noch als die Drohung, wegen des unerlaubten Wegbleibens von der Schule gewiesen zu werden. Durch die Freundschaft seines Vaters mit dem Schuldirektor war Ludwig mit einem Ultimatum davongekommen. Das Leben ohne Marcella jedoch wurde von Tag zu Tag trister. Sinnigerweise gab es gerade einen ziemlich bekannten Schlager: »Melancholie im September, das ist alles, was mir blieb von dir«, hieß der. Das drückte genau seine Gefühle aus und er hörte diesen Song andauernd. Eines ließ er sich jedoch nicht nehmen: Er schickte Marcella den Umschlag mit den 200 D-Mark zurück. Schließlich hatte er von dem Geld fast nichts gebraucht. Und es gehörte ihr. Seine ursprüngliche Idee, den Umschlag Rocco zu geben, verwarf er nach kurzer Überlegung. Tagelang blieb er alleine zu Hause. Seine Kumpel wollten ihn zum Fußball holen. Kein Interesse.

»Komm, wir gehen zum Eis essen ins ›Rocco‹«, schlugen sie vor.

Auf gar keinen Fall. Die hatten ja keine Ahnung, was vorgefallen war.

»Schade, die Marcella ist gar nicht mehr da«, bedauerten seine Kumpel.

Sie sei wieder nach Italien zurückgegangen, habe dort einen Verlobten. Deshalb sei sie auch so unnahbar gewesen, glaubte einer seiner Kumpel zu wissen, was Ludwig natürlich einen fürchterlichen Stich ins Herz gab.

Es dauerte etliche Wochen, ehe Ludwig wieder klar denken konnte. Marcella hatte schon wieder einen neuen Freund, war womöglich sogar schon verlobt. Er war entsetzlich enttäuscht. Das hätte er nicht von ihr gedacht. Es war zu vertrackt: Die Liebe und Ludwig, das waren offenbar zwei Dinge, die nicht zueinander passten.

Danach überlegte er sich, ob er es noch einmal bei Lilly versuchen sollte. Nach ein paar Tagen ergab sich eine Gelegenheit. Ludwig besuchte ein Beat-Konzert, bei dem auch Lilly anwesend war. Sogar ohne ihren Bill. Er unterhielt sich mit ihr. Ganz nett sogar, weil er seine Scheu doch etwas verloren hatte, aber die Erkenntnis, bei Lilly niemals landen zu können, weil er ganz offensichtlich einfach nicht ihr Typ war, trat schon sehr deutlich zutage.

Aber er sah noch ein anderes Mädchen bei diesem Beat-Nachmittag, sie hieß Gabi Hutter. Sie wurde für einige Zeit seine Freundin, ehe eine bösartige Intrige von Gabis Vater die beiden auseinanderbrachte. Als Gabis Ehemann im Jahr

2009 ermordet wurde, entlarvte Ludwig eben diesen Vater als den Mörder. Erst danach erfuhr Gabi von der Intrige. Während eines seiner letzten Aufenthalte in Biberach vor gut drei Jahren wohnte er sogar bei ihr. Bevor es jedoch zu einer weiteren Annäherung kam, funkte ihm Gernot Heubl dazwischen. Sein Freund wohnte ebenfalls bei Gabi Maurer, wie sie inzwischen hieß, und nutzte die Gunst der Stunde. Seither lebte der Wiener bei ihr in der Biberacher Memelstraße.

Als Marcella Ludwig Ende der 1980er-Jahre mit ihrem Mann in Wien besuchte, zeigte er ihnen natürlich die Stadt. Ihr Mann war ein sympathischer Mensch und typisch italienisch, sehr temperamentvoll und lebhaft. Ludwig konnte sich durchaus ausmalen, dass diese Ehe alles andere als langweilig verlief. Lea war nicht mitgekommen, obwohl Ludwig sie darum gebeten hatte.

»Wenn dich deine erste Liebe in Wien besucht, muss ich nicht dabei sein. Es genügt schon, wenn ihr Mann dabei ist.«

Dass Marcella nichts unversucht gelassen hatte, ihn ausfindig zu machen, ehrte Ludwig, verwunderte ihn aber zunächst schon. Da Marcellas Mann nach der ausführlichen Stadtführung noch einen Bekannten in Wien besuchen wollte, warteten Ludwig und Marcella solange im »Café Prückel«, das in unmittelbarer Nähe lag.

»Ich wurde zu dem Brief damals gezwungen«, sagte sie und wirkte sehr melancholisch. »Ich habe dich sehr geliebt damals und hättest du es bis nach Napoli geschafft, wäre ich mit dir durchgebrannt.«

Ihr Deutsch war keinesfalls besser geworden, aber Ludwig bemerkte, dass sie diesen Satz richtig gelernt hatte. Ludwig erzählte ihr von seinen Sehnsüchten nach ihr und wie sehr er unter ihrem Weggang gelitten habe.

Doch Marcella schnitt ihm das Wort ab:

»Aber als du mir das Geld geschickt hast, war das der schlimmste Tag in meinem Leben. Da wusste ich, dass du nie zu mir kommen würdest.«

Sie sagte diesen Satz teils auf Deutsch, teils auf Italienisch und echauffierte sich auch nach 25 Jahren immer noch. Ludwig wurde das Gefühl nicht los, dass sie dieses Treffen nur deshalb arrangiert hatte, um ihm das zu sagen.

»Ich glaube, mein Alter und dein Bruder hätten mich umgebracht, wenn ich es noch einmal versucht hätte«, gestand Ludwig. »Außerdem hast du mir geschrieben, du hättest wieder einen Freund in Neapel. Meine Kumpel sagten mir sogar, du seiest verlobt. Ich habe gelitten wie ein Hund. Glaube mir, wenn du geschrieben hättest, ich soll es noch einmal versuchen, zu dir zu kommen, hätte ich es damals jeden Tag versucht. Ohne Rücksicht auf Verluste!«

Sie stand auf, küsste ihn auf die Wange und flüsterte ihm ein leises »Aiuto« ins Ohr, wie sie es immer getan hatte, wenn sie sich im »Mäuseraum« geliebt hatten. Dieses »Aiuto« war Marcellas Hilfeschrei gewesen für die Beziehung zu Ludwig, die so nicht hatte sein dürfen, und für eine ausweglose Situation, die sie eigentlich hätte auflösen müssen, was sie aber nicht gekonnt hatte.

Sie war fülliger geworden, aber immer noch eine richtige Schönheit. Und immer noch begehrenswert.

»Luigi ist sechs Jahre jünger als ich, genau wie du«, sagte sie zu ihm.

»Sieht man überhaupt nicht«, kommentierte Ludwig, als Luigi, Marcellas Mann, das Café wieder betrat.

Freitagnachmittag, Playa Taurito: Es waren zwar viele Touristen da, aber beileibe nicht so viele wie in Playa del Inglés, Maspalomas oder Puerto Rico. Ludwig genoss aber die neidischen Blicke der Männer. Sie waren leicht zu deuten: Wie kam es, dass dieser alte Knacker so eine Welt-Frau mit an den Strand brachte. War sie seine Tochter? Oder gar seine Enkelin? Für Ludwig war das wie ein Déjà-vu, als er mit Marcella, der rassigen Italienerin vom Eiscafé, an den Neuweiher gefahren war. Nur, dass ihm Mariana nicht die Badehose auszog. Ludwig musste selbst über diesen Gedanken lachen.

»Morgen früh fahre ich wieder weg. Ich habe hier ja einen Job zu erledigen. Ich suche schließlich Samuel Finger und bin nicht als Tourist hierhergekommen.«

»Nimmst du mich mit?«, fragte Mariana.

»Liebend gerne, aber ich glaube, es wird eher langweilig und sehr beschwerlich werden.«

Aber Mariana roch den Braten.

»Du willst mich nicht dabeihaben, weil du eine Spur verfolgst, an der du mich nicht teilhaben lassen willst. Warum?«

Warum wollte sie unbedingt mit? Welches Interesse hatte sie an diesem Fall? Hatte vielleicht Giorgio doch Mariana auf ihn angesetzt, weil er bemerkt hatte, dass es Esther überhaupt nicht gelang, Ludwig zu durchschauen? Er würde ihr etwas mehr erzählen müssen, denn eine misstrauische Mariana war so ziemlich das Letzte, was er jetzt brauchen konnte.

»Es könnte etwas gefährlich werden morgen, Mariana. Ich kann dich nicht mitnehmen.«

»Dann pass bloß auf dich auf!«

»Schön, dass du das sagst. Ich brauche jetzt jede Unterstützung, denn ich werde das Gefühl nicht los, gegen ein unsichtbares Monster zu kämpfen. Ein Monster, welches sich wie ein Wolf im Schafspelz zeigt.«

»Und wen meinst du damit?«, fragte Mariana.

»Wie gesagt, ein unsichtbares Monster. Ein Monster, das man nicht erkennt, kann man auch nicht benennen.«

»Und ich dachte schon, wir hätten ein vertrauliches, ein aufrichtiges Verhältnis zueinander.«

Mariana wirkte ziemlich enttäuscht. Was war das? Wollte sie ihm etwas sagen oder wollte sie etwas von ihm wissen, sollte sie ihn ausquetschen? Er brauchte Klarheit. Konnte er sich auf Mariana verlassen oder nicht?

»Du hast völlig recht Mariana. Unser Verhältnis ist aufrichtig und vertrauensvoll. Das schaffe ich ganz selten bei einer Frau, dass ich in so kurzer Zeit so locker und leutselig sein kann. Normalerweise bin ich bei Frauen ein völliger Tollpatsch, der alles kaputtmacht, was man nur kaputtmachen kann. Sogar seine eigene Familie.«

»Und bei mir ist das alles nicht so?«, zeigte sich Mariana verwundert.

»Nein, bei dir ist das nicht so. Du bist eine Ausnahme. Warum, kann ich dir nicht erklären. Es könnte dich verletzen.«

Er hätte es wissen müssen. Mit so einer Antwort gab sich Mariana natürlich nicht zufrieden.

»Wie willst du mich verletzen? Ich bin ja mit Giorgio zusammen und nicht mit dir!«, entgegnete sie.

Womit sie natürlich völlig recht hatte.

»Also gut. Ich war ein total verklemmter Teenager. Sobald ich mit einem Mädchen sprach, bekam ich zitterige Knie. Ich dachte, ich würde ewig alleine bleiben, doch dann kam sie. Ich war gerade 16 Jahre alt geworden. Sie war der erste Sonnenschein, den ich erblickte, sie war der hellste Stern am Himmel. Sie hat mich in die Geheimnisse der Liebe eingeführt. Sie war ein Traum, für einen pubertierenden Teenager ein Geschenk des Himmels.«

»Und was hat das mit mir zu tun?«

»Sie war ...«, Ludwig stockte kurz, »... sie ist dein Ebenbild. Du bist ihr wie aus dem Gesicht geschnitten, bist wie ein eineiiger Zwilling von ihr.« Ludwig bekam glänzende Augen. »Mit einer Ausnahme: Sie hatte schwarzes Haar.«

»Und sie hieß Marcella«, rief Mariana aus und lachte dabei.

»Woher weißt du das?«, reagierte Ludwig sichtlich schockiert.

»Weil du einmal Marcella zu mir gesagt hast und ich mich deswegen gewundert habe.«

»Oh, sorry, das ist mir gar nicht aufgefallen.«

Das ist ja peinlich, dachte Ludwig.

»Hast du ein Bild von ihr? Zeig her!«

Mariana war keinesfalls verletzt, aber sie war natürlich neugierig.

»Weißt du, damals war ein Foto noch etwas Wertvolles. Ich hatte gar keinen Fotoapparat. Man fotografierte meistens in Schwarz-Weiß, dann musste man den Film entwickeln lassen. Außerdem war unsere Liebe streng geheim!«

»Oh, Ludwig mit Geheimnissen, das musst du mir erzählen.«

Ludwig erzählte ihr die ganze Affäre mit Marcella. Er ließ nichts weg. Nicht einmal ihr trauriges Ende und den Besuch Marcellas in Wien.

»Das ist ja fast wie bei Romeo und Julia«, meinte Mariana, nahm Ludwig in den Arm und küsste ihn auf die Wange. »Und jetzt erzählst du mir noch, wer dieses unsichtbare Monster ist.« Sie schien gar nicht auf eine Antwort zu warten. »Weißt du, ich mache mir so meine Gedanken!«

Sprach's und verschwand in ihrem Appartement, während Ludwig den Schauer genoss, der ihm gerade über den Rücken lief.

Irgendwie wurde Ludwig das Gefühl nicht los, dass auch Mariana inzwischen ahnte, ihr Liebhaber könnte etwas mit dem Verschwinden von Samuel Finger zu tun haben. Nachdem er so ein tolles Vertrauensverhältnis mit ihr hergestellt hatte, sollte er mit ihr reden, sollte er sie einweihen. Andererseits würde sie das unmittelbar selbst in Gefahr bringen. Ludwig war hin- und hergerissen.

Ludwig fuhr am Samstag viel zu früh los. Bei solchen wichtigen Terminen war er lieber zwei Stunden eher da als eine Sekunde zu spät. Entsprechend früh kam er an und hatte noch freie Zeit. Er parkte seinen Leihwagen in einer Tiefgarage und schlenderte zum Hafen in Richtung Pier 36. Schon 100 Meter davor entdeckte er eine Art Kiosk, an dem Schiffstouren verkauft wurden. Ein Schild fiel Ludwig gleich ins Auge. Auf dem stand:

Gönnen Sie sich ein besonderes Abenteuer. Fahren Sie mit einem echten Fischtrawler auf den Atlantik hinaus und erleben Sie Fischfang live. Nur 48 Euro inkl. Verpflegung. Besuchen Sie die FIRGAS.

Er löste ein Ticket bei der Dame am Kiosk.

»Wunderbare Reise, immer ausverkauft. Glück für dich. Habe nur noch acht Tickets übrig!«

Damit hätte Ludwig jetzt nicht gerechnet. So früh am Morgen. Und dann noch in Las Palmas, das ja nicht gerade von Touristen überflutet war. Aber nach und nach trafen Busse mit Touristen ein, welche an verschiedenen Fahrten, die im Hafen angeboten wurden, teilnahmen.

Allzu viele Touristen konnte die Firgas nicht mitnehmen, etwa 25. Für diese hatte man Stühle auf dem Deck aufgebaut. Ein Mann, vermutlich der Kapitän, erklärte den Besuchern, dass man jetzt circa drei Stunden in Richtung Norden fahre, wo ein größeres Rudel Haie vermutet werde. Die deutsche Übersetzung dessen, was der Kapitän zu sagen hatte, kam vom Band.

»Die Haie sind an sich sehr scheu, meiden den Menschen normalerweise. Er ist nicht ihre Beute. Er hat aber auch nur einen einzigen natürlichen Feind im Atlantik: den Orca. Deshalb haben wir auch einen Orca als Gallionsfigur. Auf der Fahrt zu unserem Fanggebiet werden wir etwas kleinere Fische, Quallen und sonstiges Kleintier fangen, die wir dann als Köder ins Meer werfen und die Haie damit anziehen werden.«

Der Mann erzählte noch eine Stunde lang über die Haie und ihr Verhalten. Darüber, wie viele Arten von Haien es gebe und wie prachtvoll sie schmecken würden. Aus diesem Grunde werde den Gästen eine Haifischflossen-Suppe zum Mittagessen gereicht.

Ludwig versuchte, seinen Kontaktmann, diesen Miguel, wie ihn die Bardame genannt hatte, zu erspähen. Der lief ein paar Mal übers Deck, ohne jedoch von Ludwig Notiz zu nehmen. Ludwig war sehr gespannt darauf, was ihm der Mann erzählen würde, der offenbar für den Beifang verantwortlich war.

Nach gut zweieinhalb Stunden schienen sie das Gebiet der Haie erreicht zu haben. Die Stimme des Kapitäns aus dem Lautsprecher sagte:

»Das was Sie jetzt sehen werden, werden Sie nicht sehr appetitlich finden, aber es muss sein. Sehen Sie dieses große Gitter am Heck? Durch dieses Gitter wird der Beifang, den wir seit Las Palmas gefangen haben, in ein Mahlwerk geworfen und ins Meer gekippt. Dadurch gibt es eine große Blutspur im Meer, von der die Haie magisch angezogen werden. So können wir sie dann fangen.«

Der dunkelhäutige Mann warf den Beifang auf das Gitter.

Von da aus fiel er in das Mahlwerk, wo er unter Gekreische zermalmt wurde und danach ins Meer fiel. Dabei sah der Mann gezielt nach Ludwig und machte ihm mit einer Kopfbewegung klar, dass Samuel Finger diesen grausamen Weg gegangen war. Außer Ludwig hatte niemand etwas von dieser Kopfbewegung mitbekommen.

Ludwig erschauderte. Er hätte sich beinahe übergeben, konnte sich aber gerade noch auf seine Aufgabe konzentrieren. Er sah den Mann an, deutete mit seiner Hand einen Schnitt durch den Hals an, zeigte zuerst auf das Schiff und dann Richtung Küste. Der Mann begriff sofort, was Ludwig wissen wollte: Wurde Samuel Finger auf der Firgas getötet oder an Land? Der Mann zeigte mit dem Finger in Richtung Küste. Damit war klar: Samuel Finger wurde an Land getötet und seine sterblichen Überreste mit dem Mahlwerk zermalmt und den Haien zum Fraß vorgeworfen. Eine entsetzliche Vorstellung. So also ging man in diesen Kreisen mit seinen Feinden um.

Dennoch, die 500 Euro hatten sich gelohnt. Eines war definitiv Fakt: Samuel Finger war tot. Mausetot und seine Leiche würde nie gefunden werden. Hätte Ludwig nicht derart tief gegraben, niemals hätte er erfahren, dass der Vermisste ermordet worden war. Bestialisch ermordet und noch bestialischer »entsorgt«.

Ludwig überlegte während der Rückfahrt nach Las Palmas, wie er Judith Finger-Pascher den Tod, vor allem die Art und Weise des Todes ihres Bruders nahebringen sollte. Er überlegte sich, ob er seine Aufgabe hiermit als erledigt betrachten oder ob er weiter ermitteln sollte. Schließlich wusste er ja noch nicht, wer Samuel Finger wie und wo getötet hatte. Sein Auftrag Judith Finger-Pascher gegenüber konnte als erledigt betrachtet werden. Aber Ludwig war Fallermittler. Er war wie ein Hund, der eine Spur aufgenommen hatte. Sie musste weiterverfolgt werden. Egal, wie gefährlich sein Nachfolger in Wien die Situation einschätzte.

Wer Samuel Finger getötet hatte, wusste er nicht. Wie Samuel Finger getötet wurde, wusste er nicht, wo Samuel Finger getötet wurde, wusste er auch nicht. Aber er hatte eine Vermutung, wer dahintersteckte: Giorgio.

Giorgio war sein neuer Feind. Er würde ihn in Zukunft Orca nennen. Ludwig hatte ja von Thomas Egger erfahren, dass Orca in der Organisation der Deckname für Giorgio war. Diese Organisation, das war Ludwig zwischenzeitlich klar, wurde auch die ehrenwerte Gesellschaft genannt oder die Mafia.

Mit seinen Hehlergeschäften war Samuel Finger dem Orca zu nahegetreten, hatte ihm gedroht, das Geschäft zu vermiesen. Von Taurito aus. Deshalb verlegte Giorgio sein Liebesnest nach Taurito, kaufte etliche Wohnungen, ließ sich zum Präsidenten der Eigentümergemeinschaft wählen und setzte seine Schwester Esther als Hausverwalterin und Raumpflegerin ein. In dieser Funktion hatte sie einen Schlüssel zu Samuels Appartement wie auch zu vielen anderen erhalten. Sie hatte sich das Vertrauen von Mariana erschlichen und sie wollte sich das Vertrauen von Ludwig erschleichen, was ihr aber nie gelang. Dass er wusste, in welchem Verhältnis Esther zu Giorgio stand, behielt er natürlich für sich. Jeder würde erahnen, dass er es von Mariana erfahren hatte, was sie in Gefahr brächte.

Ludwig war überzeugt, dass die Affäre zwischen Giorgio und Mariana kurz vor ihrem Ende stand. Nur Mariana ahnte nichts davon. Sie war womöglich in großer Gefahr. Und diese Gefahr hatte Ludwig heraufbeschworen. Jetzt war er für sie verantwortlich. Er konnte also noch nicht von der Insel gehen, musste zuerst Mariana in Sicherheit bringen.

Nur, die wusste noch gar nichts von ihrem kommenden Unglück. Sie war eben keine Analytikerin. Sie war eine wunderschöne, lebenslustige junge Frau, für deren Schutz er sich jetzt verantwortlich fühlte.

Als sie im Hafen von Las Palmas an Pier 36 wieder ankamen, war Ludwig der letzte Passagier, der die Firgas verließ.

Der Kapitän und ein Matrose gingen an Ludwig vorbei, gefolgt vom dunkelhäutigen Mann. Der zeigte, kurz nachdem er Ludwig wortlos überholt hatte, mit dem Kopf auf einen weißen Lieferwagen und ging weiter. Ludwig tat, als ob er sich erleichtern wollte, und ging um den Lieferwagen herum. Er merkte sich die Autonummer und sah auf der Seite ein Symbol. Aha, ein Orca. Mit diesem Lieferwagen war die Leiche von Samuel Finger also an Bord der Firgas gebracht worden. Genau diese Firgas, die der Getötete auf einem in dem Hemingway-Buch versteckten Zettel notiert hatte. Genau dieser Lieferwagen war es, den Ludwig vor dem Fischlokal in Agüimes gesehen hatte. Und Miguel war der Fahrer. Nun wusste er auch, woher ihm das Gesicht bekannt vorgekommen war.

Worauf war Samuel Finger gestoßen? Was ereignete sich noch alles auf dieser Firgas? Welche Geheimnisse barg sie?

Er würde den Mann noch einmal bestechen müssen. Dieses Mal jedoch von seinem Geld. Was sonst noch auf der Firgas vorging, konnte Samuels Schwester egal sein. Dass die Firgas dem Orca Giorgio nur als Fischfang-Schiff diente, war wohl kaum wahrscheinlich. Das war für seine Organisation nicht lukrativ genug. Sie war eine Tarnung. Wofür, wollte Ludwig noch herausfinden, denn er wollte diesem Orca das Handwerk legen.

Und noch etwas musste Ludwig herausbringen: In welchem Verhältnis standen Giorgio und Esther? Sie war seine Schwester, seine Verbündete, ohne Zweifel. Und was sonst noch? Diese Frau war ihm irgendwie ein Rätsel.

RÜCKBLICK AUF GIORGIOS WERDEGANG

Esther war mit 15 Jahren Vollwaise geworden. Ihre Eltern wurden bei einem Feuergefecht zweier Banden im sizilianischen Ort Bagheria ermordet. Es war die schlimmste Zeit auf Sizilien. Der Staat schien den Kampf gegen die Mafia schon verloren zu haben. Nun sollte Staatsanwalt Carlo Alberto Dalla Chiesa der Cosa Nostra das Handwerk legen. Ein erbitterter Kampf gegen den Staat begann, denn im Gegensatz zu seinen Vorgängern ging Dalla Chiesa rigoros vor. Der Mann war unbestechlich und furchtlos. Er sagte den Familien den Kampf an, aber auch die Familien untereinander begannen eine fürchterliche Fehde. Eine schreckliche Metzelei erschütterte die Insel. Ein gewisser Bruno sollte der Hintermann dieser gesamten Geschichte gewesen sein. Wer dieser Bruno war, wusste niemand. Ob er offiziell Bruno hieß, wusste auch niemand.

Man brachte Esther zur Schwester ihrer Mutter, die ihrerseits die Mutter des kleinen Giorgio war. Das Einzelkind Giorgio freute sich, plötzlich eine große Schwester zu haben, auch wenn sie in Wahrheit seine Cousine war. Ihre Tränen sah er nie, auch bemerkte er nicht, dass Esther ein sehr trauriges Mädchen war. Sie konnte es vor dem Kleinen sehr gut verbergen. Überhaupt sah sie in ihrer Rolle als große Schwester des kleinen Giorgio eine Lebensaufgabe in ihrem so sinnlos gewordenen Leben. Es war, so sah sie es, ihre einzig verbliebene Lebensaufgabe.

Natürlich bekam Esther mit, dass auch Paolo, Giorgios Vater in der Cosa Nostra beheimatet war. Er war, so weit konnte sie das verfolgen, sogar in der Hierarchie einige Stufen höher angesiedelt als ihr eigener Vater es gewesen war. Aber irgendwie schienen alle in Bagheria mit der Cosa Nostra zu tun zu haben. Und das Morden in der kleinen 50 000 Einwohner zählenden Stadt ging weiter. Immer weiter.

Sie bewohnten ein unauffälliges, älteres Haus in der Via Pittala, einer kleinen Seitenstraße vom Corso Butera. Giorgios Eltern galten als arbeitslos. Offiziell zumindest. Doch Esther wusste, dass Onkel Paolo einen sehr gefährlichen Job bei der Cosa Nostra verrichtete und des Öfteren einige Tage fehlte. Manchmal sogar einige Wochen, aber ihre Tanta Wanda wusste immer ganz genau, wann Paolo wieder nach Hause kam.

Esther fühlte sich als Beschützerin des kleinen Jungen. Nie wollte sie zulassen, dass Giorgio in die Quere der Cosa Nostra kam, denn die machte auch vor kleinen Kindern nicht halt, wenn es um die Vendetta ging. Das würde nur über ihre Leiche gehen. Nicht bei Giorgio. Ihn würde sie nicht verlieren. Vorher würde sie selbst ihr Leben geben.

Die Jahre zogen in die Lande. Aus Esther war eine junge Frau geworden. Sie machte sich aus den Annäherungsversuchen der jungen Männer von Bagheria nichts. Diese waren alle irgendwie mit der Cosa Nostra verbandelt und die war Esther seit dem gewaltsamen Tod ihrer Eltern total verhasst. Mit ihren 19 Jahren war sie noch ohne jegliche Beziehung gewesen. Nicht einmal einen Kuss hatte sie bekommen. Abgesehen natürlich von den vielen Küsschen, die sie vom kleinen Giorgio erhielt. Der würde bald zur Schule kommen und betrachtete Esther wie selbstverständlich als seine Schwester.

Esther hatte eine Halbtagsbeschäftigung in einer Bäckerei in Porticello gefunden, einem Stadtteil im Nachbarort Santa

Flavia. Sie war höflich, aber nicht freundlich zur Kundschaft. Die zahlreichen Avancen der jungen Männer von Porticello ignorierte sie wortlos. Trotzdem machte ihr die Arbeit in der Bäckerei Spaß. Sie betrachtete es eher als Ablenkung ihres ansonsten tristen Daseins. Außer natürlich Giorgio. Ihn zu beschützen, seine Unversehrtheit zu bewahren, hatte sie zu ihrer Lebensaufgabe gemacht.

Eines Morgens kam ein Mann in die Bäckerei hereingestürmt, den sie aus Bagheria kannte:

»Esther komm schnell, sie haben Paolo und Wanda erschossen!«, brüllte er.

Esther ließ die Bäckerei Bäckerei sein, setzte sich auf ihre Vespa und fuhr nach Bagheria zurück. Nicht etwa nach Hause, um sich ein Bild des Gemetzels zu machen, sondern schnurgerade in die Scuola elementare, um nach Giorgio zu suchen. Als sie ihn fand, nahm sie ihn in ihre Arme und weinte bitterlich. Als sie der Lehrerin erzählte, was passiert war, wusste die das schon. Aber sie hatte den kleinen Gio, wie sie ihn nannte, nicht aus seiner Zufriedenheit reißen wollen. So blieb es Esther vorbehalten, dem kleinen Jungen die Nachricht vom Tode seiner Eltern zu überbringen.

Giorgio vergoss viele Tränen, aber Esther hatte das Gefühl, dass er das Ganze sehr tapfer überstand. Sie konnten in der Wohnung in der Via Pittala wohnen bleiben.

»Bitte passe auf dich auf, Esther«, flehte er sie hin und wieder an, »dass sie dich nicht auch noch erschießen. Du bist das Einzige, was ich noch habe.«

Jedes Mal, wenn er das sagte, musste Esther weinen und jedes Mal drückte sie ihn fest an sich.

»Du musst mich halt beschützen, Giorgio«, sagte sie dann immer.

»Das werde ich tun wie ein Mann, Esther«, kam immer als Antwort.

Doch irgendwann reichte das Geld nicht mehr aus, das Esther bei der Halbtagsarbeit in der Bäckerei verdiente. Der Bäckermeister war allerdings sehr zufrieden mit ihrer Arbeit und beschäftigte sie ab dann ganztägig, damit sie und Giorgio genug zum Leben hatten.

Zu Esthers großem Verdruss ließ es sich natürlich nicht vermeiden, dass Giorgio, der inzwischen 14 Jahre alt geworden war und die Schule bald verlassen würde, mit Jungs zusammenkam, die so gar nicht nach ihrem Geschmack waren. Einer hieß Gianni und war zwei Jahre älter als Giorgio. Gianni hatte wie viele Kinder in Bagheria keine Lehrstelle bekommen und lungerte den ganz Tag nur herum, um zu warten, bis er der Cosa Nostra beitreten konnte. Den lieben langen Tag waren die beiden zusammen, sobald Giorgio aus der Schule kam. Tagsüber und meistens auch nachts. Eines Tages kam es zwischen Gianni und Giorgio zu folgendem Dialog:

»Welches ist dein Lieblingstier, Gio?«, fragte Gianni.

»Der Delfin«, antwortete Giorgio wie aus der Pistole geschossen.

»Quatsch. Delfine sind feige. Sie sind keine Kämpfer. Ich liebe Haie. Weiße Haie, das sind Kämpfer.« Gianni lächelte etwas herablassend. »Wie kann ein Junge Delfine lieben. Ein Junge aus Bagheria liebt keine Delfine. Ein Junge aus Bagheria liebt Haifische.«

»Ich mag aber Delfine«, beharrte Giorgio, »da gibt's ganz bestimmt auch mutige darunter, die kämpfen können!«

»Vielleicht Orcas, ja. Die könnte man durchgehen lassen. Aber die Flipper nicht!«

Von diesem Augenblick an waren Orcas die Lieblingstiere von Giorgio. Er fand in der spärlichen Bibliothek seines Vaters ein Lexikon, in dem ein Bild von einem Orca zu sehen war. Fortan malte er Orcas. In allen Dimensionen und Formen.

Aber Gianni erzählte Giorgio nicht nur etwas von den Orcas. Nein, er erzählte ihm noch etwas ganz anderes:

»Weißt du, wer deinen Vater erschossen hat?«

»Und meine Mutter.«

»Ja, gut. Dann auch deine Mutter. Weißt du es?«

»Nein. Weißt du es?«, fragte Giorgio zurück.

»Nicht ganz sicher. Aber im Ort erzählt man sich, es sei Mario Presti Filippo gewesen.«

»Die Hakennase? Dieser dreckige Kerl soll meine Eltern erschossen haben?«

»Ja, weil dein Vater Mitglieder aus seiner Familie umgebracht hat, Gio!«

»Mein Vater hat niemanden umgebracht. Sag das nicht noch einmal!«

Gianni lachte wieder dieses überlegene Lächeln des Wissenden gegenüber dem Unwissenden.

»Dein Vater, Gio, hat mindestens 25 Menschen auf dem Gewissen.«

Gianni genoss es richtig, als er sah, dass für den Amico gerade eine Welt zusammenbrach.

»Das glaube ich dir nicht. Wieso lügst du mich an? Warum erzählst du so einen Scheiß über meinen Vater?«

»Dein Vater, lieber Giorgio, war der Killer seiner Familie. Und er war der größte Hehler von ganz Bagheria, nein von ganz Sizilien oder von ganz Europa. Und deswegen ließ man ihn töten. Deine Mutter sollte nicht getötet werden. Sie war aber eine sehr mutige Frau und hat sich vor deinen Vater gestellt.«

»Sag, dass das nicht wahr ist.«

Giorgio hatte Tränen in den Augen. Tränen der Wut und Tränen der Trauer, aber auch Tränen des Stolzes auf seine Mutter.

»Doch. Es ist wahr. Ich weiß es ganz sicher.«

»Und Mario die Hakennase hat meine Eltern erschossen?«

»Ja Gio.« Wieder dieses überlegene Lächeln. »Wenn du eines Tages ein Mann bist, wirst du deine Eltern rächen müssen.«

Diesen Satz sagte Gianni in vollem Ernst.

»Ich bin ein Mann!«, sagte Giorgio, malte einen Orca in den Sand und ging wortlos.

Zum ersten Mal stritten sich Esther und Giorgio:

»Du hast es gewusst!«, brüllte der Junge seine schwesterliche Cousine an. »Du hast es gewusst und vor mir verheimlicht!«

»Was habe ich gewusst?«, fragte eine völlig konsternierte Esther.

»Dass die Hakennase meine Eltern erschossen hat!«

»Woher weißt du das?«, schrie Esther zurück.

»Also stimmt es!«, brüllte Giorgio völlig außer sich.

»Was soll stimmen?«

»Dass es stimmt mit der Hakennase und dass du es gewusst hast!«

Einige Zeit später, als sich die Situation wieder etwas beruhigt hatte, sagte Esther:

»Warum hätte ich dich mit diesem ganzen Mist belasten sollen? Warum hätte ich dir sagen sollen, dass dein Vater ein gefürchteter Killer war, der Leute auf der ganzen Welt umgebracht hat.«

»Warum hat er das getan?«

»Weil es sein Job war. Er war der Killer.«

»Und wieso bist du nicht gegangen? Wie konntest du jeden Morgen im Hause eines Killers aufwachen? Schämst du dich nicht?«

»Es war deinetwegen«, verteidigte sich Esther.

»Wieso meinetwegen?«

Giorgio begriff nichts.

»Du warst vom ersten Tag an, an dem ich bei euch war, das einzige Wesen, für das es sich lohnte, noch weiter zu leben. Ich hatte mir sehr genau überlegt, nach der ganzen Tragödie meinem Leben ein Ende zu setzen, aber dann kam dieser drollige kleine Kerl und durchquerte meine Pläne. Irgendwann einmal hast du, ohne es zu wissen, mir geholfen, dieses Trauma zu überwinden und wieder ein normales Leben zu führen. Und weil ich ahnte, dass dich dasselbe Schicksal wie mich ereilen würde, bin ich bei dir geblieben und habe mir geschworen, dich zu beschützen.«

Giorgio stand auf und umarmte Esther.

»Danke«, sagte er. »Vielen Dank, meine Liebe.« Und nach einer längeren Pause: »Aber wenn du meinst, du kannst mich daran hindern, eines Tages meine Eltern zu rächen und der Hakennase die Lichter auszublasen, täuschst du dich. Ich werde es tun. Man nennt es die Vendetta. Es ist meine Pflicht.«

»Wer hat dir denn nur diesen Unsinn in den Kopf gesetzt!« Esther erzürnte. »Du bist zu gar nichts verpflichtet. Du bist nur dir gegenüber verpflichtet. Lass diese Vendetta. Sie führt nur ins Elend. Sie führt jeden ins Elend. Sie hat meine Eltern getötet und hat deine Eltern getötet. Und sie wird dich töten. Wem nutzt das dann etwas? Du bist doch nicht so ein Dummkopf wie die anderen, du kannst doch begreifen, dass das eine Spirale ist, die immer und immer weitergeht und immer und immer wieder Trauer und Entsetzen auslöst. Bitte Gio, tu das nicht«, flehte Esther.

»Ich muss, es ist eine Frage der Ehre. Basta!«

»Warte wenigstens ab, bis du volljährig bist, sonst ziehst du mich noch in deine ›Ehre‹ mit hinein.«

»Versprochen!«, sagte Giorgio.

Doch er wusste, dass dies eine Lüge war. Er würde die

nächste Gelegenheit nutzen, um der Hakennase eine Kugel zu verpassen. Alles, was er jetzt noch brauchte, war eine Waffe.

Eines Tages hatte Giorgio einer Mitschülerin ein neues Handy geklaut. Es war eines jener damals neuartigen Handys, an denen man die Antenne nur noch ein paar Zentimeter ausziehen brauchte. Er musste ein geniales Versteck finden, denn mit großer Sicherheit würde man ihn verdächtigen. Schließlich war er geradezu berüchtigt für sein auffällig großes Interesse an den Phones. Er würde im Keller das etwas lose Mauerwerk lösen und das Handy hinter einen Ziegel legen. Das würde ganz bestimmt nicht auffallen. Er ging in den Keller und suchte nach dem Stein, der nach seiner Ansicht am lockersten saß, was bei etlichen der Fall war. Irgendwann einmal würde er das reparieren müssen. Nicht dass das ganze Haus einmal zusammenfiel und Esther und ihn begraben würde.

Dabei fiel ihm auf, dass ein Ziegel bereits besonders locker saß. Klasse, das vereinfachte die Arbeit kolossal. Nachdem er den Ziegelstein herausgelöst hatte, staunte er nicht schlecht. Plötzlich hielt er eine Plastiktüte in der Hand. Die Plastiktüte stammte von einem Supermarkt, der schon vor einigen Jahren pleitegegangen war. Die Tüte musste also schon ein paar Jahre auf dem Buckel haben. Er schaute hinein und fand eine Waffe. Es war einer Walther PPK. Wie kam diese Waffe hierher? Wer hatte sie hier versteckt? Nach einiger Zeit kam Giorgio auf die Idee, dass es sich um die Waffe seines Vaters handeln könnte. In einer weiteren Tüte fand sich auch Munition.

Er würde Gianni fragen. Gianni wusste einiges über Waffen und konnte ihm sicher beibringen, wie man eine solche Waffe bediente. Gianni war das, was man einen Waffennarren nannte. Gianni hatte mal den Revolver seines Vaters ergattert und Giorgio gezeigt, dass er sein Fahrrad mit einer Hand lenken und mit der anderen Hand eine Taube in der Luft abschießen konnte. Das hatte Giorgio mächtig imponiert.

»Wie kommst du denn zu so einer Monsterwaffe?«, fragte Gianni fast bewundernd. »Das ist ja eine Walther PPK. Diese Waffe benutzt die Polizei in Deutschland.« Sprach's und pfiff durch die Zähne. »Mannomann. Für die bekommst du bestimmt einen ganzen Haufen Geld!«

»Ich will kein Geld, ich will schießen lernen, Gianni. Und du sollst mir dabei helfen.«

So bestimmt hatte Gianni seinen Freund noch nie etwas sagen hören.

»Und was willst du dann tun, wenn du diese Waffe bedienen kannst?«, wollte Gianni wissen.

»Ich werde die Hakennase erschießen.«

Die Antwort war so klar wie eindeutig. Gianni pfiff wieder durch die Zähne.

»Da nimmst du dir aber ganz schön was vor. Die Hakennase gilt als der sicherste Schütze von ganz Sizilien«, warnte er Giorgio.

Der dachte: Gianni ist älter als ich. Er kennt sich mit Waffen besser aus als ich und er kann fantastisch gut schießen. Aber Gianni wird es nicht sehr weit bringen in Bagheria, in der Familie. Gianni fehlt der Blick fürs Ganze. Gianni hat noch gar nicht mitbekommen, dass die Hakennase nicht nur Giorgios Eltern erschossen hat, sondern auch als Todfeind von Giannis Onkel Bruno gilt.

»Ich brauche nicht besser schießen können als er. Ich bin schlauer!«

Gio war sich seiner Sache offenbar sehr sicher.

»Na gut. Du musst es wissen«, sagte Gianni und begann mit dem Schießunterricht.

Drei Tage übten die beiden miteinander, danach nahm Gio die Waffe an sich und meinte:

»Das reicht jetzt. Ich glaube, ich kann gut genug schießen.«

»Ja, du bist ein richtiges Naturtalent. Du kannst jetzt schon viel besser schießen als ich«, wunderte sich Gianni.

Zwei Wochen später entdeckten Passanten in aller Herrgottsfrühe die Leiche der Hakennase am Corso Butera. Die größte Überraschung war die Tatwaffe, wie einem schockierenden Bericht des »Giornale di Sicilia« zu entnehmen war.

Der Todesengel von Bagheria ist wieder aktiv

Mario Presti Filippo ist tot. *Eines der gefürchtetsten Mitglieder der Cosa Nostra wurde erschossen am frühen Morgen am Corso gefunden. Die Staatsanwaltschaft hat den Leichnam von Filippo, den man auch die Hakennase nannte, genauestens untersucht. Er war mit einem gezielten Schuss getötet worden. Aus wenigen Metern Entfernung, vermutlich mit einem Schalldämpfer. Von oben, was einige Rätsel aufgibt. Keine Rätsel hingegen gibt die Tatwaffe auf. Und sie macht Angst. Jahrelang hatte sie geschwiegen, die Todeswaffe von Bagheria, eine Walther PPK, die in Deutschland einstmals einer Polizeibehörde in Nordrhein-Westfalen gestohlen worden war und so unendlich viel Unheil in Sizilien angerichtet hat. Man hatte gehofft, dass die Waffe nicht mehr im Land und der Schütze tot oder verschwunden ist. Diese Hoffnung hat sich nun zerschlagen. Der Todesengel von Bagheria hat wieder zugeschlagen; er ist wieder aktiv. Was das zu bedeuten hat und was wir in den nächsten Wochen und Monaten zu befürchten haben, werden wir leider sehr bald erfahren müssen. Wie uns die zuständige Staatsanwältin Maria Melide erklärte, gebe es* *keine Zweifel daran, dass es sich um die Walther des Todesengels von Bahgeria handele. Acht Jahre hat die Waffe geschwiegen, jetzt ist sie wieder aktiv. Und jeder Bürger in Bagheria weiß, was das zu bedeuten hat. Möge uns die Madonna beschützen!*

Danach verschwanden die Waffe, Schalldämpfer und Munition mitsamt dem Handy wieder hinter den Ziegelsteinen im Keller des Hauses in der Via Pittala, nur einen Steinwurf vom Tatort entfernt.

Gianni war schwer beeindruckt. Er war außer Giorgio der Einzige, der wusste, wer die Hakennase erschossen hatte. Von diesem Tag an betrachtete er Giorgio nicht mehr als seinen jüngeren Freund, sondern als den kommenden Mann in Bagheria oder sogar in ganz Sizilien.

»Gianni, ich hätte da eine große Bitte an dich!«, sagte Gio am nächsten Morgen.

Er tat, als ob nichts geschehen wäre, und auch Gianni sprach ihn nicht auf diese Tat an. Schließlich fühlten sich die beiden erwachsen und Erwachsene redeten in Bagheria über solche Dinge nicht.

»Ich möchte mit deinem Onkel Bruno reden!«, ergänzte Giorgio.

»Sonst haste wohl keine Wünsche. Der redet ja kaum mit mir!«

Das war wenig hoffnungsvoll, was Gianni ihm da antwortete.

»Komm, versuch's wenigstens«, bettelte Gio weiter.

Bruno war eine Instanz in Bagheria, besser gesagt, er war die Instanz.

»Aber du wirst ihm nicht erzählen, dass du die Hakennase erschossen hast?«, befürchtete Gianni.

»Doch, genau das werde ich tun!«

»Dann kannst du gleich den großen Viadotto hinunterspringen. Der erschießt dich auf der Stelle!«

Doch Giorgio ging gar nicht auf die Zweifel seines Freundes ein.

»Machst du es?«

»Ich will es versuchen«, murmelte Gianni. »Aber ich werde nichts von der Hakennase sagen. Und ich weiß auch nichts davon. Das musst du mir versprechen!«

Da sieh her, dachte Giorgio, mein großer und mutiger Freund bekommt plötzlich Federn. Aus ihm würde nie so ein starker Mann werden, wie Giorgio ursprünglich vermutet hatte. Er selbst würde der starke Mann werden und wollte dies auch unbedingt erreichen.

Nach ein paar Tagen kam Gianni ganz aufgeregt in den Pausenhof der Schule und suchte nach Giorgio. In einer Ecke fand er ihn. Ganz alleine mit sich selbst beschäftigt. Nur Stefania war bei ihm. Stefania, der große Schwarm aller Jungs. Aber Stefania war ebenso unnahbar wie Esther. Umso mehr wunderte sich Gianni, dass ausgerechnet Stefania bei seinem Freund stand.

»Ich sollte mal was alleine mit dir besprechen!«, sagte Gianni, der dabei gar nicht selbstsicher wirkte.

»Geht's um Bruno?«

»Ja.«

Giorgio flüsterte Stefania etwas in Ohr, worauf das hübsche Mädchen sofort verschwand. Verwundert sah ihr Gianni nach.

»Ich wusste gar nicht, dass ihr beiden euch kennt!«

»Was ist mit Bruno?«

Giorgio antwortete gar nicht auf Giannis Frage nach dem Mädchen. Das war nur seine und Stefanias Angelegenheit.

»Du sollst heute Nachmittag um 17 Uhr zu ihm kommen. Er hat nur fünf Minuten Zeit und meinte, er versohlt dir den Hintern, wenn du nichts Wichtiges hast, um ihn zu stören.«

»Der versohlt mir keinen Hintern«, antwortete Giorgio keck und grinste dabei.

Gianni fehlte, obwohl er ein paar Jahre älter als Giorgio war, der Durchblick für diese Situation. Gianni hatte nicht mitbekommen, was Giorgio mitbekommen hatte.

»Pass auf dich auf«, warnte Gianni den Freund, der sich wieder Stefania zuwandte.

Pünktlich um 17 Uhr klingelte Giorgio bei Bruno. Ein richtig riesiger Mann ließ ihn herein und fragte, ob er der Sohn von Paolo sei.

»Ja, der bin ich.«

»Also, komm mit, Babygesicht«, lachte der Hüne und öffnete die Tür.

»Du bist also Giorgio, der Sohn von Paolo. Was willst du Junge?«, wunderte sich der Pate.

»Ich will in deine Gruppe aufgenommen werden«, forderte Giorgio mutig.

»Hör mir mal genau zu, mein Junge: Ich habe dich empfangen, weil du der Sohn von Paolo bist, einem meiner besten Männer. Das gibt dir aber noch lange nicht das Recht, mir die Zeit zu rauben. Warte zehn Jahre, bis du ein Mann bist. Und lerne erst mal, geradeaus zu pissen!«, blaffte Bruno Gio an.

»Ich bin ein Mann«, kam die Antwort, unaufgeregt und lapidar.

»Soso, du bist ein Mann! Gut, aber jetzt verschwinde! Ich habe Wichtigeres zu tun.«

Bruno winkte den Hünen herein und deutete ihm an, den Jugendlichen wieder nach draußen zu bringen. Der machte allerdings keinerlei Anstalten aufzustehen. Im Gegenteil: Völlig ungerührt griff er in seine Tasche und legte die Walther PPK samt Schalldämpfer auf den Tisch.

Bruno sah sich die Waffe an und wurde blass. Sofort erkannte er, dass es sich um Paolos Walther handelte. Man hatte sie nach dessen Tod immer wieder gesucht, aber nie gefunden. Verwirrt hatte Bruno die Nachricht aufgenommen, dass die Hakennase mit Paolos Walther PKK erschossen worden war, und sich gefragt, wer das getan hatte und wie derjenige an die Waffe gekommen war. Sollte dieser Junge etwa die Hakennase erschossen haben? Sollte er seine Eltern gerächt haben? Ausgerechnet die Hakennase, an die sich keiner herantraute, weil dieses Herantrauen für jeden tödlich verlief? Und sollte tatsächlich dieser Heranwachsende diesen ausgeklügelten Plan entworfen haben und anschließend spurlos von der Bildfläche verschwunden sein? Wenn das stimmte, hätte er ein Juwel vor sich sitzen, welches gepflegt werden müsste und langsam in die Cosa Nostra eingeführt werden sollte. Sofort. Ohne Verzug. Er winkte dem Hünen wieder ab, der sogleich das Zimmer verließ.

»Woher bringst du die Waffe?«, fragte Bruno.

»Habe ich zu Hause gefunden!«

»Das kann nicht sein. Das wurde damals genau untersucht.«

»Nicht genau genug, sonst würde sie nicht hier liegen!«

Bruno wunderte sich über die Kaltschnäuzigkeit dieses Jungen.

»Also, wo war sie!«, forderte Bruno eine Antwort.

»Wenn ich in deiner Gruppe bin, fühle ich mich verpflichtet, es dir zu sagen. Vorher nicht!«

Bruno wollte aufstehen und dem Rotzlöffel eine Ohrfeige verpassen, besann sich aber eines Besseren und sagte:

»Dein Vater war der beste Mann in meiner Gruppe, also wirst auch du Teil meiner Gruppe sein. Wenn du es willst. Und du hast gesagt, du willst es. Ich werde dich ausbilden lassen. Giorgio. Unter einer Bedingung: Du wirst zu unserem nächsten Treffen Esther mitbringen.«

Bruno war ein Schwerenöter. So viel wusste Giorgio. Konnte er ja sein, aber nicht mit Esther. Das war er ihr schuldig nach allem, was sie für ihn getan hatte und was sie ihm bedeutete.

»Dann halt nicht«, sagte Giorgio, nahm die Walther auf und schickte sich an zu gehen.

»Setz dich wieder hin!«, befahl Bruno.

Giorgio blieb stehen.

»Nur, wenn wir Esther aus dem Spiel lassen!«

Wieder kam Giorgios Antwort einsilbig und trocken daher. Durch die Sache mit der Hakennase war sein Selbstvertrauen ungemein gewachsen.

»Okay, ohne Esther.«

Irgendwie imponierte ihm dieser Junge. Der hatte überhaupt keinen Genierer. Und Esther würde er sicher bei einer anderen Gelegenheit einmal umlegen können.

»Also, jetzt erzähl mal«, forderte Bruno.

Langsam, ganz langsam, fast schon lässig setzte sich Giorgio wieder in den Korbsessel mit dem Aluminiumrahmen.

»Es hat eine lange Vorbereitung gebraucht. Zuerst habe ich die Hakennase einige Tage beobachtet. Immer hatte er seinen Leibwächter dabei. Nur wenn er nachts zur dicken Wirtin schlich, war er alleine. Das hatte ich herausgefunden. Ich musste dann einen Ort finden, von wo aus ich auf ihn schießen konnte. Und zwar so, dass er mich nicht sehen konnte. Immer und immer wieder habe ich ihn verfolgt. Wie Sherlock Holmes. Er war so scharf auf die dicke Wirtin, dass er mich nie bemerkt hat.«

Dieser Junge war einfach unglaublich. Kein Mensch in Bagheria hatte eine Ahnung vom Verhältnis der Hakennase mit der dicken Wirtin. Und dann folgte er der Hakennase tagelang, ohne dass die ihn bemerkte. Die Hakennase. Von dem Mann, von dem man sagte, er würde einen Hasen im Wald drei Kilometer gegen den Wind wittern. Deshalb hörte Bruno ganz genau zu und unterbrach ganz entgegen seiner sonstigen Gewohnheiten Giorgio nicht.

»Er musste über den Corso Butera laufen. Da hat es ja diese Bäume. Ich musste mir einen Baum aussuchen, auf dem ich mich verstecken und nach dem Schuss verschwinden konnte. Von einem Ast aus konnte man direkt auf ein Hausdach klettern und vier Häuser weiter wohne ich ja. Ich habe nachts auf dem Ast gewartet, bis die Hakennase wieder herauskam. Er hatte sogar seinen Hosenladen noch auf. Mit dem Schalldämpfer habe ich dann der Hakennase in den Kopf geschossen und bin direkt vom Ast auf das Dach geklettert. Von da an war es keine Kunst, zu mir nach Hause über die anderen Dächer zu klettern. Am Dachfenster vom oberen Klo bin ich dann wieder hinuntergestiegen. Blöd war nur, dass ich warten musste.«

»Wieso warten?«

»Esther war gerade auf dem Klo. Ich hatte schon Angst, sie würde das Fenster zumachen. Das wäre Scheiße gewesen, aber sie hat's nicht gemacht, so konnte ich hineinklettern und die Pistole wieder an ihren Platz legen.«

»Und wo ist dieser Platz?«

»Im Keller hinter den Ziegelsteinen.«

»Wie hast du sie gefunden?«

»Ich habe mal ein Handy geklaut und es im Keller in der Mauer verstecken wollen. Dabei ist mir aufgefallen, dass ein Ziegel bereits ziemlich locker saß. Dahinter lag die Waffe.«

Giorgio wusste, dass man Bruno nie anlügen durfte. Niemals. Jeder, der ihn jemals angelogen hatte, war schon kurz danach nicht mehr am Leben gewesen. So auch seine ersten beiden Ehefrauen. Nachweisen konnte man Bruno allerdings nie etwas.

»In Ordnung, Giorgio. Du bist ab sofort Mitglied der Familie. Deine erste Aufgabe wird es sein, nicht ganz legale Ware an Touristen zu verkaufen. Aber so, dass es keiner merkt. Alfonso wird dich in dieses Geschäft einführen. Du wirst genau tun, was Alfonso dir sagt.«

So begann Giorgios Karriere als Händler von Hehlerwaren. Giorgio war ein gelehriger Schüler und Alfonso ein raffinierter Lehrer. Mit seiner gestenreichen Sprache verstand er es, den jungen Giorgio in die Welt der geraubten Kunstwerke und Schmuckstücke einzuführen. Und Giorgio war sehr gelehrig. Er sog alles wie ein Schwamm in sich auf. Dann ließ man ihn erste kleinere Deals alleine machen. Er bewährte sich nicht nur prächtig, er erwies sich als wahrer Meister seines Fachs. Gianni wurde sein Partner. Seltsamerweise unterstellte Bruno seinen Neffen dem Jüngeren. Auch er hatte offensichtlich erkannt, dass Giorgio der Bessere von den beiden war.

»Giorgio«, sagte Bruno eines Tages, »du wirst dich um Gianni kümmern. Gianni ist ein guter Junge, aber er ist ein Subalterner, ein Handlanger. Er wird die wahre Tätigkeit der Familie nicht erkennen. Führe du ihn und beschütze ihn. Er ist der einzige Sohn meiner Schwester.«

Esther blieb bei Giorgio, obwohl sie diese Geschäfte hasste, obwohl sie Gianni hasste, obwohl sie Bruno und die ganze Familie verachtete. Sie entwickelte sich als wahre Beschützerin. Sie erahnte Gefahren, wenn die anderen noch nicht einmal daran dachten. An den Hehlergeschäften beteiligte sie sich allerdings niemals. Das war unter ihrer Würde. Dass diese Würde in krassem Widerspruch zur Tätigkeit ihres innig geliebten brüderlichen Cousins stand, störte Esther nur bedingt.

Bruno gelang es im Übrigen nie, Esther umzulegen, was ihn maßlos ärgerte, denn es gab nur wenige Frauen auf Sizilien, die den Mut hatten, Bruno abzuweisen. Im schlimmsten Fall konnte das sogar den Tod bedeuten. Bruno war allerdings alles andere als ein Dummkopf und wusste, dass Gio den Tod seiner Schwester niemals ungesühnt lassen würde. Deshalb war Esther sicher. Nur deshalb. Dennoch würde er niemals aufgeben. Es durfte und konnte nicht sein, dass Bruno aufgab. Wenn er sich eine Frau in den Kopf gesetzt hatte, war sie fällig – und wenn er 20 Jahre warten müsste.

Kommt dein Giorgio heute?«, fragte Ludwig beim morgendlichen Schwimmen im Atlantik.

»Nein, der ist in Italien«, erwiderte die Schönheit. »Ist dir übrigens aufgefallen, dass ich viel mehr Zeit mit dir verbringe als mit ihm?«

Ludwig war sich bewusst, dass er langsam zum entscheidenden Punkt kommen musste. Aber nicht hier. Dennoch machte er eine sanfte Andeutung.

»Könnte es sein, dass dein ach so toller Giorgio auf mehreren Hochzeiten tanzt?«

»Nie!«, sagte sie und lachte dabei. »Und wenn du meinst, dass du bei mir anbändeln kannst, nimm dich in Acht! Giorgio ist stark und mächtig!«

Was als Spaß gemeint war von Mariana, war bitterer Ernst. Dessen war sich Ludwig bewusst. Viel mehr als Mariana. Aber er würde sie an diesem Abend einweihen müssen.

»Ich möchte dich heute Abend nach Mogán zum Essen einladen. In dieses tolle Fischrestaurant hinter der Strandpromenade.«

»Wie, du bist doch ein pensionierter Beamter. Der stürzt sich doch nicht in solche Unkosten!« Mariana hatte immer den Schalk im Nacken. »Aber, wenn ich einen Vorschlag machen darf, das Fischrestaurant in Agüimes ist noch besser.«

»Das mache ich auch nur bei Personen, die es mir absolut wert sind.« Das war keinesfalls als Schmeichelei gedacht. Das entsprach der Wahrheit. »Aber Agüimes ist, glaube ich, nicht der richtige Ort für das, was wir zu besprechen haben.«

Er hatte schließlich bei seinem Besuch in diesem Restaurant genau den weißen Lieferwagen mit dem Orca gesehen, mit dem die Leiche von Samuel Finger auf die Firgas transportiert worden war. Vermutlich war dieses Restaurant auch in der Hand von Giorgio.

»Na, das muss ja was Besonderes sein!«, grübelte Mariana.

Gegen 20 Uhr fuhren die beiden mit dem kleinen Ford nach Puerto de Mogán. Es dauerte nur wenige Minuten.

»Jetzt würde mich ja schon mal interessieren, wieso du mich zum Essen nach Mogán eingeladen hast und ich niemandem etwas davon erzählen durfte. Noch nicht einmal Esther«, fragte Mariana verwundert.

»Ganz einfach, weil sie eine Spionin ist.«

Mariana begann laut loszuprusten.

»Esther eine Spionin, hahaha!« Sie kriegte sich gar nicht mehr ein vor Lachen. »Wieso sollte Esther eine Spionin sein? Hahaha.«

»Sie spioniert für Giorgio.«

»Hahaha, denn der hat's ja dringend nötig, mich auszuspionieren!«

»Weniger dich, aber dazu komme ich später. Zuerst muss ich dir sagen, dass du bei Giorgio auf der Abschussliste stehst.«

Das war absolut starker Tobak, dessen war sich Ludwig bewusst.

»Du spinnst ja, du hast einen Vogel, du bist nicht mehr ganz dicht. Welche Sau hat denn dich geritten, dass du mir so einen Blödsinn erzählst? Gleich bestelle ich mir ein Taxi und fahre nach Hause.«

Die zuvor noch belustigte Mariana wurde auf einmal zornig. Richtig zornig.

»Ich erzähle dir noch viel mehr: Dein Giorgio hat dich nicht nur auf der Abschussliste, was ich dir übrigens beweisen kann. Nein, er hat auch mit dem Verschwinden von Samuel Finger zu tun. Ich behaupte sogar, dass er ihn hat umbringen lassen.«

Jetzt war es mit Marianas Beherrschung vollkommen geschehen. Sie schüttete Ludwig ihr Glas Champagner mitten ins Gesicht.

»So einen durchgeknallten Idioten habe ich ja noch nie erlebt. Was bildest du dir überhaupt ein? Was glaubst du, wer du bist, so über Giorgio reden zu dürfen, du alter, du stinkender Bulle? Hau ab, bevor ich mich vergesse!«

Ludwig hatte mit so einer Reaktion fast gerechnet. Bei Menschen mit einem derartigen Temperament, wie es Mariana besaß, war er so etwas durchaus gewohnt.

»Ich werde jetzt sofort Giorgio anrufen und danach die Polizei«, echauffierte sich Mariana.

Ludwig blieb, trotz des brennenden Champagners in seinem Gesicht, völlig ruhig. Er wischte sich noch nicht einmal ab und ließ die Tropfen gewähren, die dabei waren, sein schönstes Hemd zu ruinieren.

»Ich weiß genau, warum du so wütend bist.«

»Klar, wenn man derart gequirlte Scheiße vorgesetzt bekommt, ist wohl jeder böse!«

»Nein Mariana, du bist böse, weil du ganz genau weißt, dass ich dich noch nie belogen habe, dass ich dir noch nie etwas vorgemacht habe und dass ich dir so etwas nie erzählen würde, wenn ich es dir nicht beweisen könnte.«

»Was willst du mir beweisen, du Berufs-Querulant!«

Mariana redete immer noch in einer relativ hohen Lautstärke. Längst hatte sie die Aufmerksamkeit des Personals und der übrigen Gäste auf sich gezogen. Doch das war ihr völlig egal.

»Was willst du mir beweisen, du Wurm?«

Alle Beleidigungen überging Ludwig mit der ihm eigenen Souveränität. Sollten die Menschen um sie herum denken, was sie wollten. Ludwig würde diese Insel in wenigen Tagen wieder verlassen. Auch Mariana würde Gran Canaria bald verlassen, sie wusste es nur noch nicht.

»Gib mir mal dein beige-braunes Notizbüchlein«, ließ er Mariana wissen.

»Ja geht's noch, sag mal. Du hast in meinen Sachen rumspioniert? Das wirst du noch bereuen, du Hund, du elender!«

Der Inhaber des Restaurants kam an den Tisch und bat Mariana höflich, sich etwas zu mäßigen. Schließlich habe er noch andere Gäste. Doch Mariana dachte gar nicht daran, sich zu mäßigen.

»Ich werde jetzt die Polizei rufen, du blöder Hund!«

»Ich mache dir einen Vorschlag: Ich liefere dir jetzt die Beweise oder ehrlicherweise gesagt die Indizien für meine Behauptungen. Die hörst du dir an. Und wenn du dann immer noch der Meinung bist, du müsstest die Polizei holen und Giorgio anrufen, dann tust du es. Und ich werde hier auf alle warten.«

Ihre Augen funkelten böse. So hatte er die schöne Nachbarin noch nie gesehen. Ihre Gesichtszüge wirkten verzerrt, das Herz schlug ihr bis zum Hals. Es war leicht zu erkennen, dass sich Mariana in einem Ausnahmezustand befand. Aber noch größer als ihre Wut auf Ludwig war ihre Neugier. Damit hatte der Profiler gerechnet.

»Na dann schieß einfach mal los, du Klugscheißer!«

»Dazu brauche ich das Notizbuch.«

»Habe ich nicht dabei«, antwortete sie kurz und patzig.

»Doch«, meinte Ludwig, »es ist in deiner Handtasche im Seitenfach. Du musst nur den Reißverschluss öffnen.«

»Das gibt's doch nicht. Der Typ kennt sich in meiner Handtasche besser aus als ich!«

Sie schimpfte, tat aber, was Ludwig ihr auftrug: Sie öffnete den Reißverschluss und gab Ludwig das Notizbuch, das eigentlich ein Kalender war.

»Da, du weißt ja wohl besser als ich, was da drinnen steht!«

Sie war immer noch sehr empört.

Ludwig erklärte Mariana ganz genau, was er bei seinen Nachforschungen in ihrem Kalender festgestellt hatte. Er zog seine Gegenstücke aus dem etwas durchnässten Jackett und hielt sie genau über die anderen Termine.

»Sieh Mariana, jeder Mensch, und sei er auch noch so gerissen, tut Dinge aus dem Unterbewusstsein heraus. Unkontrolliert, unbedacht und nicht bewusst. Damit arbeiten wir Fallanalytiker. Und aufgrund dieses Musters kann ich dir mit Bestimmtheit voraussagen, dass du in acht bis zehn Wochen den Laufpass von Giorgio bekommst.«

Ludwigs Stimme war eindringlich. Mariana rutschte jetzt auf ihrem wohlgeformten Hinterteil herum, studierte genau das, was ihr Ludwig soeben gezeigt hatte. Und sie wurde blass um die Nase herum. Ihre Lippen wurden zu einem ganz dünnen Strich. Einen Augenblick lang hatte er Angst, sie könnte kollabieren. Aber nur einen Augenblick lang. Ludwig war überzeugt, dass sie so intelligent war, die Daten sofort erkennen und auch entlarven zu können. Währenddessen sprach er ganz leise weiter:

»Wenn wir Menschen Ratschläge bekommen, die uns in den Kram passen, nehmen wir sie gerne an. Wenn wir aber Ratschläge bekommen, die uns gegen den Strich gehen, reagieren wir verwirrt, mürrisch und manchmal sogar beleidigt, obwohl diese Ratschläge meistens sehr gut für uns wären. Wir sollten wenigstens bereit sein, über sie nachzudenken.«

»Dann hast du ja deinen Job erledigt. Dann kannst du ja wieder nach Hause fahren. Ich werde schon zurechtkommen. Um mich brauchst du dir keine Sorgen machen.«

Mariana wirkte desillusioniert und fatalistisch. Doch Ludwig zog ihr diesen Zahn sofort.

»Ich werde einen Teufel tun, dich ins Verderben rennen zu lassen. Ich habe dich in den vergangenen Wochen zu sehr schätzen gelernt, verehre dich viel zu sehr, um dich diesem Kerl auszuliefern. Ich sage bewusst nicht, ich hätte mich in dich verliebt, denn ich habe nicht das Alter, dich zu lieben. Deshalb verehre ich dich.«

»Non ho l'età«, Mariana begann ein Lied von Gigliola Cinquetti zu singen, genauso, wie es Marcella immer gesungen hatte zu der Zeit, als dieses Lied den Grand Prix Eurovision de la Chanson gewonnen hatte und Ludwig und Marcella zusammen gewesen waren. Als ob sie ein und dieselbe Person wären. Ludwig bekam Gänsehaut.

Doch es war nicht die Zeit für sentimentale Gefühle. Ludwig musste sich auf seinen Fall konzentrieren. Er würde wieder Miguel aufsuchen müssen, um den Rest zu erfahren. Nach Las Palmas. Zur Firgas.

Der nächste Morgen verlief einigermaßen ereignislos. Esther schien den Braten gerochen zu haben; sie achtete peinlich darauf, was Mariana und Ludwig jeweils taten. Eigentlich wollte Ludwig heute noch einmal zur Firgas fahren, verschob das Ganze aber auf den nächsten Morgen. Warum, war ihm im ersten Augenblick selbst nicht klar. Vermutlich brauchte er nach der aufreibenden Diskussion und dem emotionalen Gespräch mit Mariana Zeit und Ruhe, um das Ganze zu verarbeiten. Er ging ans Meer zum Schwimmen, ging zu Mittag ins Restaurant und aß ein Wiener Schnitzel mit Pommes. Das traute er sich im Beisein von Mariana nicht, sie hätte ihn wahrscheinlich völlig kulturlos genannt.

Als Ludwig in sein Appartement zurückkehrte, sah er, dass Giorgio da war. Allerdings war ihm schon am Nachmittag der Helikopter aufgefallen, weshalb es ihn auch nicht verwunderte, dass Marianas Lover zugegen war. Ludwig grüßte mit einem höflichen »Hola«.

»Willst du noch eine Tasse Kaffee?«, fragte ihn Mariana.

»Gerne, wenn ich nicht störe.«

»So ein angenehmer Nachbar stört uns nie.« Giorgio setzte ein breites Grinsen auf. »Außerdem möchte ich gerne wissen, was mit Samuel Finger los ist. Haben Sie schon entdeckt, wo er sich aufhält?«

Dass diese Frage rein rhetorisch war, wussten sowohl Giorgio als auch Ludwig. Nur, Giorgio wusste nicht, dass es Ludwig wusste. Sein Verhalten dem Profiler gegenüber wäre ein ganz anderes gewesen. So aber verharrte Giorgio in seiner gönnerhaften Arroganz.

Ludwig setzte sich hin und trank eine Tasse Kaffee. Ganz offensichtlich wollte Mariana ihm ermöglichen, Giorgio einige unangenehme Fragen zu stellen. Doch Ludwig hütete sich davor. Er wollte ja schließlich keine schlafenden Hunde wecken. Ludwig versuchte, seine Ermittlungsergebnisse vor dem Kerl zu verbergen, und sprach von Ermittlungen im Schwulen-Milieu.

»Also hier haben wir nie etwas bemerkt von Samuels Homosexualität«, meinte Giorgio. Und an Mariana gewandt: »Oder hast du jemals etwas bemerkt, Darling?«

»Na ja, so ganz koscher ist er mir nicht vorgekommen. Aber direkt bemerkt habe ich auch nichts.«

Ludwig ging ganz auf das Spiel ein:

»Das wundert mich nicht wirklich. Samuel Finger ging sehr vorsichtig mit seinen sexuellen Neigungen um. In diesem Appartement dürfte es nur in Ausnahmen zu Begegnungen gekommen sein, wenn überhaupt.«

»Was Sie da schon alles herausbekommen haben. Kompliment. Aber außer seiner Homosexualität gibt es keine Anhaltspunkte?«

Giorgio konnte doch wohl nicht im Entferntesten annehmen, dass Ludwig so naiv war, ihm seine wirklichen Ermittlungsergebnisse anzuzeigen. Aber das passte in das Bild, das sich Ludwig von ihm gemacht hatte: zu lange zu erfolgreich gewesen. Zu oft alle in die Irre geleitet. Zu oft war alles glatt gelaufen. Da lief man leicht Gefahr, sich für unfehlbar zu halten. Zu gerne zu glauben, dass alles, was man machte, was man tat, a priori das Richtige war. Jeden Gegner oder besser gesagt manche Gegner zu unterschätzen. Oder, was noch schlimmer ist: Gegner gar nicht für Gegner zu halten. Offensichtlich muss es so sein, dachte Ludwig. Oder der Mann spielte ein sehr durchtriebenes Spiel.

»Nein«, antwortete Ludwig deshalb. »Samuel Finger ist ein Philanthrop. Ein sehr erfolgreicher Geschäftsmann, der in einer kleinen Stadt zu relativ viel Vermögen gekommen ist. Dieses Vermögen war über längere Zeit auch in meinen Ermittlungen präsent. Jüngste Ergebnisse zeigen aber eindeutig in die Homo-Szene.«

Giorgios Fragen an Ludwig gingen weiter, aber der Fallanalytiker wich geschickt mit der ihm angeborenen Schläue aus. Irgendwann einmal verlor Giorgio das Interesse. Ludwig bemerkte dies und zog sich, höflich grüßend, in Samuels Appartement zurück.

Im Schach würde man dieses Scharmützel als Patt bezeichnen. Aber Ludwig sollte für seine Zurückhaltung an diesem Abend noch reich belohnt werden, denn ihm war nicht entgangen, dass Giorgios Schlüsselbund aus der Hose gerutscht und zwischen das Sitzkissen und die Sitzfläche des Sessels geraten war. Dieser Sessel hatte aber auch einen ungewöhnlichen Neigungswinkel. Schon zwei Mal war ihm selbst sein Schlüssel herausgefallen und einmal sogar sein Portemonnaie. Mariana hatte es ihm am nächsten Tag zurückgegeben, nachdem er schon befürchtet hatte, es unterwegs in Las Palmas verloren zu haben.

Er nahm ein neues Buch aus dem Regal. Hans Habe. »Im Namen des Teufels« hieß es und spielte im Wien der Nachkriegszeit. Bei der Lektüre kam es Ludwig vor, als wäre dieser uralte Schinken die Mutter aller Spionageromane. Mit zunehmender Dauer erkannte er, dass das, was er heute Abend noch vorhatte, mindestens genauso gefährlich werden würde wie die Abenteuer des Helden in diesem Agenten-Thriller. Denn vielleicht hatte er so viel Glück, dass Giorgio den Verlust des Schlüsselbundes noch nicht bemerkt hatte und er sich noch immer an derselben Stelle befand.

Gegen 3 Uhr nachts schlich er, nachdem er sich davon überzeugt hatte, dass seine beiden Nachbarn fest schliefen, auf deren Terrasse und fand Giorgios Schlüssel tatsächlich noch an derselben Stelle. Er nahm ihn an sich. Ganz offensichtlich hatte Marianas Lover den Verlust noch nicht bemerkt. Totenstille umgab das Gebäude, kein Licht war zu sehen. Sogar die Beleuchtung an Marianas Pool mit dem Orca war ausgestellt. Hier hätte man die berühmte Stecknadel fallen hören können. Ludwig war sich bewusst: Er musste sich möglichst so lautlos wie eine Spinne bewegen. Dass das mit seinen über 90 Kilo nicht so ganz einfach war, wurde ihm schmerzlich klar, als er auf einen Kiefernzapfen trat. Im selben Augenblick vernahm er, dass jemand die Terrasse betrat. Instinktiv glitt er einer Katze gleich hinter den am Abend zusammengefalteten Sonnenschirm. Er wagte nicht zu atmen. Wenn das jetzt Giorgio ist, hat dein letztes Stündlein geschlagen, durchfuhr es Ludwig. Aber an der Silhouette erkannte er, dass es sich um Esther handelte. Die hatte offenbar die Ohren eines Luchses. Nachdem sie nur wenige Zentimeter an ihm vorbeigegangen war und wieder in ihr Appartement zurückgekehrt war, musste er erst mal richtig durchatmen. Puh, das war knapp gewesen.

Aber es war absolut notwendig. Er wollte im Helikopter nach möglichen Unterlagen suchen. Hätten sein Nachfolger Egger in Wien und sein Freund Gernot Heubl in Biberach das gesehen, hätten sie die Hände über dem Kopf zusammengeschlagen. Thomas Egger hätte ihm gesagt, was er denn jetzt noch damit wolle. Er habe doch seine Aufgabe gelöst und begebe sich mit dieser Aktion in eine mörderische Gefahr. Gernot Heubl würde ihn einmal mehr für narrisch erklären.

Aber Ludwig war noch immer zu sehr Fallanalytiker und Ermittler. Obwohl seit zehn Jahren pensioniert und physisch wohl kaum mehr fähig, einem möglichen Mafia-Killer Widerstand zu leisten, schlich er sich zum Hubschrauber. Das Risiko war hoch und die Aussicht darauf, etwas zu finden, eher gering. Aber in solchen Dingen wurde er zum Pitbull, es gab absolut nichts, was ihn aufhalten könnte.

Er ging in Socken zum Heli hinunter. Socken schützten ein wenig vor den spitzen Steinen und darin trat man noch leiser auf als mit bloßen Füßen.

Mit einem leichten Klick ließ sich die Türe zum Heli öffnen. Zum Glück besaß Ludwig immer noch jenen kleinen Sensor aus seiner Dienstzeit, welcher ihn vor Alarmanlagen warnte. Nicht zu verwechseln mit dem weitaus größeren Gerät zur Ortung von Abhöranlagen oder versteckten Überwachungskameras. Dieser Heli war ungeschützt, was den Profiler schon sehr verwunderte. Er hoffte inständig, dass nicht wie im Auto automatisch eine Lampe anging, wenn man die Türe öffnete. Doch dies war nicht der Fall. Es war stockfinstere Nacht. Neumond und ein leicht dunstiger Himmel ließen die Aktion Ludwigs ganz im Dunkeln verschwinden.

Er griff in den Heli hinein. Nichts. Absolut nichts. Er griff auf die hinteren Sitze. Ebenfalls nichts. Na klar. Wie konnte er annehmen, dass Giorgio seine Unterlagen im Heli liegen ließ. Plötzlich fiel ihm ein, dass der Innenminister, mit dem er während seiner aktiven Zeit als Fallanalytiker öfters unterwegs gewesen war, seine Akten meistens zwischen dem Beifahrersitz und der Getriebekonsole eingeklemmt hatte. Das bot zwar kaum Sicherheit, aber von außen sah man wenigstens nicht gleich auf den ersten Blick, dass etwas im Wagen zurückgelassen wurde. Ludwig griff zwischen die beiden Sitze – und wurde fündig.

Er hielt eine Aktenmappe mit circa 40 bis 50 Seiten in der Hand. Was darin war, konnte Ludwig aufgrund der Dunkelheit nicht erkennen. Auch war ihm klar, dass er diese Unterlagen weder mit ins Appartement nehmen noch in sein Auto legen konnte. Wenn der Diebstahl in der Nacht auffliegen würde, könnte das seinen sicheren Tod bedeuten. Und womöglich den von Mariana. Das konnte er nicht riskieren. Er suchte nach einem geeigneten Versteck. Aber wo mitten in der Nacht ein solches finden? Ludwig haderte mit sich selbst, weil er sich für schlecht vorbereitet hielt. Aber die Aktion war spontan und musste ebenso spontan ausgeführt werden. An der Bushaltestelle kam ihm eine Idee.

Die jungen Menschen, die einem manchmal so aufdringlich die Prospekte für Home-Sharing andrehen wollten, hatten Taurito als Operationsgebiet verlassen. So viel hatte Ludwig in den letzten Tagen verstanden. Aber sie hatten an der Bushaltestelle einen Stapel mit Prospekten zurückgelassen, beschwert mit einem großen Stein. In der Regel ließen die Menschen diese Prospekte achtlos liegen, was man den obersten Exemplaren deutlich ansah, weil sie völlig verwittert waren. Ludwig versteckte die Mappe unter diesen Prospekten und schlich sich wieder in Richtung des Taurito Building mit den Appartements zurück.

Ihm war bewusst, dass das alles unvorstellbar leichtsinnig war. Aber in manchen Situationen musste man, um erfolgreich zu sein, Außergewöhnliches tun, musste die Bereitschaft vorhanden sein, ein hohes Risiko einzugehen.

Als er die kleine Zufahrtsstraße überquerte, die zum Hotel »Mogán Princess« führte, zog er seine Socken aus und steckte sie sich in die Hosentasche. Sie waren mit Staub und Sand verschmutzt und hätten auf der Terrasse verräterische Spuren hinterlassen. So leise wie er gekommen war, so leise ging er auf Marianas Terrasse und legte den Heli-Schlüssel wieder genau an die Stelle, an der er ihn weggenommen hatte. Er achtete genauestens darauf, ob sich jemand auf der Terrasse oder in deren Umfeld bewegte. Nicht, dass Esther wieder erschien. In diesem Augenblick fuhr ein Taxi in Richtung Hotel. Puh, dachte Ludwig, das hätte leicht ins Auge gehen können.

Er konnte kaum schlafen, denn zu sehr interessierte ihn, was für Unterlagen er da entwendet hatte. Vielleicht war es nur das Logbuch für den Hubschrauber, vielleicht auch nur die Bedienungsanleitung. Vielleicht waren es nur die Check-Listen oder Luft-Karten. Das wäre natürlich doof und der ganze Aufwand wäre umsonst gewesen, aber Ludwig fand, dass es diesen Versuch wert war. Und vor allem: Was würde passieren, wenn irgendwelche Jugendlichen, die des Nachts betrunken oder bekifft von einer Disco zurückkehrten, aus lauter Übermut die Prospekte verwirbeln ließen?

Schon vor Tagesanbruch stand Ludwig auf und nahm wieder den Bus. Denn so konnte er, ohne Aufsehen zu erregen, den ganzen Stapel mit den Werbeprospekten in seinen

Rucksack stopfen und mitnehmen, als ob er für die Verteilung zuständig wäre.

»Endlich haben die eingesehen, dass das Zeug hier niemanden interessiert. Bin mal gespannt, wo er es jetzt hinbringt, der Alte«, sagte ein schwedischer Tourist zu seiner Frau, als er das sah.

»Kurios«, meinte sie, »ich dachte, das seien nur junge Leute, die das machen.«

»Das war vielleicht der Boss«, spekulierte der Mann.

»Der würde gerade mit dem Bus fahren, der Boss!«, konterte seine Frau.

Als jedoch Ludwig in Puerto Rico ausstieg, um in den Bus nach Las Palmas umzusteigen, verloren ihn die Skandinavier aus den Augen und somit auch das Interesse an den Prospekten. Die steckte Ludwig unweit der Bushaltestelle unter einen anderen Stapel mit Prospekten. Die Unterlagen hatte er natürlich in seinem Rucksack belassen. Danach ging er zu den Bussen. Da er die Linie 32 nicht mehr erreichte, nahm er den kurz darauffolgenden 01er-Express, der viel flotter unterwegs war als der 32er, aber dafür nicht bis zum Hafen fuhr, sondern nur zur zentralen Busstation San Telmo.

Noch während der Busfahrt überlegte sich Ludwig, was er mit den Unterlagen machen würde, sollten sie tatsächlich brisant sein. Er durfte sie auf keinen Fall wieder nach Taurito bringen. Er hatte im Parque de Santa Catalina in einem großen Bürohaus einen Rechtsanwalt und Notar entdeckt. Vielleicht konnte er die Unterlagen dort deponieren. Währenddessen hatte der Bus San Telmo erreicht. Von dort aus nahm sich Ludwig ein Taxi und fuhr zunächst zu diesem Park. Hier setzte er sich auf eine Bank und überflog die Unterlagen.

Danach wurde ihm heiß und kalt. Seine Gesichtsfarbe wechselte von grün nach rot und wieder zurück. So wie er die Sache einschätzte, hatte er gerade die gesamten Vertriebswege der Orca gelesen. Das war eine höllisch heiße Sache. Und: Es waren diejenigen Unterlagen dabei, die er so schmerzlich im Safe in Samuel Fingers Appartement vermisst hatte. Unterlagen, aus denen hervorging, von welchem Hehler Samuel Finger seine »Darkware« bezogen hatte und wie und wohin und über welche Vertriebskanäle er sie wieder verscherbelt hatte. Raffiniert, dachte Ludwig. Höchst raffiniert.

Er stieß auf den Namen Sven Lewericks aus Düsseldorf. Den würde er nach seiner Rückkehr nach Ravensburg befragen müssen. Aber nicht jetzt. Das ging nicht.

Denn eines stand fest. Er musste diese Unterlagen sofort loswerden. Wenn man die bei ihm entdeckte, war er geliefert. Auf der Stelle ging er zu dem Abogado, den er schon früher entdeckt hatte. Abogado Victor Domingo. Er betrat das Büro. Ein vornehm gekleideter, junger Mann in einem tadellosen Maßanzug und mit Designer-Krawatte kam zu ihm und fragte ihn etwas auf Spanisch.

»Entschuldigung, sprechen Sie Deutsch?«, fragte Ludwig den Mann.

Der sah ihn nur fragend an, worauf Ludwig nachhakte:

»Aleman?«

»No, Sir«, sprach der junge Mann auf Englisch weiter, »but my Boss. Just a little moment please.«

Nach kurzer Zeit kam Victor Domingo persönlich. Ludwig fragte, ob es ihm möglich sei, diese Unterlagen für ihn aufzubewahren. Er werde sie nach geraumer Zeit wieder abholen. Wenn er selbst nicht vorbeikomme, sei er wahrscheinlich tot. Dann werde ein gewisser Señor Gernot Heubl an seiner statt kommen und die Unterlagen in die Hand nehmen. Aber er dürfe Dr. Heubl diese Unterlagen nur nach seinem Tod weitergeben und nur, wenn Dr. Heubl das entsprechende Losungswort kenne und nennen könne: Appassionata. Ludwig wählte mit voller Absicht den Namen dieser Klavier-Sonate von Ludwig van Beethoven, weil er wusste, dass sie das Lieblingsstück des forensischen Psychiaters war.

Nachdem Ludwig die entsprechende Gebühr von 312 Euro und 23 Cent entrichtet hatte, verließ er den Abogado. Die Unterlagen jetzt bei sich zu haben, wäre Ludwig eindeutig zu heiß, zu gefährlich gewesen.

Als Giorgio an diesem Morgen aufstand, war Ludwig mit den Unterlagen längst im Bus Richtung Las Palmas unterwegs. Giorgio griff in seine Jackettasche und wurde blass.

»Meine Schlüssel!«

»Die habe ich gestern Abend auf dem Sessel liegen sehen. Dürften dir wohl herausgefallen sein.«

Sofort ging er auf die Terrasse und fand die Schlüssel dort, wo er am Abend gesessen hatte.

»Ah, Madonna«, schickte Giorgio ein Stoßgebet zum Himmel.

Er formte Daumen, Zeige- und Mittelfinger zu einem Symbol und sandte es nach oben. Danach ging er zu seinem Heli. Als er im Vorbeigehen Ludwigs Mietauto sah, dachte er, der schläft noch. Doch beim Einsteigen in den Heli entdeckte er den Diebstahl sofort. Er rannte zurück in das Appartement und schrie.

»Man hat mir meine Unterlagen geklaut. Wer war das. Warst du das?«, brüllte er Mariana an.

»Spinnst du? Was soll ich mit deinen Unterlagen. Ich war doch die ganze Zeit bei dir! Ich kenne mich doch mit deinen Geschäften gar nicht aus.«

Mariana hatte wirklich keine Ahnung, was mit Giorgios Unterlagen passiert war. Esther kam herangestürmt und fragte nach der Ursache des Geschreis. Doch Giorgio polterte weiter:

»Das war bestimmt dieser alte Bulle.« Er klopfte an Samuel Fingers Appartement und schrie: »Komm raus du alter Bulle und bring mir meine Unterlagen mit, sonst mache ich dich um einen Kopf kürzer.«

Doch Ludwig reagierte natürlich nicht. Esther mischte sich ein:

»Der ist heute in aller Herrgottsfrühe mit einem Rucksack in Richtung Busstation gegangen.«

Giorgio war außer sich.

»Der hat sie geklaut und bringt sie jetzt in Sicherheit!«

»Dann«, so Esther, »ist es jetzt schon zu spät. Er hat sie, sofern er sie hat, schon der Polizei übergeben.«

Damit hätte sie fast recht gehabt. Denn genau in diesem Augenblick übergab Ludwig die Unterlagen an Abogado Domingo.

»Kannst du mir sagen, was der Ludwig mit deinen Unterlagen anfangen soll? Haben diese Unterlagen etwa etwas mit dem Verschwinden von Samuel zu tun?«

Dieser Einwand Marianas war sehr klug, weil sie Giorgio von einer Sekunde auf die andere in die Defensive zwang.

»Den interessiert nämlich gar nichts außer das Verschwinden von Samuel«, fuhr sie fort.

»Aber wer sollte meinen Schlüssel sonst geklaut haben? Das kann doch nur der Bulle gesehen haben, dass mir mein Schlüssel in den Sessel gerutscht ist«, verteidigte sich Giorgio.

»Denk mal an!«, fuhr ihn Mariana an. »Weil unser großer Giorgio immer und überall mit seinem Helikopter-Schlüssel herumspielen muss. Damit jeder weiß, dass sich der Herr einen Lamborghini, einen Ferrari, einen Hubschrauber und einen Privatjet leisten kann. Und dann wundert er sich, wenn irgendeine Ratte daherkommt und sich den Schlüssel schnappt.«

Esther nickte zustimmend. Nicht, dass sie Ludwig als Täter von vornherein ausschließen wollte. Nein, sie nickte zustimmend, weil ihr Bruder wirklich ein Idiot war, was diese Dinge anbetraf. Überall ließ er Sachen liegen, kümmerte sich einen Dreck um die Sicherheit und sie musste dann hinterher immer alles gerade richten.

Nachdem er die Unterlagen in Sicherheit gebracht hatte, ging Ludwig weiter zur Hafenkneipe. Er wollte die Gelegenheit nutzen, noch einmal in diese kleine Bar zu gehen, in der er Miguel, den dunkelhäutigen Seemann, bestochen hatte, damit der ihm das Geheimnis um das Verschwinden von Samuel Finger verriet. Vielleicht konnte er so auch noch in Erfahrung bringen, wo und wie Samuel sterben musste. Ob Miguel das wusste, konnte er freilich nicht voraussetzen. Er betrat die kleine Bar. Die dralle Bedienung erkannte ihn sofort.

»Una cerveca?«

»Por favor«, sagte Ludwig zustimmend.

Er hatte eine günstige Zeit erwischt, denn er war gerade der einzige Gast in der Bar. Dementsprechend brachte ihm die Frau sein Bier sofort.

»Darf ich Sie was fragen?«

Zum Glück sprach die Dame Englisch.

»Sie sind aber ein neugieriger Mensch. Jedes Mal kommen Sie, bestellen ein Bier und wollen irgendetwas wissen.«

Der Bedienung schien Ludwig lästig, ja fast unheimlich zu sein.

»Ja, wissen Sie, ich wundere mich, warum Miguel so freundlich und mutig war, mir das zu erzählen. Ich meine, für 500 Euro bringt man sich doch nicht in Gefahr.«

»Ich glaube eher, das kommt daher, dass Sie und dieser Samuel Deutsche waren oder sind.«

»So? So beliebt sind wir Deutschen doch im Allgemeinen gar nicht«, wandte Ludwig ein.

»Stimmt, weil ihr alles besser wisst, alles besser könnt und immer recht habt. Aber Miguel hat mir mal erzählt, dass er eigentlich Michael heißt und aus Mississippi kommt. Sein Großvater war als GI in Deutschland nach dem Krieg und hat wahre Wunderdinge über Ihr Land erzählt.«

»Jetzt wird's zum Mirakel. So kurz nach dem Krieg, nachdem die Nazis Europa in Schutt und Asche gelegt haben?«

»Ja, Michael erzählte mir, wie sein Großvater von Deutschland schwärmte. Er habe zum ersten Mal mit Weißen im Bus sitzen dürfen. Sei in einem Café gesessen mit den Weißen zusammen. Er habe nicht die Straße wechseln müssen, wenn ihm ein Weißer entgegenkam. Und er habe im Tanzcafé mit einer Weißen getanzt. Und niemand habe ihn dafür verprügelt. Er habe versehentlich in einer Bar vom Bier eines Einheimischen getrunken. In Mississippi hätte der Weiße das Glas zum Fenster hinausgeschmissen und sich übergeben, aber in Heidelberg habe der Mann gelächelt und weiterhin aus dem Glas getrunken. Nirgendwo stand ein Schild: *nur für Weiße*. Nirgendwo stand: *Nigger unerwünscht*. Mit leuchtenden Augen habe er Michael erzählt: ›In Deutschland wurden wir zwar oft begafft, weil es fast keine dunkelhäutigen Menschen gab, aber wir waren ganz normale Menschen für diese Germans, waren gleichwertig.‹ Und das nach all dem Bösen, was man ihnen über die Nazis erzählte.«

Ludwig dachte kurz nach. Unter diesem Aspekt hatte er das noch gar nicht betrachtet. Das Nachkriegsdeutschland hatte jeglichen Rassismus vermieden.

»Und deswegen hat er mir diese Sache gebeichtet?«

»Ja, und wegen der 500 Euro. Mit denen hat er nämlich alle seine Schulden bei mir bezahlt«, meinte die Bedienung grinsend.

Sie trug heute wieder einen geradezu unanständigen Ausschnitt. Nicht für Ludwig, mit dessen Erscheinen sie ja gar nicht rechnen konnte, sondern für die Seeleute, die ihr gerne mal einen Fünf-Euro-Schein in ihren Büstenhalter schoben.

»Sie können Michael oder Miguel sagen, er kann sich vielleicht noch einmal 500 Euro verdienen.«

»Und wie?«

»Wenn er mir sagt, wo und wie Samuel Finger umgekommen ist.«

Ludwig schaute der Frau fest in die Augen.

»Ich glaube nicht, dass er das für 500 Piepen macht, wenn er es überhaupt weiß.«

»Wenn Sie seine Agentin sind, machen Sie einen tollen Job«, lobte Ludwig sie und bezahlte. »Ich komme heute Nachmittag zwischen fünf und sechs noch einmal vorbei.«

Ludwig stand auf und verließ die Kneipe. Abgesehen davon, dass es hier entsetzlich nach Fisch roch, fühlte sich Ludwig nicht ganz wohl in seiner Haut. Nicht, dass er Angst gehabt hätte, nein, aber der Dreck und das Ambiente waren so gar nicht nach seinem Geschmack.

Nachdem er heute seine braunen Schuhe anhatte, ging er danach erneut auf den Parque de Santa Catalina, um sich von dem alten Schuhputzer wieder die Schuhe striegeln zu lassen. Danach setzte er sich in ein Café. Er saß genau vor dem Haus, in dem der Abogado residierte. Bei ihm hatte er all sein Wissen hinterlegt, für den Fall, dass ihm etwas zustoßen würde. Denn dass er sich mit einem mächtigen, gefährlichen und unheimlichen Mann angelegt hatte, war ihm zwischenzeitlich klar geworden. Es wäre ein Leichtes gewesen, dieses ganze Wissen mit einer Whatsapp an Gernot nach

Biberach zu schicken, aber Ludwig wusste nicht, ob er nicht abgehört wurde, ob nicht irgendein Trojaner sein Smartphone besetzt hatte. Er traute Giorgio inzwischen alles zu. Und Esther. Er würde Gernot einen Brief schreiben, in dem er ihm verschlüsselt übermittelte, wo die Papiere hinterlegt waren. Der einzige Mensch außer ihm, der Zugang zu diesen Papieren haben sollte, war ein Señor Gernot Heubl. Ludwig hatte etwas die Zeit vergessen und so musste er sich beeilen, wenn er noch vor sechs Uhr in die Kneipe kommen wollte.

Dort herrschte jetzt Hochbetrieb; von Miguel war aber nichts zu sehen. Offenbar hatte es damit zu tun, dass die beiden anderen Matrosen der Firgas in der Bar saßen. Die Bedienung sah ihn, deutete mit dem Kopf an, dass er vor dem Lokal warten solle. Kurze Zeit später kam sie heraus.

»Ich habe mit ihm gesprochen. Er kann Ihnen nichts über den Tod von Samuel Finger sagen. Miguel weiß nur, dass Gianni, der Ayudante, die Leiche an Bord gebracht und ihn mit vorgehaltener Pistole gezwungen hatte, die Leiche mit dem Beifang-Schredder ins Meer zu entsorgen.«

»Schade, kann man aber nichts machen«, seufzte Ludwig.

»Moment. Miguel kennt aber einen Typen, der weiß, wie dieser Mann umgebracht wurde. Der wolle aber 10 000 Euro für diese Auskunft.«

»Uh, da muss ich meinen Auftraggeber fragen, das kann ich selbst nicht entscheiden«, sagte Ludwig, »geben Sie mir Ihre Telefonnummer und ich werde Sie anrufen!«

»Nix Teléfono. Kommen«, sagte die Frau resolut.

Ludwig vermutete deshalb, dass Giorgio womöglich auch ihr Telefon abhörte.

Die einzige öffentliche Telefonzelle, zu der Ludwig auf der ganzen Insel noch Vertrauen hatte, war das Telefon im Ankunftsbereich des Flughafens, weshalb er auf der Rückfahrt einen kurzen Halt in Gando einlegte.

»Frau Finger-Pascher, guten Tag«, eröffnete Ludwig das Gespräch, »der Informant könnte uns vielleicht auch sagen, wie Ihr Bruder ermordet wurde und wo. Er weiß es selbst nicht, kennt aber eine Person, die es angeblich weiß. Allerdings will diese Person 10 000 Euro.«

»Wie viel? 10 000? Sie sind ja verrückt«, empörte sich die Frau.

»Nein, nicht ich bin verrückt, sondern der Informant.«

»Nein, das lassen wir. Ich kann ja jetzt mit Ihren Informationen Samuel für tot erklären lassen. Da bedeutet mir das Wie und Wo nicht mehr so viel.«

»Ich muss aber von Ihnen verlangen, dass Sie damit so lange warten, bis ich wieder zurück in Ravensburg bin und mich bei Ihnen melde. Sie würden sonst mich und andere Informanten in akute Lebensgefahr bringen!«

»Ja klar. In dem Fall warte ich selbstverständlich bis nach Ihrer Rückkehr.«

Dass die Schwester nicht unbedingt herausfinden wollte, warum ihr Bruder ermordet wurde, und dass ihr das vor allem keine 10 000 Euro wert war, verwunderte Ludwig nur wenig, denn vermutlich waren ihr die Gründe bekannt. Nach seiner Rückkehr würde er mit Dr. Bellmann, dem Leitenden Oberstaatsanwalt in Ravensburg, sprechen. Vielleicht war den deutschen Behörden die restlose Aufklärung eines derart hinterhältigen und brutalen Mordes so viel Geld wert.

Als Ludwig nach Taurito zurückkehrte, blieb ihm natürlich die große Aufregung im benachbarten Appartement nicht verborgen. Zu seiner großen Befriedigung war Giorgio nicht mehr anwesend, aber Esther, so vermutete er, würde ihm wohl ordentlich auf den Zahn fühlen.

»Hast du Giorgios Schlüssel geklaut und die Unterlagen

aus dem Heli geholt?«, überfiel ihn Mariana sofort, was Esther überhaupt nicht gefiel.

Aber Ludwig war in Hunderten von Verhören gestählt. Wenn es darauf ankam, konnte er ein völlig unschuldiges Pokerface aufsetzen. Und zwar so, dass man ihm alles glaubte. Ganz im Gegensatz zum privaten Ludwig. Der hasste Lügen und log nur äußerst ungern und nur, wenn es sich absolut nicht vermeiden ließ.

»Bitte, was soll ich getan haben?« Empört sah er Mariana an. »Einen Schlüssel soll ich geklaut haben? Jetzt geht's aber los. Muss ich mir so etwas bieten lassen? Ich habe in meinem ganzen Leben noch nie etwas geklaut. Warum sollte ich jetzt deinem Giorgio einen Schlüssel geklaut haben!«

Die Empörung Ludwigs wirkte echt.

Esther war wesentlich raffinierter vorgegangen. Längst hatte sie Ludwigs Appartement und sein Auto untersucht und nichts gefunden. Außerdem leuchtete schon ein, was Mariana immer wieder sagte. Der Kerl war wirklich nur am Auffinden von Samuel Finger interessiert. Natürlich wusste sie, dass er ihn niemals finden würde.

Sie glaubte inzwischen eher, dass der Diebstahl der Unterlagen eine Aktion von Bruno war. Sie konnte sich nicht vorstellen, dass der die Alleingänge ihres Bruders, die immer selbstherrlicher wurden, weiterhin tolerierte. Mehrfach hatte sie Gio darauf angesprochen, doch der hatte immer nur abgewunken. Gio hielt sich wirklich für unangreifbar.

Als Ludwig kurz in sein Appartement ging, nahm Esther den Rucksack und durchsuchte ihn nach verräterischen Spuren. Aber außer einem angebissenen Wrap, aus dem auch noch eine Soße auslief, und einer leeren Flasche Firgas-Wasser, war nichts drin. Was sollte ein pensionierter Fallanalytiker aus Wien, der einen Vermissten aus Deutschland suchte, auch mit den Unterlagen von Giorgio anfangen können. Dazu müsste die Suche nach Samuel Finger vorgetäuscht sein. Aber dessen Schwester hatte ihr ja gesagt, dass ein älterer Detektiv in Samuels Appartement ziehen werde, weil er ihn in ihrem Auftrag suchen solle.

Sie rief Giorgio an, der unterdessen in seinem Privatjet auf die Nachbarinsel Teneriffa geflogen war.

»Der Bulle hat nichts! Er hat die Unterlagen nicht geklaut. Ich glaube, dass dir Bruno eine Falle gestellt hat und du voll hineingetappt bist.«

»Wieso sollte mir Bruno eine Falle stellen?«

»Weil er dich testen will. Weil er vielleicht wissen will, ob du noch verlässlich für ihn bist oder ob dein gesamtes Hirn schon in die Hose gerutscht ist. Verdammt noch mal.«

Esther wurde richtig sauer. Die ganze Zeit passte sie auf Giorgio auf. Verhinderte alles, was ihn in Schwierigkeiten bringen könnte. Und was machte der? Der verlor seinen Schlüssel zum Heli, in dem er die brisantesten Unterlagen einfach liegen ließ. Wie oft hatte Bruno ihm eingeschärft, dass solche Unterlagen in den Tresor gehörten. Aber Giorgio kümmerte das alles nicht mehr. Sie war gespannt auf Brunos Reaktion. Denn dass Bruno von diesem Desaster erfahren würde, war bombensicher. Egal, ob er es selbst angezettelt hatte oder nicht.

Mariana drückte in dieser Nacht kein Auge zu. Sie würde sich Ludwig öffnen müssen. Vermutlich hatte der Profiler mit allem recht.

Am folgenden Tag erleichterte Mariana ihr Herz. Sie erzählte Ludwig alles, was sie über Giorgio wusste. Der jedoch war an dem Wissen über die Taten der Orca und ihres Paten kaum interessiert. Außerdem war es wenig genug, was Mariana wusste. Was allerdings für zukünftige Mitteilungen von höchstem Interesse werden könnte, waren die Daten und Orte, an denen sich Mariana mit Giorgio aufgehalten hatte.

»Das wirst du alles dort erzählen müssen, wo ich dich hinbringe, liebe Mariana. Ich bin nicht der Ermittler gegen Giorgio. Ich bin ein ganz einfacher Privatdetektiv, der herausbringen musste, was mit Samuel Finger passiert ist. Nachdem ich jetzt weiß, was passiert ist, ist mein Job erledigt. Dabei habe ich aber dich in Gefahr gebracht und deshalb bin ich ab sofort für deine Sicherheit verantwortlich. Bis ich dich den Behörden übergeben habe, bis ich darlegen kann, welche Gefahr von der Orca ausgeht, werde ich dich hüten wie meinen Augapfel!«

»Was für ein Apfel bin ich?«

»Das ist nur eine deutsche Redewendung. Ich werde dich zu 100 Prozent beschützen.«

»Aber zuerst will ich wissen, was los ist«, beharrte Mariana.

»Also gut, Samuel Finger hat in Deutschland Hehlerware eingekauft. Das ist ein sehr einträgliches Geschäft, weil die Räuber die Ware meistens gar nicht oder nur weit unter dem eigentlichen Wert verkaufen können, da das Aussehen der wirklich teuren Schmuckstücke in den Händlerkreisen bestens bekannt ist. Samuel Finger, Gold-Schmied und ein wahrer Meister seines Faches, hat die geklaute Ware in seiner Werkstatt in Ravensburg umgearbeitet. Mit Hilfe seiner Schwester, die ein Busunternehmen besitzt, und vielen dementen Personen schmuggelte er den Schmuck nach Liechtenstein. Dort hat er mit Hilfe eines Spediteurs die Ware auf Gran Canaria bringen und später in Taurito eine eigene Firma eintragen lassen. Über den Hafen von Las Palmas hat er dann die total überarbeitete Hehlerware vor allem in die

USA, in die Golfregion und nach Asien verkauft. Das Geschäft lief immer besser, was der Mafia gar nicht passte. Der Arm der Mafia, der sich mit Hehlerei befasst, heißt Orca und wird von Giorgio geleitet. Giorgio kaufte dieses Appartement und noch ein paar andere, zog selbst ein, installierte Esther als Hausdame und gab dir praktisch Asyl. Er hat dir dieses Appartement also nicht aus Liebe geschenkt. So konnte er die Tätigkeit seines Konkurrenten und Widersachers genauestens studieren. Samuel Finger war naiv genug zu glauben, er wäre hier in Sicherheit. Bei einem Besuch im Puerto de La Luz wurde Finger entführt und ermordet. Über ein Schmuggelschiff, das als Haifischtrawler getarnt ist, ließ Giorgio auf grausame Weise die Leiche von Samuel Finger so entsorgen, dass sie garantiert nicht gefunden wird.«

»Wie?«, hakte die attraktive Rumänin nach.

»Würde ich dir lieber ersparen.«

»Wie?«

Sie ließ sich nicht abbringen.

»Weißt du wie ein Beifang-Zermalmer funktioniert?«

»Oh Gott! Und das hat Giorgio veranlasst?«

»Ja, er hat dafür gesorgt, dass der Matrose, der den Zermalmer bedient, mit vorgehaltener Waffe bedroht wurde, damit er die Leiche Fingers zermalmt und ihn mit den übrigen Fischresten den Haien zum Fraß vorwirft.«

»Und warum bin ich jetzt in Gefahr?«

Mariana war immer noch sorglos.

»Du bist ab sofort das Bindeglied zu den bisherigen Ermittlungen der internationalen Jagd auf das organisierte Hehlertum. Sobald wir in Deutschland sind, werde ich mit der Behörde meines Vertrauens Kontakt aufnehmen. Anhand deines Bewegungsprofils können moderne Ermittlungsmethoden genauestens nachweisen, wann und wo

Giorgio jeweils war. Und damit, in welche Machenschaften er verwickelt ist«, erklärte Ludwig.

»Und das will er verhindern!«

»Nein, das muss er verhindern!«

»Muss ich jetzt die Koffer packen?«

»Untersteh dich. Niemals! Ich werde dich morgen beim Schwimmen im Meer instruieren, wie wir verfahren.«

Giorgio war etwas nervöser als sonst, aber nicht panisch. Was ihm da passiert war, hätte einfach nicht passieren dürfen. Gianni konnte ihm vielleicht helfen. Er rief ihn an.

»Verdammt, geh ans Telefon, Gianni. Geh ran. Sofort. Ich brauch dich jetzt.«

Was Giorgio nicht wusste: Gianni war gar nicht mehr auf Gran Canaria. Er war nach Bagheria zurückbeordert worden. Sein Handy wurde gleich nach seiner Rückkehr beschlagnahmt. Bruno hatte seinen Neffen abgezogen.

Hätte Giorgio das gewusst, wäre ihm klar geworden, dass die Wolken, die da am Horizont aufzogen, viel dunkler waren, als er es sich vorstellte, und er hätte vermutlich anders reagiert. Wie immer suchte er den Weg des geringsten Widerstands und ging zu seiner neuen Flamme, um sich abzureagieren.

Als Bruno das im fernen Bagheria erfuhr, lächelte er nur zynisch und sagte:

»Tipico.«

Ludwig nahm sich für die Reisevorkehrungen sehr viel Zeit. Ihm war durchaus bewusst, dass sich Giorgio nicht ins Bockshorn jagen lassen wollte. Er würde ihn suchen, er würde vor allem Mariana suchen. Er konnte nicht zulassen, dass sie mit der Polizei in Deutschland in Berührung kam. Das war Fakt. Dass er hier alle Möglichkeiten hatte, jegliche Kommunikation zwischen Ludwig und seinen Kontakten in Deutschland oder Österreich zu stören, sie abzuhören und sich demnach entsprechend zu wappnen, war ihm klar. Giorgios Überwachungsmanagement funktionierte hundertprozentig. Da gab es kein Entrinnen.

Beide liefen die Straße hinunter, gingen in die kleine Badebucht von Taurito und schwammen ein Stück weit auf den heute relativ ruhigen Atlantik hinaus.

»Du wirst dich von allem trennen müssen, was du jemals von ihm bekommen hast«, sagte Ludwig zu Mariana.

»Alles?«, fragte diese erstaunt zurück.

»Alles! Jedes Kleidungsstück, jedes Schmuckstück. Alle Geschenke.«

»Auch die Spitzenunterwäsche?«

Besorgnis schwang in Marianas Stimme mit. Sie wollte sich von einigen Dingen dann doch nicht trennen.

»Auch die. Glaube mir, Giorgio hat ein derartiges Kontrollbedürfnis, dass ich ihm zutraue, jedes Stück, das er dir jemals geschenkt hat, mit einem Überwachungssensor präpariert zu haben!«

»Jetzt leidest du aber unter Paranoia«, sagte Mariana spöttisch grinsend.

»Nein, nicht ich, sondern Giorgio leidet unter Paranoia.«

»Und was soll ich anziehen? Alles, was ich hier habe, habe ich von ihm bekommen.«

»Gib mir deine Konfektionsgröße. Ich werde dir im Einkaufszentrum von Puerto Rico einen ganz profanen Touristen-Fummel kaufen. Den wirst du anziehen.«

»Und du meinst wirklich, dass wir zwei Hühner so wichtig

für ihn sind? Ich glaube, da schätzt du ihn völlig falsch ein. So sensitiv ist er nicht. So viel Rücksicht nimmt er nicht. Aus dem Augen, aus dem Sinn!«

»Aus den Augen«, verbesserte Ludwig seine künftige Reisebegleiterin.

»Was ich aber nicht begreife, warum gehen wir nach Deutschland? Wieso können wir nicht einfach hier zur Policia oder zur Guardia Civil gehen?«

Mariana schien nicht zu verstehen, warum sie Taurito verlassen sollte.

»Weil ich nur zu einer einzigen Kommissarin, einem einzigen Staatsanwalt in Deutschland und meinem Nachfolger in Wien hundertprozentiges Vertrauen habe.«

»Ich begreife deine übertriebene Vorsicht nicht, Ludwig. Giorgio würde mir nie etwas antun, selbst wenn unsere Liebesbeziehung tatsächlich beendet ist.«

»Du scheinst die Tragweite dessen, was ich entdeckt habe, nicht zu verstehen. Vor allem nicht die Folgen für Giorgio. Der weiß ganz genau, dass ich ihm hier auf der Insel nicht gefährlich werden kann. Er hat mich, er hat uns hier zu jeder Sekunde im Visier. Wir dürfen überall hinreisen, nur nicht nach Deutschland oder Österreich! Davor hat er Angst. Richtig Angst!«

»Und ich darf gar kein Gepäck mitnehmen?«

»Nullkommanichts. Wir nehmen überhaupt nichts mit«, sagte Ludwig streng.

»Ich begreife das nicht. Wie soll ich die ersten Tage in Deutschland ohne frische Wäsche, ohne neue Kleidung auskommen?«

»Das lass mal meine Sorge sein. Du scheinst immer noch nicht verstanden zu haben, in welcher Gefahr wir uns befinden, Mariana. Mit unserem Wissen besteht Alarmstufe rot. Begreif das endlich!«

Er musste mit ihr reden wie mit einem Kind. Sie plötzlich aus ihrem Luxusleben zu reißen, erschien der attraktiven Frau bitter und nicht nachvollziehbar. Hatte nicht Giorgio sie einst in Berlin aus ihrem tristen Dasein gerissen, hatte er ihr nicht dieses Luxusleben hier im ewigen Frühling des Archipels mitten im Atlantik ermöglich? Mit allen Annehmlichkeiten. Ohne Probleme. Sorglos. Hatte er ihr nicht jeden Wunsch erfüllt? Mochte er auch noch so ausgefallen, kostspielig und irrsinnig gewesen sein. Und das musste sie jetzt aufgeben? Nur, weil sie sich Ludwig anvertraut hatte. Weil sie aus purer Langeweile und etwas Mitleid mitgeholfen hatte, ihren vermissten Nachbarn zu suchen. Diesen Samuel Finger, mit dem sie sich zwar öfter unterhalten, der ihr aber nichts bedeutet hatte. Gar nichts! Rein ins Paradies und jetzt wieder auf dem Weg zurück. Vor wenigen Tagen hätte sie das völlig ausgeschlossen.

Natürlich hatte Ludwig recht. Natürlich war ihr Ablaufdatum absehbar. Aber Giorgio war bei allem ein Kavalier, ein überaus großzügiger Mensch. Nie hätte er zugelassen, dass sie wieder arbeiten müsste.

War dies das Vertrauen wert, das sie in Ludwig gesetzt hatte? Wäre es nicht besser gewesen, sie hätte sich von Anfang an nicht mit dem Fallanalytiker eingelassen? So sympathisch der ihr auch war. Wie sehr sie den alten Mann auch bewunderte.

Ludwig konnte sich ausmalen, was im Kopf der hübschen Rumänin vorging. Deshalb sagte er ihr auch, wie Giorgio mit Marianas Vorgängerin umgesprungen war.

»Deine Vorgängerin bei Giorgio arbeitet übrigens wieder bei ihrem Bruder in einem Hotel in Rimini.«

»Woher weißt du das. So etwas würde Giorgio niemals zulassen!«

»Von meinem Nachfolger in Wien!«, entgegnete Ludwig.

»Glaube ich trotzdem nicht.«

Mariana verhielt sich wie ein stures Kind.

»Also gut. Sobald wir in Deutschland sind und sobald sich die Wogen geglättet haben, fahre ich mit dir nach Rimini, damit du dich persönlich davon überzeugen kannst. Der einzige Unterschied zu dir besteht darin, dass sie alles mit nach Hause nehmen konnte, was Giorgio ihr geschenkt hat.«

»Die Glückliche.«

»Die hat ihn aber auch nicht verraten«, sagte Ludwig eher im Spaß.

Da von Mariana keine Reaktion kam, wusste er, dass ihr diese Bemerkung nicht gefiel. Nicht mehr. Er würde sie ablenken müssen. Deshalb sprach er mit ihr über den konkreten Ablauf ihrer Reise.

»Als Erstes fliegen wir morgen um 11 Uhr 15 mit Iberia nach Madrid. Die Tickets habe ich schon besorgt. Die trage ich bei mir und werde sie Tag und Nacht bewachen. Das habe ich heute Vormittag in Playa del Inglés erledigt. Von Madrid aus fliegen wir mit Eurowings weiter nach Frankfurt. Und von Frankfurt aus fliegen wir mit Lufthansa nach Friedrichshafen am Bodensee. Dort werde ich einen Leihwagen mieten. Mit dem fahren wir nach Bad Saulgau, ungefähr 50 Kilometer entfernt. Dort habe ich einen Freund, dem ich zu 100 Prozent vertrauen kann. Von ihm aus werden wir Kommissarin Gerlinde Lüscher und Dr. Bellmann informieren. Die werden dann dorthin kommen. Sobald dies geschehen ist, sind wir sicher. Dann wird Giorgio festgenommen. Egal, wo er sich gerade auf diesem Planeten befindet.«

»Mitsamt seiner neuen Tussi!«, ergänzte Mariana.

»Die wird so wenig Ahnung von seinem Treiben haben wie du. Deshalb wird ihr nur dasselbe Schicksal beschieden sein wie dir. Nur halt viel früher.«

Ludwig war froh, dass sich Marianas Zorn wieder auf ihre Nachfolgerin beschränkte.

»Geschieht ihr recht!«

»Von alledem, was wir jetzt besprochen haben, ab jetzt kein einziges Wort mehr. Zu niemandem, verstehst du. Wir tun so, als ob wir mal kurz zum Einkaufen fahren.«

Danach suchte Mariana ihr Appartement auf. Ludwig hingegen setzte sich in seinen Ford und fuhr nach Puerto Rico. Das erregte keinerlei Aufmerksamkeit, denn dorthin fuhr er öfter, um sich mit allem Notwendigen zu versorgen.

Die für Mariana gekauften Kleidung ließ er im Kofferraum liegen. Mariana würde sich während der Autofahrt zum Flughafen umziehen müssen. Ludwig achtete auf jedes Detail, schließlich traute er Giorgio jedes Verbrechen zu. Dieser Mann würde über jede Leiche gehen, Samuel Finger war das beste Beispiel dafür.

Den Abend verbrachten beide, wie sie die letzten Abende verbracht hatten: Sie gingen in das Strandrestaurant, aßen Fisch und tranken einen Rjoja, bevor sie wieder in ihre Appartements zurückkehrten.

Ludwig rief Gerlinde Lüscher von seinem Handy aus an. Er würde sie belügen müssen, was sonst gar nicht seine Art war. Notlügen ja, aber eine Person seines Vertrauens belügen, fiel ihm schon sehr schwer. Da sein Handy vermutlich abgehört wurde, wollte er dies, wenn dem so war, nutzen, um seine Gegner zu täuschen und für den nächsten Morgen einen kleinen Vorsprung herauszuholen.

»Hallo Gerlinde.«

»Hallo Ludwig, na, was macht die Suche nach dem Vermissten?«

»Ich habe ihn bis jetzt noch nicht gefunden. Ich glaube aber, dass der unauffindbar ist!«

»Lebt er noch?«, fragte die Kommissarin.

»Kann ich im Augenblick noch nicht mit letzter Gewissheit sagen. So habe ich noch ein paar Tage in der warmen Atlantiksonne«, sagte Ludwig schwärmerisch.

»Du Glücklicher, hier ist es nur ungemütlich. Kein richtiger Winter, nur Schmuddelwetter.«

»Also, bis die Tage mal«, verabschiedete sich Ludwig, in der bangen Hoffnung, dass sein Telefon gerade wirklich abgehört wurde.

Während der Nacht, in der er kaum schlafen konnte, hörte er plötzlich das Knacken der Türe. Absichtlich hatte er das Licht auf der Terrasse brennen lassen, um mit dem Restlicht mögliche Eindringlinge erkennen zu können. Aus den Augenwinkeln sah er, wie Esther im Appartement umherschlich und etwas suchte. Nur gut, dass er keinen Koffer gepackt hatte, dass er die Flugtickets unter der Bettdecke versteckt hatte und dass er auch Mariana angewiesen hatte, alles zu unterlassen, was nur im Entferntesten an eine mögliche Flucht hinweisen könnte.

Nach wenigen Augenblicken zog Esther die Terrassentüre wieder zu. Ludwig stand sofort auf und sah nach, wohin sie ging. Als sie auch Marianas Appartement nach kurzer Zeit verließ und sich in ihr Appartement zurückzog, schlich ihr Ludwig hinterher. Er lauschte am Fenster und konnte hören, wie Esther ins Telefon flüsterte:

»Hallo Gio, alles klar. Die reisen nicht ab. Da ist kein Koffer gepackt, da deutet nichts auf eine Abreise hin.«

Die Antwort konnte er freilich nicht hören.

Als sie am nächsten Morgen die kleine Bucht in den Felsen verließen, sahen sie aus, als würden sie mal eben zum Einkaufen fahren, wie sie das öfters taten. Ludwig fuhr auch nicht sofort auf die Autobahn, sondern nutzte die Landstraße in Richtung Puerto Rico. Erst kurz vor der Playa de Amadores nahm er die Autobahnauffahrt in Richtung Las Palmas.

»Und du bist dir sicher, dass du nichts, aber auch gar nichts mehr von den Dingen besitzt, die dir Giorgio jemals geschenkt hat?«, fragte Ludwig eindringlich.

»Absolut sicher!«, gab Mariana die Überzeugte.

»Und was ist mit deiner Armbanduhr?«

Ludwig wollte es ganz genau wissen.

»Die habe ich auch von Giorgio bekommen, aber die kann er gar nicht manipuliert haben.«

»Wieso«, hakte der Profiler elektrisiert nach.

»Wir waren gemeinsam in Genf. In einem Schaufenster habe ich sie gesehen und sie mir gewünscht. Giorgio und ich gingen hinein und kauften uns diese Uhr. Seither habe ich sie nie mehr aus der Hand gegeben.«

»Sicher?«

»Sicher!«

»Gib mir dein Ehrenwort«, sagte Ludwig fordernd und starrte die Uhr an.

»Bei meinem Leben. Ich habe diese Uhr seit dem Geschäft in Genf noch nicht einmal zum Duschen weggetan. Sie ist nämlich wasserdicht.«

»Na dann okay.«

Ludwig schien endgültig beruhigt, denn er konnte sich erinnern, dass sie die Armbanduhr auch beim Schwimmen immer getragen hatte.

Als sie nach einer halben Stunde am Flughafen Gando ankamen, brachte Ludwig den Leihwagen dorthin zurück, wo er ihn bei seiner Ankunft abgeholt hatte. Danach eilten sie zum Iberia-Schalter, um zum Flug nach Madrid einzuchecken. Glücklicherweise gab es keine große Schlange vor dem Schalter, sodass der Check-in blitzartig vonstattenging. Allerdings kam es zu einer kleinen Verunsicherung: Die Stewardess am Check-in-Schalter sah mehrere Male auf die Tickets und schüttelte den Kopf. Danach telefonierte sie auf Spanisch, weshalb Ludwig kaum etwas verstand. Mariana hingegen meinte:

»Die Tourist-Klasse ist ausgebucht, jetzt haben wir wahrscheinlich keinen Platz mehr.«

»Das gibt's doch nicht. Ich hatte fest gebucht!«

»Die überbuchen doch heutzutage alle Flieger«, meinte Mariana resigniert.

Doch die Frau vom Iberia-Bodenpersonal lächelte, als sie den Telefonhörer weglegte.

»Sie werden auf die Businessclass upgegradet.«

Das war natürlich nicht schlecht.

»Wo haben Sie Ihr Gepäck«, fragte die Stewardess ungerührt.

»Wir fliegen ohne Gepäck.«

»Guten Flug«, meinte sie und runzelte leicht die Stirn.

Auch den Sicherheits-Check durchliefen sie ohne größere Verzögerung.

»Jetzt sind wir erst mal sicher«, gab Ludwig erleichtert zu.

Sie gingen flott zu dem Gate, an dem der Airbus schon wartete.

Während sie einstiegen, hetzte eine schockierte Esther auf der Flughafenvorfahrt aus ihrem Auto. Zu spät, wie sie bemerkte. Sie rief sofort Giorgio an:

»Gio, die beiden sind gerade doch abgehauen!«

»Was? Wo bist du?«

»In Gando.«

»Am Flughafen?«

»Si.«

»Wohin sind sie geflogen?«

Giorgio fragte seine Schwester eindringlich.

»Keine Ahnung!«

»Wie konnte das passieren, das muss dir doch aufgefallen sein, Esther!«, rief er empört und vorwurfsvoll aus.

»Nein, keine Chance, Gio! Die hatten nur die ganz normalen Klamotten an. Kein Gepäck. Ich dachte, die fahren wie immer nach Puerto Rico zum Einkaufen. Erst als der Peilsender anzeigte, dass die beiden auf die Autobahn gefahren sind, bin ich aufmerksam geworden. Ich dachte immer noch an nichts Schlimmes. Dachte, jetzt fahren sie halt nach Las Palmas. Aber als sie in Gando runter von der Autobahn sind, bin ich sofort hierhergekommen. Leider zu spät. Dieser alte Bulle ist ein raffinierter Hund!«

»Nicht raffiniert genug, glaube mir. Die krieg ich!«

»Tut mir wirklich leid, Gio.«

»Mach dir nichts draus. Ich erledige das!«

Von all dem bekamen Mariana und Ludwig natürlich nichts mit. Auch nicht, dass Giorgio seinen Verbindungsmann bei der Iberia anrief. Von diesem erfuhr er, dass sie Tickets nach Madrid gebucht hatten. Giorgio rief noch einmal Esther an.

»Geh mal rein ins Flughafengebäude und schau nach, ob gerade eine Maschine nach Madrid abfliegt!«, befahl er ihr.

»Ja, in 15 Minuten fliegt die Iberia nach Madrid«, antwortete Esther prompt, weil sie noch in der Schalterhalle stand.

»Da werde ich Toni in Bajaras anrufen müssen.«

Er legte grußlos auf und setzte sich sofort mit Toni in Verbindung, einem Gewährsmann der Cosa Nostra auf dem internationalen Madrider Flughafen Bajaras. Giorgio schickte

Toni noch eine Whatsapp mit einem Bild von Mariana und Ludwig.

Wie ihm von höherer Stelle befohlen wurde, meldete Toni aber nicht nur alles an Giorgio. Die erste Information erhielt stets Bruno. Davon wussten weder Giorgio noch Esther etwas. Und Bruno bestimmte, was Giorgio erfahren durfte und was nicht.

»Jetzt bin ich mal gespannt, wie der Service hier ist«, meinte Ludwig, nachdem sie in der Businessclass in dem Iberia-Airbus 319 ihre Sitzplätze eingenommen hatten.

»Mir egal«, gab Mariana zurück, »ich schlafe ein bisschen. Tu ich immer im Flieger. Ist zwar nicht so bequem wie in Giorgios Privatjet, aber es geht auch so.«

Sprach's und war noch während des Abflugs von der Sonneninsel eingeschlafen.

Ludwig indessen genoss es, Businessclass zu fliegen. Denn das tat der gebürtige Schwabe sonst nie. Diese Mehrausgaben hätte er sich nie und nimmer gegönnt.

Sie saßen gleich in der ersten Reihe. Direkt vor ihnen befand sich ein Ablagefach mit allen möglichen Zeitschriften und Zeitungen. Leider waren sie ausschließlich auf Spanisch, sodass Ludwig nichts damit anfangen konnte. Aber es gab auch Briefpapier und die dazugehörigen Briefumschläge. Feinstes Büttenpapier mit geprägtem Iberia-Schriftzug. Dabei fiel Ludwig ein, dass er den Brief an Gernot noch gar nicht geschrieben hatte. Während Mariana neben ihm selig schlief und sich den exzellenten Service entgehen ließ, nahm sich Ludwig Briefpapier und Umschlag und schrieb einen Brief an seinen Freund und früheren Kollegen.

Lieber Gernot,
ich hoffe nicht, dass Du diesen Brief öffnest. Ich hoffe, dass Du ihn erst nach meiner Rückkehr nach Biberach erhältst und ich ihn Dir wieder abnehmen kann. Falls nicht, dürfte mir etwas zugestoßen sein. In diesem Falle wendest Du dich bitte an:

Señor Abogado Stefanos Carreras
Parque de Santa Catalina 51
Las Palmas de Gran Canaria

Die Telefonnummer weiß ich gerade nicht auswendig. Du wirst sie aber ausfindig machen. Im selben Gebäude ist im Übrigen die Banco Santander untergebracht.
Dem sagst Du, Du würdest in meinem Namen anrufen und Du würdest ihn um die Unterlagen bitten, die ich ihm überlassen habe. Er wird Dich nach einem Passwort fragen. Dieses Passwort nennst Du ihm. Es ist Deine Lieblingsmusik.
In den Unterlagen steht alles, was Samuel Finger getan hat, um die ehrenwerte Gesellschaft gegen sich aufzubringen. Giorgio, ein Capo, hat Samuel Finger umbringen lassen und seine Leiche auf bestialische Weise entsorgt. Sie kam auf einem Fischtrawler in das Mahlwerk, mit dem normalerweise der Beifang zermalmt und den Fischen wieder zum Fraß geworfen wird. Daneben findest Du die gesamten Vertriebswege der Organisation Orca. Die konnte ich dem Chef der Orca aus seinem Helikopter klauen.
Erzähle außer Kommissarin Lüscher, Kommissar Biechele oder Dr. Bellmann und natürlich auch Thomas Egger niemandem etwas von dem, was Du erfährst. Du würdest alle in Lebensgefahr bringen.

Dieser Typ ist der gefährlichste Mensch, mit dem ich es je zu tun hatte.
Und achte immer auf das Logo, einen Orca!

Leb wohl!
Ludwig.

P.S. Und denk immer an den Grinzing-Witz.

Toni suchte die beiden auf dem Madrider Flughafen natürlich vergeblich, denn Ludwig und Mariana verließen den geschlossenen Transitbereich des Airports nicht. Sie machten sich sofort auf den Weg zum Lufthansa-Schalter, der in Madrid für die Eurowings-Flüge zuständig war.

»Guten Tag, wir haben nach Frankfurt gebucht. Wir kommen gerade mit der Iberia aus Gran Canaria und wollen nach Deutschland.«

»Und Ihr Gepäck haben Sie durchgecheckt?«, fragte die Hostess routinemäßig.

»Wir haben gar kein Gepäck«, antwortete Mariana.

»Die Leute werden immer verrückter«, würde die Lufthansa-Stewardess später ihrer Kollegin erzählen. »Auf dem Flug nach Frankfurt hatte ich gerade ein seltsames Pärchen: Eine wahre Schönheit mit einer Traumfigur und ein alter Mann sind aus Gran Canaria gekommen und nach Frankfurt weitergeflogen. Ohne Gepäck! Stell dir das mal vor.«

»Das werden Residentes sein«, meinte die Kollegin.

»So sahen die beiden aber nicht aus. Die sahen so aus, als hätten sie in einer Zwei-Sterne-Unterkunft gehaust.«

Kurz vor dem Abflug kaufte Ludwig noch eine Briefmarke und warf den Brief an Gernot in den Postschalter. Er hatte sich davon überzeugt, dass er von niemandem beobachtet wurde. Er hatte sogar abgewartet, bis Mariana zur Toilette ging. Nur gut, dass es die altmodische Post noch gibt, dachte er, die kann keiner hacken, in die kann sich keiner einwählen, mit keiner Software dieser Welt.

»Manchmal sind die altmodischsten Dinge immer noch die besten«, sagte er vor sich hin.

Dass der Brief abgefangen und kopiert wurde, ehe er bei Gernot Heubl landete, konnte Ludwig beim besten Willen nicht ahnen. Aber Bruno hatte ein unvorstellbares Netzwerk aufgebaut. In diesem Fall war Brunos Gewährsmann vom spanischen Geheimdienst tätig geworden. Das würde die Organisation zwar wieder eine Stange Geld kosten. Aber was war schon Geld, wenn es darum ging, Bedrohungen fernzuhalten?

Auch der Flug von der spanischen Hauptstadt nach Frankfurt verlief völlig problemlos. Glücklicherweise landete die Maschine pünktlich. Von dort aus gingen die beiden zum Lufthansa-Schalter, wiederum ohne den geschlossenen Bereich des Flughafens zu verlassen.

Sie hatten jetzt in Frankfurt etwas länger Aufenthalt. Diese Zeit nutzen sie, um im Abflugbereich zu essen und sich etwas wärmere Kleidung zu besorgen. Mariana kaufte sich eine Strickstrumpfhose und einen Trenchcoat. Plötzlich kam sie aus dem Geschäft gestürmt:

»Hast du mir mal 70 Euro?«

»Kein Problem«, sagte Ludwig und gab ihr 100 Euro.

»Normalerweise würde ich im Leben nie mit so einem komischen Ding rumlaufen«, lamentierte sie über die Strumpfhose, nachdem sie sich in der Toilette umgezogen hatte.

Auch die Jacke, die Ludwig sich anschaffte, entsprach nicht seinem Geschmack. Braun und grün waren nun gar nicht die Farben, die ihm gefielen und die er an sich passend fand. Aber die Jacke war im Angebot und kostete gerade einmal 45 Euro; ein Schnäppchen, bei dem der Schwabe nun mal nicht widerstehen konnte.

»Jetzt brauchst du nur noch die entsprechende Mütze und dann siehst du aus wie Sherlock Holmes«, amüsierte sich Mariana.

»Na ja, die Strumpfhosen sind auch nicht gerade vorteilhaft für deine Figur«, lachte Ludwig zurück. »Obwohl: Du kannst anziehen, was du willst, dein Po ist immer Weltklasse!«

Er war nun etwas entspannter. Nicht einmal Giorgio hatte so viele Beziehungen, dass er ihren Weg nachverfolgen konnte. Ludwig hatte die Tickets jeweils einzeln gekauft, als er neulich allein nach Las Palmas gefahren war. So konnte der Iberia-Mitarbeiter Giorgio auch nicht mitteilen, wo das Endziel der beiden lag.

»Und du kannst anziehen, was du willst, deine Kugel bleibt immer Kreisklasse!«, giftete Mariana zurück.

Ludwig hätte es wissen müssen. Mariana hasste es, wenn sie auf ihr Gesäß reduziert wurde. Aber im Augenblick hatte er etwas anderes im Kopf, als sich um dieses nicht gerade aufmunternde Kompliment zu kümmern.

Genervt saß Giorgio in seinem Appartement in Taurito, das bis vor Kurzem noch Mariana bewohnt hatte. Hatte dieser Bulle tatsächlich herausgefunden, was er mit Samuel Finger angestellt hatte? Wusste er nun, wie er sich unliebsame Konkurrenten vom Hals schaffte? War er es womöglich doch, der ihm seine Unterlagen aus dem Heli geklaut hatte? Das wäre fatal! Und vor allem: War Mariana zu seiner Komplizin geworden? Er hatte ihr doch noch gar nicht gesagt, dass er eine neue Gespielin hatte, und sie noch gar nicht abserviert. Hatte ihr das etwa auch dieser raffinierte alte Polizist gesteckt? Hatte sie sich an ihm rächen wollen? Nach all dem, was er für sie getan hatte?

»Jede Liebe endet einmal«, pflegte er immer zu sagen. »Jedes Leben endet, jede Liebe endet. Basta!«

So war halt das Leben. Nur wer so tüchtig war wie er, konnte es sich aussuchen, zu welchem Zeitpunkt eine Liebe endete. Aber so ein Flittchen wie Mariana? Was bildete sich die bloß ein!

»Ich hätte diesem Arsch nie folgen dürfen«, lamentierte er vor sich hin.

»Du hast doch am Anfang gar nicht genug von ihm bekommen können. Jeden Moment hast du ihn beobachtet, hast ihn getätschelt wie eine Mutter den Popo ihres Kindes.«

»Ja, ja, ja. Du hast recht, Esther. Es ist immer so bei uns. Papa war so, Großpapa war auch so. Und meine Söhne werden genauso sein.«

»Dazu müsstest du erst mal Söhne haben. Was machst du jetzt?« Esthers Frage schien berechtigt. »Alle Geschenke, in denen du Sender hattest, hat sie hiergelassen. Das hat ihr sicher dieser Bulle geraten!«

»Ein wirklich raffinierter Hund! Muss ich sagen. Aber nicht raffiniert genug für Giorgio! Hoho.«

Sein breites Lachen sagte Esther, dass ihr Bruder noch einen Trumpf im Köcher hatte. So wie immer.

Als das Telefon klingelte, dachte Giorgio, es wäre Gianni oder Mariana. Mit diesem Anrufer hatte er nicht gerechnet.

»Hallo«, klang es aus dem Telefon.

Wie immer war Brunos Stimme spröde und trocken. Nichts deutete darauf hin, dass man es mit einem der mächtigsten Bosse der Cosa Nostra zu tun hatte.

»Bruno, hier ist Gio. Ich habe ein Problem …«

Das war schon sein erster Fehler. Wenn man von Bruno angerufen wurde, fing man nie selbst an mit dem Reden.

Ziemlich kleinlaut kam sich Giorgio selbst vor. Na ja: Den Bockmist, den er gebaut hatte, seinem Boss zu melden, war ja auch nicht einfach. Man wusste nie, wie Bruno reagieren würde.

»Du brauchst gar nicht weiter zu reden«, fiel ihm dann auch der Boss ins Wort, dessen Stimme unvermittelt an Schärfe gewann. »Die Sache mit dem alten Bullen aus Wien und deinem Flittchen ist ziemlich aus dem Ruder gelaufen. Giorgio, mein Junge, wie oft habe ich dir gesagt, man soll die Weiber und das Geschäft voneinander trennen. Weiber haben in unserem Geschäft nichts zu suchen, verstehst du? Gar nichts. Ich habe bereits beschlossen, dass du deinen Standort sofort wechseln musst. Du steigst in deinen Flieger und kommst sofort hierher. Ich habe die Sache jetzt in die Hand genommen. Das Weib muss weg!«

Bruno sprach jetzt völlig ohne Erregung; so, als hätte er gerade seinem Diener gesagt, er solle ihm noch eine Tasse Kaffee bringen. Bruno wirkte nach außen hin sehr würdevoll. Kein Außenstehender würde jemals darauf kommen, dass er der mächtigste Mann Siziliens war.

»Du willst Mariana entsorgen?«, fragte Gio. »Und der Bulle?«

»Das Mädchen muss weg. Den Bullen kannst du vergessen. Der hat all sein Wissen schon an seine frühere Dienststelle verraten. Sein Tod nützt uns nichts.«

Brunos Art, über Leben und Tod zu entscheiden, würde jeden Menschen mit einem gesunden Verstand erschaudern lassen. Hinter seiner vorgetäuschten würdevollen Fassade verbarg sich ein brutaler Charakter, der über jede Leiche ging, die sich ihm in den Weg stellte. Denn: Wer sich ihm in den Weg stellte, war eine Leiche. Eine Leiche auf Abruf.

»Wie gehen wir weiter vor?«

Gio wirkte ratlos.

»Nicht wir gehen vor, ich gehe vor. Du bist vorläufig raus aus dem Geschäft, Giorgio. Das Einzige, was ich von dir noch brauche, sind die Funkdaten von dieser Uhr. Und über dieses Flittchen brauchst du dir auch keine Gedanken mehr zu machen. Ich habe bereits fünf SWAT-Teams aufgestellt, die sich der Sache annehmen.«

»Wieso fünf Spezial-Einsatz-Kommandos?«, fragte Giorgio irritiert.

»Für jeden möglichen Flughafen, an dem die beiden ankommen, ein Team. Gianni leitet übrigens ein Team«, meinte Bruno lässig.

Damit gab er Gio zu verstehen, dass Gianni ab sofort nicht mehr zu Gios Leuten zählte.

»Wie kommst du auf fünf? Es könnten 100 sein!«, warf Giorgio ein.

»Die Logik, mein Junge. In Wien wohnt der Bulle, da ist ein Team schon vor Ort. Der Finger wohnte in der Nähe des Lago di Costanza. Von Frankfurt, wo die beiden jetzt gerade hinfliegen, können sie, um dorthin zu kommen, nach Zürich, Stuttgart, München oder Friedrichshafen fliegen. Und in jeden dieser Orte habe ich ein SWAT-Team geschickt. Gianni war gerade zufällig in unserem Zentrum in Kempten. Er leitet das Team, welches nach Friedrichshafen fährt.« Wenigstens diese Information wollte Bruno Giorgio noch geben. »Und jetzt, lieber Giorgio, sage mir noch einmal ganz genau, was du über die Unterlagen weißt, die der Bulle hat.«

»Er hat praktisch sämtliche Informationen, die er braucht, um uns alle in die Luft gehen zu lassen.«

»Wo?«

Brunos Stimme veränderte sich blitzartig. Sie wirkte wieder wie ein brutal scharfes Messer, welches gerade ein Stück Torte durchschneidet. Gio erkannte, dass er Bruno die volle Wahrheit sagen musste. Und er erkannte auch, dass Bruno der einzige Mensch war, der ihm jetzt noch helfen konnte.

»In Las Palmas, so viel ist sicher.«

»Sieh mal an«, lachte Bruno gehässig. »Da weiß ich viel mehr, als du. Unser Mann bei der Guardia Civil hat einen Brief von ihm abgefangen, Toni übergeben und der hat uns eine App geschickt. Danach waren wir uns ziemlich sicher, dass dieser Anwalt oder Notar im Parque de Santa Catalina ist. Er sollte im Haus der Banco Santander sein Büro haben. Dort war aber weder ein Notar noch ein Anwalt.«

»Dieser gefinkelte, alte Bulle ist so was von raffiniert ...«, stöhnte Giorgio ins Telefon.

»Das ist uns bekannt. Du hättest mir melden sollen, mit wem du es zu tun hast, dann hätte ich diese Sache sofort erledigt. Dieser Hirschberger ist einer der gefährlichsten Leute. Ich habe mich genauestens über ihn erkundigt. Ein früherer Profiler, der Gott sei Dank nie auf unsere Fährte gehetzt wurde.«

»Dann lass ihn töten«, schlug Giorgio vor.

»Qui bono?«, antwortete Bruno. »Wem nutzt das jetzt noch etwas? Dazu ist es zu spät. Viel zu spät. Und das hast du verbockt. Du mit deinen ewigen Weibergeschichten. Ich hätte dir nie so viel Verantwortung übergeben dürfen. Ich hätte wissen müssen, dass du geiler Bock uns noch ins Verderben führen würdest. Wenn wir das Weib beseitigt haben, ist wenigstens gewährleistet, dass sie deine Termine nicht verraten kann.«

»Bitte Bruno, tu das nicht!«

»Was?«

»Lass sie leben. Sie hat doch keine Ahnung.«

»Aber du hast doch schon eine andere?«

»Trotzdem, lasse sie. Ich sorge persönlich dafür, dass sie nichts anrichten kann. Ich bringe sie nach Sibiu. Dort in Rumänien habe ich ein sicheres Haus …«

Bruno schnitt ihm das Wort ab.

»Das geht nicht!«

Doch Gio ließ nicht locker:

»Ich bitte dich Bruno. Sie hat das Gesicht eines Engels, hat die Haut eines Pfirsichs und das Herz einer Löwin …«

Jetzt war es Esther, die ihm ins Wort fiel:

»Und den Arsch einer Ente.«

Jetzt musste sogar Bruno lachen, was sehr selten vorkam. Dabei feixte er ins Telefon:

»Sage ihr, dass sie ruhig ein bisschen mehr Ente vertragen könnte«, womit er auf Esthers schmale Hüften anspielte.

Grußlos legte Bruno auf, was bei Giorgio ein sehr mulmiges Gefühl aufkommen ließ. Natürlich war das dumm gelaufen. Selbstverständlich hatte Bruno recht. Und ja, er hatte ihn oft genug gewarnt. Aber immer wieder hatte er ihm verziehen. Diesmal offenbar nicht. Die Rückreise nach Sizilien würde sehr ungemütlich werden. Und vor allem das, was danach kommen würde.

Auf Sizilien konnte sich Bruno immer noch nicht beruhigen: Hätte er es doch nur eher erfahren, dass der Profiler an Giorgio geraten war und vor allem, welcher Profiler das war. Der hätte keinen Tag auf Gran Canaria überlebt. Wie viel Schaden hätte dadurch vermieden werden können. Er hätte Giorgio an die Wand klatschen können. So ein Idiot aber auch!

Giorgio ging mit Esther sofort zu seinem Helikopter, um zum Flughafen Gando zu fliegen, wo seine Privatmaschine stand. Zu seiner Überraschung fehlte am Heli bereits sein Orca-Logo. Auch an dem Cessna-Citation-Jet auf dem Flughafen von Las Palmas fehlte das Logo. Was Giorgio noch nicht wusste: Es war zudem bereits an der Firgas und dem weißen Lieferwagen entfernt worden.

Als Miguel am Pier 36 das sah, musste er heimlich grinsen. Schließlich war er der Einzige im Puerto de La Luz, der wusste warum. Danach fuhr die Firgas wieder mit harmlosen Touristen auf Haifisch-Fang. Dass der alte Mann nicht mehr kommen würde, war Miguel inzwischen bewusst. Er ärgerte sich. Die 10 000 Euro waren vielleicht doch zu hoch gegriffen gewesen. Wer weiß, vielleicht wäre er auf 5000 eingegangen. So hatte Miguel lediglich die 500 bekommen, mit denen er nur seine Schulden begleichen konnte. Sollte er jemals eine zweite Chance bekommen, würde er klüger und nicht so habgierig agieren.

Aber vermutlich würde es diese Chance nicht mehr geben. Vermutlich war der alte Mann schon tot. Er war offensichtlich Giorgio auf die Schliche gekommen. Und so etwas hatte bisher niemand überlebt. Dass Giorgio zwischenzeitlich um sein eigenes Leben fürchten musste, ahnte Miguel natürlich nicht.

In diesem Augenblick schwebte ein kleiner Business-Jet über den Hafen hinweg in Richtung Nord-Nordost. Im Jet befanden sich nur zwei Piloten sowie die beiden Passagiere Esther und Giorgio in Richtung Catania. Während Esther tief besorgt war, dachte Giorgio an nichts Böses. Zu sehr wähnte er sich, trotz des Schadens, den er angerichtet hatte, immer noch als ein Vertrauter Brunos.

Glücklicherweise fand Ludwig im Frankfurter Flughafen ein öffentliches Telefon. Dass es so etwas überhaupt noch gab.

Er rief Georg in Bad Saulgau an. Georg kannte er noch von früher. Er war ein Kollege im Streifendienst und ein enger Freund gewesen. Von ihm wusste er, dass er unerschrocken genug war, um Mariana so lange anonym bei ihm unterzubringen, bis Giorgio und seine Truppe aus dem Verkehr gezogen worden waren.

»Servus Georg.«

»Hallo Lude, was verschafft mir die Ehre des Anrufes eines bekannten Profilers?«

»Lass mal das Süßholz weg. Ich brauche dringend deine Hilfe«, bat Ludwig.

»Schieß los.«

»Ich habe in Gran Canaria nach einem Vermissten gesucht. Habe festgestellt, dass er der ehrenwerten Gesellschaft in die Parade gefahren ist und von ihr bestraft wurde.«

»Und wo liegt die Leiche?«, fragte Georg.

»Die gibt's gar nicht mehr. Die haben die Fische gefressen!«, antwortete der Profiler sarkastisch, »blitzblank entsorgt, wie üblich.«

»Und was habe ich damit zu tun?«

»Die Tussi des Clan-Chefs habe ich zu meiner Komplizin gemacht. Zuerst ohne ihr Wissen, aber am Schluss war sie aufgeklärt. Die ist so lange in Gefahr, bis ich die ganze Bande auffliegen lasse. Und ich wollte dich fragen, ob ich sie solange bei dir parken kann.«

»Wenn du alles genug abgeschirmt hast, kein Problem«, meinte Georg.

»100 Prozent«, erwiderte Ludwig. »Und bereuen wirst du das sicher nicht.«

»Du brauchst mir nichts dafür geben!«

Der frühere Kollege glaubte, Ludwig würde ihn dafür bezahlen wollen.

»Nein, es kommt die Sonne in dein Haus. Wart's nur ab!«

»Na dann bin ich ja mal gespannt.«

»Wohnst du immer noch in deinem Häuschen in der Werderstraße?«

»Ja.«

Georg war seit zehn Jahren Witwer und seither hatte vermutlich kein weibliches Wesen seine Wohnung betreten. Wahrscheinlich hatte sich Georg die letzten Jahre ausschließlich mit seiner Modelleisenbahn beschäftigt. Ludwig beendete das Gespräch und ging nun wesentlich besser gelaunt zu Mariana zurück.

»Wieso benutzt du so ein altmodisches Telefon? Du hast doch ein Handy«, merkte Mariana kopfschüttelnd an.

»Weil mich dein Giorgio sonst orten könnte. Ich schalte es erst wieder ein, wenn du in Sicherheit bist«, sagte Ludwig fürsorglich. »Und erst jetzt habe ich festgelegt, wo du die nächsten Tage wohnen wirst, damit dein Giorgio garantiert nicht herausfindet, wo du bist!«

»Der tut mir nichts, sei unbesorgt. Giorgio ist zwar ein Ganove, aber ein Gentleman.«

»Der über Leichen geht, erinnere dich nur an Samuel Finger!«, warnte Ludwig eindringlich.

Doch Mariana ließ nicht locker:

»Den hat er gehasst, mich hat er geliebt.«

»Kindchen, bist du naiv! Der hat dich nie geliebt; der hat nur mit dir gespielt«, seufzte Ludwig.

»Und? Wo werde ich solange wohnen?«

Man merkte Mariana schon an, dass sie sehr ungehalten darüber war, dass sie ihr inzwischen gewohntes Luxusleben einfach aufgeben musste.

»In einem kleinen, aber sehr reizenden Kurstädtchen im

Süden Deutschlands. Bei einem pensionierten Polizeibeamten, der seit Jahren Witwer ist und eine wunderschöne Märklin-Eisenbahn hat.«

»Komisch, mir scheint, ich ziehe pensionierte Bullen geradezu an. Solange er so charmant und intelligent wie du bist und mich nicht für eine Lokomotive hält, bitte!«

Ludwig empfand das schon als Kompliment.

»Und was ist das für ein Kurstädtchen? Ist dort der Hund begraben?«

»Na ja, mit der Partymeile von Playa del Inglés kannst du es nicht vergleichen. Aber der Hund ist auch nicht begraben dort«, verteidigte Ludwig seine Wahl. »Außerdem geht's die nächsten Tage nicht ums Vergnügen, sondern um deine Sicherheit. Bad Saulgau hat ein wunderbares Thermalbad mit einem herrlichen Park dabei und eine reizende Innenstadt. Auch wird dort für die Kurgäste einiges geboten. Für dich gilt das allerdings so lange nicht, bis ich dich in die Obhut meiner Gewährsleute, einer Kommissarin und einem Staatsanwalt, übergeben habe.«

»Also doch der Hund begraben«, seufzte Mariana.

Ihr Flug nach Friedrichshafen wurde aufgerufen. Sie bestiegen den kleinen Dornier-Jet. Ludwig genoss den Flug und versuchte, die Flugroute zu erkunden. Allerdings war nur bis Mannheim und Ludwigshafen am Rhein alles deutlich zu sehen, dann schob sich eine leichte Wolkendecke zwischen die Landschaft und den kleinen Flieger.

Nach gerade mal 45 Minuten landeten sie in der Bodensee-Stadt. Da sie keinerlei Gepäck hatten, waren sie quasi die Ersten, die in das Flughafengebäude kamen. Ludwig lief schnurstracks zu einem Autovermieter und fragte nach dem günstigsten Fahrzeug.

»Für wie lange wollen Sie es denn mieten?«, fragte der Herr am Schalter.

»Nur heute. Und ich werde es auch nicht zurückbringen, sondern in Ravensburg nach einem kleinen Umweg abgeben.«

»Wissen Sie, wo unser Büro dort ist?«

»Nein, aber Sie werden es mir sagen.«

Der Herr nannte ihm die Stelle, übergab Ludwig die Papiere und erklärte ihm, wo der Wagen zu finden war.

Ludwig fand den grünen Opel Corsa sofort. Sie bestiegen das Fahrzeug und fuhren auch direkt los.

Nach wenigen Kilometern bekam Mariana aber Hunger und verlangte nach einer Mahlzeit.

»Okay«, meinte Ludwig. »Ich habe genau beobachtet, dass uns niemand gefolgt ist. Deshalb ist es kein Risiko, wenn wir jetzt essen gehen.«

Wenige Kilometer hinter Ailingen fanden sie einen typischen Landgasthof in der kleinen Ortschaft Hefigkofen. Aus purer Vorsicht wollte Ludwig nicht die Hauptroute über die B 30 und die B 32 nach Bad Saulgau nutzen, sondern über Landstraßen und Ortschaften wie Horgenzell und Fronhofen dorthin fahren.

Gleichzeitig telefonierte Bruno von Bagheria aus mit Gianni:

»Gianni, du hast Glück«, meinte er, der die ganze Aktion generalstabsmäßig vorbereitet hatte und nun überwachte, »die beiden haben ein Ristorante aufgesucht auf der Fahrt. Laut meinen Navigationsdaten muss es sich um den Landgasthof ›Adler‹ in Hefigkofen handeln.«

Er sagte es mit dem typisch italienischen Akzent »Heffigekoffe«.

»Bruno, wir haben die beiden jetzt im Visier, sie fahren direkt vor uns her. Es wird alles gut gehen. Verlasse dich auf mich«, bemerkte ein hochkonzentrierter Gianni eine halbe Stunde später.

»Nur gut, dass ich mich wenigstens auf dich verlassen

kann. Giorgio hat derart viel Mist gebaut, dass er die ganze Organisation in Gefahr gebracht hat. Wenn ihr die Arbeit erledigt habt, musst du im Auto unbedingt die Unterlagen finden, die der Bulle aus Giorgios Helikopter geklaut hat.«

»Alles klar, Bruno. Wenn die Unterlagen im Auto sind, bringe ich sie dir.«

Ohne zu antworten, beendete Bruno das Gespräch. Alles musste man alleine machen. Dieser Giorgio war so ein hirnverbrannter Ochse geworden.

Dem geschulten Blick des Fallanalytikers war nicht entgangen, dass ihnen seit Hefigkofen, als sie sich wieder auf den Weg gemacht hatten, ein schwarzer SUV folgte. Genauer gesagt, ein Daimler. Das war allerdings auf dieser Strecke nichts Außergewöhnliches, denn viele ortskundige Fahrer nutzten diese Nebenstrecke, um das Nadelöhr Ravensburg zu umfahren. Nur die Kemptener Autonummer war auffällig. Auf einer kurzen geraden Strecke verlangsamte Ludwig deshalb die Fahrt sehr stark. Der schwarze Mercedes überholte sie und fuhr mit hoher Geschwindigkeit weiter. Doch schon nach wenigen Kilometern, an einem Kreisverkehr bei der Ortschaft Zogenweiler, hatte sich der Daimler wieder hinter den Corsa von Ludwig gesetzt. Dem wurde es jetzt richtig mulmig zumute. Hatte er doch etwas außer Acht gelassen? Wurde er doch verfolgt? Unmöglich, das kann nicht sein, dachte er und fuhr in Richtung Fronhofen weiter. Kurz nach der Ortschaft Zogenweiler setzte der Mercedes erneut zum Überholen an.

Als er auf gleicher Höhe war, entdeckte Ludwig, welche Katastrophe sich da gerade anbahnte: Sowohl aus dem Beifahrerfenster als auch aus dem Fenster dahinter ragten die Spitzen von Maschinenpistolen hervor. Ludwig versuchte, mit einem blitzartigen Ausweichmanöver der Situation zu entkommen. Vergeblich. Das letzte, was er wahrnahm, war das Mündungsfeuer aus den MPs. Ein greller Blitz durchfuhr ihn. Dann sah er einen langen hell erleuchteten Tunnel, an dessen Ende komischerweise seine längst verstorbene Mutter stand und ihm freundlich zuwinkte …

Bruno nahm das Telefon ab und meldete sich mit »Hallo«.

»Hallo Onkel, hier ist Gianni, die Arbeit ist getan. Die Frau ist tot. Aber der Bulle ist wahrscheinlich auch tot. Ließ sich nicht vermeiden.«

»Ah, dann hast du wahrscheinlich die ganze Karre durchsiebt?«

»Ja, aber den Schluss habe ich nur bei ihr gemacht.«

Damit meinte Gianni den finalen Kopfschuss, das Markenzeichen der Mafia. Und damit wurde auch dokumentiert, dass Ludwig nicht bewusst getötet werden sollte, sondern nur ein Kollateral-Opfer war.

»Und wo sind die Papiere?«

Diese Frage war Bruno wichtiger als das Leben des alten Bullen.

»Die waren nicht im Wagen!«

»Was?«

»Die waren garantiert nicht im Wagen. Zumindest konnte ich sie in der kurzen Zeit, die mir blieb, nicht finden. Nur die Uhr habe ich ihr abgenommen.«

»Porco dio, die hat er dann doch alle in Las Palmas hinterlegen lassen. Aber wo?«, sagte Bruno aufgebracht und legte auf.

Gerlinde Lüscher hasste es, wenn bei einem gemütlichen Fernsehabend der Piepser losging. Das verhieß nämlich nichts Gutes. Zumeist war damit ein bis in die tiefe Nacht gehender Einsatz verbunden.

»Doppelmord. Zwischen Fronhofen und Zogenweiler. Eines der Opfer dürften Sie persönlich kennen, Frau Hauptkommissarin.«

»So, und wer ist es?«

»Ludwig Hirschberger aus Wien, Ihr Freund und Helfer. Das andere Opfer ist eine rumänische Staatsbürgerin. Sie heißt Mariana Popolescu.«

Gerlinde Lüscher erschrak und schrie ihr Gegenüber am Telefon an:

»Was erzählen Sie mir da? Ludwig Hirschberger? Ermordet? In Fronhofen? Hören Sie, das ist unmöglich! Das muss ein Irrtum sein. Ich habe mit Ludwig gestern noch telefoniert. Der ist auf Gran Canaria und sucht nach Samuel Finger!«

»Kommen Sie am besten dorthin. Überzeugen Sie sich selbst! Zuerst dachten wir, es sei ein Unfall gewesen. Aber ganz schnell hat sich ein ganz anderes Bild ergeben. Und es gibt einen Zeugen.«

Nachdem sie sich wieder auf ihren Sessel gesetzt hatte – sie musste sich zuerst einmal sammeln, zu unglaublich kam ihr die Nachricht vor –, rief sie sofort Kommissar Ralf Biechele, ihren Nachfolger in Biberach, an und bat ihn, er solle bitte ebenfalls sofort zu diesem Tatort kommen. Auch Ralf Biechele konnte es nicht glauben.

»Der ist doch viel zu gefinkelt, den kriegt doch keiner!«, war seine erste Reaktion.

Dr. Bellmann, den Leitenden Oberstaatsanwalt, setzte sie danach in Kenntnis. Auch er sagte zu, so schnell wie möglich an den Tatort zu kommen.

Dort erwartete die Kommissare eine Überraschung.

Mariana Popolescu lag noch immer im Wagen, aber von Ludwig fehlte jede Spur.

»Der hatte noch ein wenig Leben in sich«, meinte der Notarzt. »Überlebenschance aber weniger als fünf Prozent. Nur mein hippokratischer Eid ließ mich einen Helikopter anfordern und ihn nach Tübingen in die Uni-Klinik fliegen. Dort wird er vermutlich heute Nacht sterben.«

Es war der übliche Umgangston, in dem sich Notarzt und die Beamten der Kriminalpolizei in solchen Fällen unterhielten, aber für Gerlinde Lüscher und Ralf Biechele hatte der Name Ludwig Hirschberger natürlich eine ganz andere, eine persönliche Bedeutung.

Es war ein unwirkliches Bild, welches sich den Beamten auf der Landstraße zwischen Zogenweiler und Fronhofen bot. Die Dunkelheit hatte sich inzwischen auf der Anhöhe ausgebreitet. Die Sicht hier oben war, obwohl es schon dunkel war, noch gut, während sich im Schussental bereits der Nebel ausgebreitet hatte. Der Corsa lag auf der Seite im Straßengraben – wie bei einem normalen Unfall, wenn der Fahrer von der Straße abkam und im Graben liegen blieb. Aber die Straße hier war kerzengerade und für eine Landstraße sogar ziemlich breit. Hier kam man nicht einfach so mir nichts, dir nichts von der Straße ab.

Weil der grüne Kleinwagen auf der Beifahrerseite lag, konnte man ziemlich schnell erkennen, dass er auf der linken Seite komplett mit Kugeln durchsiebt war. Alle Scheiben waren geborsten. Ein Blick in das Fahrzeuginnere zeigte Gerlinde Lüscher die ganze Grausamkeit dieser Situation: Hier lag Mariana Popolescu. Sie hatte auf den ersten Blick mindestens sechs Schussverletzungen, zwei davon am Kopf. Eine davon deutete auf den finalen Kopfschuss der Mafia hin.

»Wie viele Treffer hatte der Mann?«, fragte Kommissar Biechele.

In diesem Moment traf Dr. Bellmann am Tatort ein. Er fand eine fassungslose Kollegin vor, die tränenüberströmt am Straßenrand saß und völlig verzweifelt wirkte. Dr. Bellmann, nicht gerade bekannt für besonderes Einfühlungsvermögen, rannte sofort zur Kommissarin und nahm sie in den Arm. Gerlinde Lüscher war kaum fähig, einen klaren Satz zu artikulieren und stammelte nur vor sich hin.

»Da war der Ludwig mit drin. Unser Ludwig Hirschberger«, schluchzte sie.

»Wo ist er jetzt?«, fragte Rüdiger Bellmann in seiner bekannten Stakkato-Sprache.

»In Tübingen, mit dem Heli. Aber er wird die Nacht nicht überleben, meint der Notarzt. Und ich bin schuld daran«, schluchzte sie weiter.

»Wieso sind Sie daran schuld?«, fragte ein irritierter Dr. Bellmann.

»Weil ich ihm diesen Auftrag vermittelt hatte. Die Schwester von Samuel Finger fragte mich nach einem guten Privat-Ermittler. Und ich sagte ihr, ich kenne den besten. Und habe ihr den Ludwig vermittelt.«

Sie war kaum zu verstehen und heulte wie ein Schlosshund.

So kannte Dr. Bellmann die Kommissarin gar nicht. Er wusste, dass die sehr sympathische Kollegin durchaus zur Empathie fähig war. Dass sie aber angesichts dieser Situation die Kontrolle über sich selbst verlor, hatte er noch nicht erlebt und hätte das auch niemals geglaubt.

Auch Ralf Biechele war schockiert. Er saß in seinem Wagen wie paralysiert und schüttelte nur den Kopf.

»Biechele, Sie übernehmen vorläufig. Die Frau Kommissarin ist derzeit nicht in der Lage, die Ermittlungen zu leiten.«

Biechele nickte kurz mit dem Kopf, um ihn dann direkt darauf wieder zu schütteln.

»Diese Schweine. Diese elenden Schweine. Einen alten Mann umbringen. Hinrichten. Mitten auf der Straße. Mitten in Oberschwaben«, meinte der junge Kommissar, dem Ludwig Hirschberger den Weg in die Laufbahn der Kriminalpolizei geebnet hatte.

»Noch lebt er, Biechele! Und so lange georgelt wird, ist die Kirche nicht aus«, meinte Dr. Bellmann, der sein Team etwas aufmuntern wollte.

Ein Streifenbeamter aus Weingarten, der zu den Ersten gehörte, die am Tatort eingetroffen waren, ging auf die drei zu und meldete:

»Es gibt einen Zeugen, allerdings von sehr weit weg.«

»Bringen Sie ihn her«, sagte Gerlinde, die sich inzwischen gefangen hatte und jetzt klar machte, dass sie sich das Heft keinesfalls aus der Hand nehmen lassen wollte.

Als die Beamten mit dem Zeugen zu ihr kamen, fragte Gerlinde Lüscher:

»Haben Sie seine Personalien aufgenommen?«

Der Streifenbeamte bejahte, worauf sich Gerlinde an den Zeugen wandte:

»Und was haben Sie genau gesehen, Herr …«

»Gäbele, Heinrich Gäbele. Ich wohne am Ortsrand von Zogenweiler«, sagte der Zeuge aus. »Es dämmerte schon, war aber noch nicht ganz dunkel, als ich plötzlich diese Schüsse hörte. Ratatatat. Ich ging sofort zum Fenster und sah, dass der grüne Corsa einen Unfall hatte. Er lag auf der Seite im Straßengraben und es qualmte aus ihm heraus«, berichtete der Mann aufgeregt. »Danach ist ein schwerer Mercedes hingefahren, ein Mann ist ausgestiegen, hat in den Corsa hineingesehen. Dann hat er die Fahrertüre aufgemacht und hat in das Auto hineingegriffen. Wahrscheinlich hat er untersucht, ob die beiden noch leben und dann hat er noch einmal geschossen.«

»War das der Mercedes, aus dem geschossen wurde?«, fragte Ralf Biechele.

»Wahrscheinlich schon. Ich hab die Schüsse ja nur gehört, aber es waren ja keine anderen Autos auf der Straße. Nur die beiden. Also kann's eigentlich nur der gewesen sein.«

»Waren noch weitere Insassen im Mercedes?«, hakte Gerlinde nach.

»Mindestens einer. Der Fahrer. Ob noch mehr drinsaßen, kann ich nicht sagen. Es war ja schon fast duster.«

Die Straße war bereits komplett gesperrt, als die Spurensicherung am Tatort eintraf.

Lüscher und Biechele unterhielten sich über den möglichen Tathergang.

»So wie es im Augenblick aussieht, hat der Mercedes den Corsa überholt und kurz zuvor wurde aus dem fahrenden Wagen auf ihn geschossen«, meinte Kommissarin Lüscher.

Sie sprach bewusst vom Wagen Corsa als Sache, weil sie »auf Ludwig geschossen« noch immer nicht sagen konnte.

»Und danach ist der Corsa quasi führerlos in den Graben gefahren und dabei vermutlich umgekippt«, ergänzte Biechele. »Was darauf schließen lässt, dass der Hirschberger nicht allzu schnell unterwegs war, weil er sich sonst überschlagen hätte.«

»Spekulation, alles Spekulation.« Dr. Bellmann mischte sich ein. »Lasst doch die Spusi ihre Arbeit machen. Heute Nacht können wir sowieso nichts mehr machen, die sind doch über alle Berge.«

Doch die beiden Kriminalbeamten ermittelten weiter.

»Haben Sie die Autonummer erkannt?«, fragte Gerlinde den Zeugen Gäbele.

»Nein, der war viel zu weit weg!«

»Aber dass es ein Mercedes war, das haben Sie klar erkannt?«

Zweifel kamen bei der Kommissarin auf.

»Ich bin mir ziemlich sicher. Natürlich könnte es auch ein BMW oder ein Audi oder ein anderer SUV gewesen sein. Aber mein Chef fährt dasselbe Modell wie das Auto, das geschossen hat, daher bin ich mir eigentlich sicher!«

Dass ein Auto nicht schießen kann, war allen Beteiligten klar. Dennoch wollte den guten Mann keiner korrigieren; schließlich war allen klar, was er gemeint hatte. Immerhin wussten sie jetzt, dass es sich um einen Geländewagen, um einen sogenannten »Stadtpanzer« gehandelt hatte.

»Gab es später noch Schüsse?«, setzte Kommissarin Lüscher ihre Befragung fort.

»Nur noch einen!«, war sich der Zeuge sicher, »als der Mann ins Auto schaute.«

»Finaler Kopfschuss der ehrenwerten Gesellschaft, vermute ich mal«, sagte Dr. Bellmann zu Biechele.

Durch die Flugtickets und Bordkarten, die man im Wagen gefunden hatte, konnte der Fluchtweg, den Ludwig ausgeklügelt hatte, fein säuberlich nachvollzogen werden.

»Eigentlich perfekt. Besser hätte man es nicht machen können«, meinte Dr. Bellmann anerkennend, als die Beamten am nächsten Morgen zusammensaßen.

»Hiermit begründe ich die SOKO Ludwig. Vorläufige Mitglieder sind nur wir drei«, eröffnete der Staatsanwalt Gerlinde Lüscher und Ralf Biechele.

Damit hatte er den Biberacher Kommissar in die Ermittlungen eingebunden, obwohl der eigentlich gar nicht zuständig gewesen wäre, sondern nur das Ravensburger Kommissariat, welches inzwischen von Gerlinde Lüscher geleitet wurde.

»Wie konnten die den Corsa nur entdecken?«, fragte Ralf Biechele in die Runde, weil ihm dies rätselhaft erschien.

»Da muss ein Peilsender irgendwo versteckt gewesen sein«, mutmaßte der Leitende Oberstaatsanwalt.

»Nie im Leben«, warf Gerlinde Lüscher ein. »Solche Dinge hat der Ludwig geradezu gerochen. Und er war viel zu erfahren, um nicht alles vor der Flucht auszutauschen. Wir wissen, dass beide Opfer vollkommen neue Kleider getragen haben. Der Beleg vom Flughafen wurde bei Ludwig sogar noch gefunden. Die Popolescu hatte keinerlei Schmuck bei sich, noch nicht einmal einen Ohrring.«

»Wir werden die Bilder von den Überwachungskameras der Flughäfen anfordern müssen«, warf Biechele ein.

»Was willst du darauf erkennen?«

»Ob sie womöglich verfolgt wurden. Das eine muss doch klar sein: Wenn es außer den beiden Opfern Passagiere gibt, die wie die beiden von Las Palmas, über Madrid und Frankfurt nach Friedrichshafen geflogen sind, dann haben wir Gesichter«, erläuterte der junge Kommissar.

»Also machen Sie das, Biechele. Fordern Sie alle Flughäfen auf, uns die entsprechenden Bilder der Überwachungskameras zu liefern. Das sollte kein Problem sein, denn wir bewegen uns immer innerhalb der EU.«

Der Leitende Oberstaatsanwalt hielt dieses Argument von Ralf Biechele für sehr einleuchtend.

Nichts Neues gab es von Ludwigs Gesundheitszustand. Aus dem Klinikum wurde berichtet, dass sich der Patient in tiefkomatösem Zustand befinde. Das liege an einer Subarachnoidalblutung durch Kopfschuss. Die übrigen Schussverletzungen seien weniger gravierend. Ein Steckschuss im Oberarm, der bereits entfernt worden sei, desgleichen zwei im Oberschenkel, auch entfernt. Ein Schuss stecke noch in der Hüfte, mache aber im Augenblick keine Probleme. Die Wunde sei desinfiziert worden.

Mariana Popolescu habe einen Schuss in den Hals, drei in den Oberarm und einen Streifschuss am Hinterkopf abbekommen. Alle nicht letal, also tödlich. Der tödliche Schuss sei ein aufgesetzter Kopfschuss gewesen.

Der Zustand von Herrn Hirschberger sei stabil, aber nach wie vor lebensbedrohlich. Seine Überlebenschance sei auf zehn Prozent gestiegen. Sollte er entgegen aller Prognosen dennoch überleben, seien schwerwiegende Hirnschäden nicht auszuschließen.

Natürlich erkannte Ralf Biechele keine übereinstimmenden Gesichter auf den Videos, die die verschiedenen Flughäfen zur Verfügung gestellt hatten. Dennoch konnte er in der nächsten SOKO-Sitzung eine interessante Beobachtung melden.

»Sehen Sie hier. Auf dem Flughafen in Las Palmas. Frau Popolescu trägt eine Armbanduhr. Sehen Sie die Bilder vom Madrider Flughafen. Was sehen Sie?«

»Die Armbanduhr. Wo ist die?«, fragte Gerlinde Lüscher ganz aufgeregt.

Ralf Biechele hatte eine hervorragende Beobachtungsgabe.

»Die ist auch in Frankfurt noch dran und auch in Friedrichshafen bei der Landung!«

»Aber bei der Leiche haben wir keine Armbanduhr gefunden!«, konstatierte Dr. Bellmann.

»Richtig. Jetzt können wir auch vermuten, was der Zeuge damit gemeint hat, als er sagte, ein Mann habe ins Auto gegriffen. Der hat nicht nur untersucht, ob die wirklich tot sind und nur den finalen Todesschuss begangen.

Nein, der hat sich auch die Armbanduhr gegriffen!«, analysierte Biechele.

Ludwig wäre stolz auf ihn gewesen.

»Das kann ich mir nicht vorstellen«, grenzte die Kommissarin ein. »Das hätte der Ludwig niemals zugelassen, dass die Frau diese Armbanduhr mitnehmen kann, wenn er sich nicht zu 100 Prozent sicher war, dass sie sauber ist.«

Natürlich konnten die Mitglieder der SOKO nicht wissen, dass sich Mariana Popolescu an eine entscheidende und auch für Ludwig Hirschberger verhängnisvolle Kleinigkeit nicht mehr erinnert hatte, als sie Ludwig vom Kauf der Uhr durch ihren Giorgio in Genf erzählte.

»Wenn dir diese Uhr so gut gefällt, bekommst du sie natürlich. Aber ich möchte, dass du sie für immer trägst. Sie soll dich immer an mich erinnern. Sie soll dein Schutzengel sein, wenn ich nicht bei dir sein kann. Aus diesem Grund lasse ich dir meinen Namen und das Schutzzeichen meiner Familie eingravieren.«

Und zum Verkäufer gewandt hatte Giorgio gesagt:

»Gravieren Sie bitte das auf der Rückseite der Uhr ein, was ich Ihnen hier aufmale. Wir werden die Uhr heute Nachmittag abholen.«

Als sich Mariana am späteren Nachmittag von ihrer Suite im vornehmen Hotel Hilton zum Juwelier aufmachen wollte, lag die Uhr schon auf ihrem Nachttisch. Auf der Rückseite war nur ein kleiner Orca eingraviert. Ein Assistent von Giorgio hatte sie abgeholt und ohne ihr Wissen einen Sender eingebaut.

Genau diese klitzekleine Erinnerungslücke war schuld am Tod von Mariana Popolescu und an Ludwigs scheinbar hoffnungslosem Zustand.

Lea konnte es gar nicht fassen: Wiggerl, ihr Wiggerl lag im Sterben? Ausgerechnet jetzt, da sie wieder zusammenzufinden schienen, weil der Profiler Ludwig, von dem sie sich einst trennte, wieder zu jenem Wiggerl wurde, den sie einst lieben gelernt und mit dem sie einen gemeinsamen Sohn hatte. Erst vor gut zwei Jahren war ihr zweiter Mann, der Wiener Museumsdirektor Dr. Norbert di Lenardo urplötzlich verstorben. Warum nahm ihr das Schicksal jetzt innerhalb so kurzer Zeit den nächsten Mann weg?

Marco war der Schock deutlich anzumerken. Der erfolgreiche Wall Street-Manager aus New York saß bleich und vollkommen unbeteiligt auf der Chaiselongue im elterlichen Wohnzimmer in Wien, wohin er umgehend gereist war. Er schämte sich der Tränen nicht, die ihm übers Gesicht rannen. Der Zustand des Vaters schockierte ihn natürlich und ihm fiel ein, was er ihn noch alles fragen wollte, worüber er noch mit ihm diskutieren wollte. Und jetzt: Alles zu spät? Er kam sich richtig schäbig vor. Wann hatte er ihn in den letzten Jahren kontaktiert? Immer nur, wenn er etwas von ihm wollte. Immer nur, wenn er gebraucht wurde, wenn mal wieder Not am Mann war, wenn man den Papa in Manhattan benötigte. Oder, wenn man ihn gerade mal wieder zum Trösten der Mutter einsetzen wollte. Wie oft hatte ihn seine Frau Manuela ermahnt, engeren Kontakt mit seinem Vater zu halten, ihm zu zeigen, wie sehr er ihn in Wirklichkeit schätzte. Später, hatte er darauf immer geantwortet, wenn er keinen Fällen mehr nachjagen würde, der Herr Profiler. Jetzt war es zu spät, denn die Meldungen aus der Tübinger Uniklinik waren gar nicht dazu angetan, Hoffnung aufkeimen zu lassen. Zwar hatte Ludwig den Transport und die erste Nacht in der Uni-Klinik überlebt, aber seine Überlebenschancen galten dennoch als minimal.

Am meisten litt Larissa. Sie hatte ihren »Grandpa« wirklich ins Herz geschlossen. Er war immer ihr »Hero« gewesen. Bei all den fürchterlichen Dingen, die in ihrer Heimatstadt New York tagtäglich geschahen, hatte sie immer ihren Großvater als leuchtendes Beispiel vor Augen, dass es sich lohnte, für das Gute zu kämpfen. Mit Erfolg für das Gute zu kämpfen.

Jetzt lag dieser Held im Sterben. Einem Verbrechen dieser vielen üblen Menschen dieser Welt zum Opfer gefallen. Gab es denn noch so etwas wie Gerechtigkeit? Lohnte es sich tatsächlich, für die Wahrheit, für die Ehrlichkeit und für die Aufrichtigkeit zu kämpfen? Das junge Mädchen konnte weder diese Fragen beantworten, noch einen klaren Gedanken fassen. Zu groß war ihr Schmerz.

Gernot Heubl erlitt bei der Nachricht von Ludwigs hoffnungslosem Zustand einen Nervenzusammenbruch. Der sonst so überlegene forensische Psychiater, der auf andere Menschen wirkte wie eine Instanz, die über allen Dingen schwebte, dem niemand und nichts etwas anhaben konnte, wurde manches Mal richtig laut, dann wieder schien ihn die Verzweiflung völlig verstummen zu lassen. Gabi, die selbst wegen Ludwigs haarsträubenden Verletzungen fürchterlich litt und ähnliche Symptome der Starre wie beim Tod ihres Mannes zeigte, kam gar nicht mehr an Gernot heran. Er war mit sich und dieser Welt fertig. Allerdings nicht sehr lange.

Gleich am nächsten Tag reiste Gernot zur Universitätsklinik in Tübingen. Als er Ludwig an diesen vielen Maschinen hängen sah, als er bemerkte, dass der Freund künstlich beatmet wurde und in tiefer Bewusstlosigkeit völlig hilflos vor ihm lag, schwor er Rache:

»Ihr's Gfraster, ihr's Nichtsnutze und Rotzbuaben, Ihr werdet mich noch kennenlernen!«

Kurze Zeit darauf klingelte in Bagheria bei Giorgio das Telefon:

»Gio, da stand ein anderer alter Mann am Krankenbett vom Hirschberger und schwor Rache. Er würde nicht nachgeben, bis das Attentat auf den Bullen geklärt sei.«

»Dann«, sagte Giorgio und lächelte dabei, »wird's halt nochmals einen alten Bullen weniger geben.«

Er hatte keine Ahnung, mit wem er sich da anlegte. Er kannte Gernot Heubl nicht. Aber er sollte ihn kennenlernen. Außerdem wusste Giorgio noch nicht, was Bruno mit ihm vorhatte. In seinem grenzenlosen Selbstbewusstsein glaubte er, dass er nach wenigen Wochen und einer gehörigen Kabinenpredigt wieder an seine alte Stelle zurückkehren würde.

»Warum sprichst ausgerechnet du von Rache an Ludwigs Bett?«, fragte Gabi erstaunt, da sie ihren Gernot ja nur als reinen Schreibtischtäter kannte.

»Weil ich weiß, wer das getan hat!«, sagte Gernot Heubl leise, fast flüsternd.

»Woher?«, fragte eine verblüffte Gabi nach.

»Gestern früh, bevor wir nach Tübingen losgefahren sind, hat der Postbote einen Brief gebracht. Der stammt aus Madrid. Geschrieben auf einem Briefpapier von der Iberia. Den hat mir der Wiggerl bei einer Zwischenlandung geschickt. Als ob er geahnt hätte, dass was passiert!«

»Du kennst die Täter?«

»Noch nicht. Aber ich werde es bald erfahren. Ich werde nach Las Palmas zu einem Anwalt gehen. Dort werde ich den Namen der Täter erfahren.«

Gernot Heubl hatte noch nie eine weitere Urlaubsreise angetreten. Schon früher, als ganz Wien in den Sommerferien nach Lignano an der italienischen Adria fuhr, war er in Wien geblieben. Auch die späteren Urlaubsreisen nach

Griechenland oder Spanien, als die Flugreisen in Mode kamen, hatte der Psychiater nie mitgemacht. Dass er jetzt auf die Kanarischen Inseln fliegen wollte, kam den Menschen, die ihn kannten, schon sehr merkwürdig vor.

»Und du gehst nicht zu dem Herrn Egger, den du mir als Ludes Nachfolger vorgestellt hast?«

»Nein.«

»Wieso?«

»Weil ich den Kopf dieser Bande will. Weil ich denen das Handwerk lege. Ein für alle Mal. Und weil der Wiggerl mein bester Freund ist. Ein wahrer Freund.«

Dabei standen dem mit allen Wassern gewaschenen forensischen Psychiater die Tränen in den Augen. Und er schämte sich noch nicht einmal dafür. Wenn das gesamte Umfeld von Heubl das hätte sehen können, es wäre sehr verwundert gewesen.

Am nächsten Morgen klingelte bei Oberstaatsanwalt Dr. Rüdiger Bellmann das Telefon:

»Hallo, Herr Staatsanwalt. Mein Name ist Thomas Egger. Ich bin der Nachfolger von Herrn Hirschberger hier in Wien.«

»Sehr interessant, Herr Egger. Da haben Sie ja große Fußstapfen betreten«, meinte Dr. Bellmann.

»Das können Sie laut sagen«, erwiderte Thomas Egger.

»Kann ich etwas für Sie tun?«, fragte der Staatsanwalt, nachdem Egger etwas betreten geschwiegen hatte.

»Ja, ich nehme an, dass Sie eine SOKO gründen werden. Ich würde mich sehr gerne dort einbringen und habe mir bereits die Genehmigung des Innenministeriums eingeholt.

Vielleicht kann ich irgendetwas zur Aufklärung beitragen. Sie müssen wissen, ich wäre nie das geworden, was ich heute bin, ohne Ludwig Hirschberger.«

»Ja, dann passen Sie auf jeden Fall in diese SOKO. Denn alle Mitglieder dieser Kommission wären ohne Herrn Hirschberger nie geworden, was sie heute sind. Einschließlich mir, das sage ich ganz offen.«

»Mich müsst's ihr schon auch noch aufnehmen in eure SOKO«, monierte der plötzlich neben Dr. Bellmann stehende Gernot Heubl.

»Wieso, ich glaube, wir brauchen im Augenblick noch keinen Psychologen«, wehrte der Leitende Oberstaatsanwalt ab, dem große SOKOs ein Gräuel waren.

»Ich habe aber etwas ganz Besonderes. Etwas, was den Ermittlungen ganz sicher dienlich sein wird.«

»Und das wäre?«, fragte Dr. Bellmann.

»Einen Brief von Ludwig. Am Tage des Anschlags aus Gran Canaria beziehungsweise aus Madrid an mich gesandt!«

»Was! Und das sagen Sie mir erst jetzt?«, empörte sich Bellmann.

»Der ist erst gestern angekommen«, verteidigte sich Gernot.

»Wir sollten uns dringend mit einem Abogado Carreras in Las Palmas in Verbindung setzen«, ergänzte der pensionierte forensische Psychiater.

»Wieso?«

»Weil der Unterlagen hat, die beweisen, wer die Schweine sind!«

»Dann nichts wie hin«, meinte Rüdiger Bellmann und stapfte eiligen Schrittes davon, um bei der Polizei in Las Palmas die Kontaktdaten dieses Abogado Carreras zu erfragen.

Auch am nächsten Morgen kam Gernot wieder auf das Polizeirevier nach Ravensburg. Die SOKO, zwischenzeitlich auf fünf Personen angewachsen, erwartete Gernot Heubl bereits ungeduldig.

Leider ergaben die Nachfragen bei den Kollegen in Las Palmas, dass es im Parque de Santa Catalina keinen Anwalt namens Carreras gab. Es gab auch in ganz Las Palmas keinen Anwalt Carreras, nicht einmal auf einer anderen Insel der Kanaren.

»Dann muss sich Ludwig sehr bewusst gewesen sein, in welcher Gefahr er sich befand«, resümierte Gernot.

»Aha, und was macht Sie da so sicher?«, fragte Gerlinde Lüscher.

»Dann hat er diese Nachricht sehr verklausuliert an mich geschickt. Und zwar so, dass nur ich herausfinden kann, wo wir diese Unterlagen finden werden. Geben Sie mir etwas Zeit und ich werde Ihnen sagen, wo sich diese Unterlagen befinden!«

»Es ist Ihnen schon klar, dass das ein ziemlich riskantes Unterfangen ist. Vielleicht sollte ich meinen Kollegen in Las Palmas einweihen, damit Sie nicht ganz ohne Schutz sind«, bot Dr. Bellmann an.

»Auf gar keinen Fall«, wehrte Gernot Heubl sehr bestimmt ab. »Glauben Sie ernsthaft, der Wiggerl, äh Ludwig, hätte mir einen so kryptischen Brief geschrieben, wenn er nicht geahnt hätte, dass womöglich auch die Behörden in diesen Fall involviert sind?«

»Ich glaube, da hat er recht«, meinte Gerlinde Lüscher und Ralf Biechele nickte zustimmend.

»Also gut. Sie fahren alleine«, so der Staatsanwalt. »Aber Sie müssen mir versprechen, dass Sie mit allergrößter Vorsicht agieren. Ein weiteres Opfer darf es nicht geben.«

Diese Vorsicht war berechtigt, denn sie waren nicht die

Einzigen, die vergeblich den Abogado Carreras im Stadtteil Santa Catalina in Las Palmas suchten. Aber das erfuhren die Mitglieder der SOKO von ihren Kollegen nicht.

Gernot Heubl war sich sehr sicher, dass er herausfinden würde, wo Wiggerl die Unterlagen deponiert hatte. Und er würde sie auf die Spur der Täter führen. Ihm blieb auch das Schlusswort dieser SOKO-Sitzung vorbehalten. Es war ein Zitat von Arthur Harris, dem britischen Luftmarschall, den man später nur den Bomber Harris nannte.

»Sie haben einen Sturm gesät, sie werden einen Orkan ernten.« Und nach einer kleinen Pause mit einem scharfen Tonfall, den man von ihm nicht gewohnt war: »Ich werde sofort nach Las Palmas fahren und diesen Abogado Carreras suchen.«

Aber trotz alledem hatte er nicht vergessen, dass es in Ravensburg einen hervorragenden Weinhändler gab. Den suchte er in jedem Fall noch auf, um dessen gesamten Bestand an Grünem Veltliner aus dem Kamptal in Gabis Auto zu verstauen.

»Dass die Piefkei mir an Urlaub auf den Kanaren zahlt, hätt ich auch nicht geglaubt«, feixte er seiner Lebensgefährtin Gabi Maurer gegenüber.

Gabi wäre nur allzu gerne mitgeflogen, aber Gernot Heubl sträubte sich mit Händen und Füßen dagegen. Gernot Heubl war sich darüber im Klaren, dass diese Reise möglicherweise alles andere als eine Vergnügungsreise werden würde.

Quasi als Tarnung quälte er sich in die typische Kleidung eines deutschen Touristen, was bei ihm ebenfalls höchstes Unwohlsein auslöste, denn er musste auf sein geliebtes Schnürlsamt-Sakko aus Cord verzichten und stattdessen ein kurzärmeliges Polohemd tragen. Ebenso waren ihm diese kurzen Hosen fürchterlich peinlich. Pampig wurde er gar, als man von ihm verlangte, in Badelatschen und hochgezogenen Socken umherzugehen.

»Wenn schon so deppert, dann wenigstens mit Sandalen.«

In Las Palmas angekommen zog Gernot Heubl ins »Imperial Playa«. Als er in seinem Hotelzimmer seine neue, ihm völlig befremdliche Bekleidung anlegte, war er darob ziemlich sauer. Deshalb motzte er auch beim Verlassen des Hotels den Portier an:

»Fahren Sie mal nach Wien ins Hotel ›Imperial‹, dann wissen Sie, was ein Nobelhotel ist.«

Dann fragte er den verdutzten Mann noch, was ein Taxi an die Plaza de Catalina koste.

»Das, werter Herr, erübrigt sich. Der Parque de Santa Catalina ist nur ein paar Häuserblocks von hier entfernt. Wenn Sie aus der Lobby hinausgehen, sehen Sie ein rundes Hochhaus. Direkt dahinter ist der Park.«

»I such aber die Plaza de Santa Catalina«, protestierte Gernot.

»Die gibt es in Las Palmas nicht. Mein Herr.«

Gernot stapfte los und suchte den Parque de Santa Catalina. Das runde, etwa 30-stöckige Hochhaus sah er sofort. Für seine Empfindung war die Bezeichnung »ein paar Häuserblocks« zwar ziemlich untertrieben, aber wirklich weit war es tatsächlich nicht entfernt. Sorgfältig hielt er nach einem Verfolger Ausschau. Aber ganz offensichtlich war ihm niemand gefolgt. Als er in diesem Park ankam, suchte er sofort das Gebäude, in dem sich die Banco Santander befand. Er suchte alle Klingel- und Briefkasten-Namen ab. Es war weder ein Abogado Stefanos Carreras noch sonst ein anderer Anwalt zu finden. Auch ein Notar war in diesem Gebäude nicht untergebracht. Gernot Heubl hätte sich auch schwer gewundert, wenn er sofort fündig geworden wäre. Er kannte seinen Freund Ludwig, der tragischerweise dem Himmel näher war als der Erde, viel zu gut, um nicht zu wissen, dass diese Nachricht sehr kryptisch verklausuliert war.

Er setzte sich auf eine Bank und begann nachzudenken. Den alten Schuhputzer, der seinem Freund vor nicht allzu langer Zeit die Schuhe picobello poliert hatte, beachtete Gernot kaum. Er war viel zu geizig, um sich solch einen Luxus zu leisten. Außerdem hatte er ja Sandalen an.

Gernot saß geschlagene zwei Stunden auf dieser Bank in diesem herrlichen Park, der umsäumt von Bäumen zwischen dem Strand las Canteras und dem Hafen von Las Palmas lag, in dem gerade die Firgas von ihrer Ausfahrt zurückkam. Er war zutiefst in das Rätsel vertieft, welches Ludwig ihm aufgegeben hatte. Die Hausnummer 51 war auf der schmalen Seite des Parks und sie beherbergte die Banco Santander, aber keinen Abogado. Und warum hatte er keine Telefonnummer angegeben? Das konnte nur bedeuten, dass er diesen Anwalt, sollte er ihn jemals ausmachen, auf gar keinen Fall anrufen durfte. Auch der Name musste etwas mit dem Mann zu tun haben, den er suchte. Jedes Wort hatte er umgedreht, hatte eine verborgene Deutung dahinter gesucht, die ihm helfen konnte, bis ihm endlich jener Grinzing-Witz einfiel, den Ludwig in dem Brief erwähnte. Dieser Witz ging folgendermaßen:

Ein ziemlich betrunkener Tourist torkelte nach dem Heurigen immer wieder von einer Straßenseite auf die andere. Ein Einheimischer fragte ihn, wohin er denn wolle.

»Nach vis-à-vis«, antwortete dieser.

»Das ist auf der drübenen Seite«, meinte der Wiener.

»Komisch, von da haben sie mich gerade herübergeschickt!«

Klar! Das war die Lösung! Er musste genau vis-à-vis der Hausnummer 51 suchen! Gegenüber!

Gernot ging an aufdringlichen Losverkäufern, an aggressiven dunkelhäutigen Verkäufern vorbei, die ihm allerlei Tand anbieten wollten, und stapfte quer durch den Parque de Santa Catalina. Vorbei an den vielen Kindern, welche in diesem Park spielten, vorbei an den Tausenden lukullischen Köstlichkeiten, die dort feilgeboten wurden. Immer wieder aber beäugte er die Umgebung, ob er verfolgt wurde, aber niemand interessierte sich für den älteren, etwas übergewichtigen Herren, der mit seiner Bekleidung und seinem Strohhut nichts anderes als ein Tourist sein konnte. Als ihn ein besonders dreister Verkäufer für Home-Sharing anfasste, glaubte Gernot tatsächlich, er sei aufgeflogen. Er schüttelte den Mann ab und ging weiter. Als er sah, dass der sich auch anderen Touristen derart unverschämt aufdrängte, war Gernot wieder beruhigt. Niemand verfolgte ihn. Kein Orca-Mann hatte seine Witterung aufgenommen. Dass das ausgerechnet mit Ludwig passiert war, ließ den forensischen Psychiater besonders vorsichtig agieren. Bevor er das Haus genau vis-à-vis erreicht hatte, setzte er sich auf eine Bank und sah den Film an, den er mit Hilfe seines Smartphones und einer Selfie-Stange gedreht hatte.

Nie im Leben wäre Gernot Heubl unter normalen Umständen mit einem Selfiestick und einem Handy durch Las Palmas gelatscht. Inständig hoffte er, dass kein Bekannter aus Wien zufällig des Weges war. Diese Peinlichkeit wurde ihm jedoch erspart. Er sah sich den Film drei- bis viermal an, um dann festzustellen, dass er tatsächlich nicht beobachtet wurde. Danach schlenderte er so unauffällig wie möglich zu dem relativ modernen Bürokomplex, der wirklich vis-à-vis der Banco Santander stand.

Dort waren viele Büros untergebracht, unter anderem mit verschiedenen Anwälten und Notaren. Gernot notierte sich all diese Namen und kehrte wieder in sein Hotel zurück. Er würde wohl lange benötigen, um den Richtigen herauszufinden.

Gernot aß in einer Tapas-Bar zu Abend. Das Essen im Hotel schien ihm zu teuer. Das Essen war ihm auch gar nicht so wichtig. Richtig ärgerlich war, dass es hier keinen Grünen Veltliner gab. Aber wie sollte es sein Stammwein aus den Wiener Heurigen-Lokalen nach Las Palmas schaffen? Und auch die Frage beim Hotel-Portier, ob es in Las Palmas vielleicht ein Wiener Heurigen-Lokal gäbe, wurde ihm von dem Mann abschlägig beschieden.

»Jetzt san do so viel Weana auf dera Insl und net amol an Heirigen hom s' zam'brocht«, sagte Gernot kopfschüttelnd beim Verlassen des Hotels.

»Man erlebt ja in unserem Beruf viele komische Menschen, aber so einen hab ich noch nie erlebt!«, meinte der Portier anschließend einem Kollegen gegenüber.

Der Wirt empfahl ihm einen Rioja. Vom Fass. Das sei der Hauswein. Kein Edeltropfen, aber ehrlich und trocken. Nach vielen köstlichen Tapas und einem guten Liter Rioja verließ Gernot die Bar und kehrte in das Hotel zurück. Er hatte nun die richtige Betriebstemperatur erreicht und startete mit den Namen, die er zuvor notiert hatte.

Viel schneller als erwartet hatte Dr. Gernot Heubl, leicht angeheiterter ehemaliger forensischer Psychiater beim Wiener Innerministerium, die Lösung: Abogado Victor Domingo. Der musste es sein!

Carreras war ein berühmter Tenor und auch Domingo

war so einer. Im Innenministerium gab es zwei große Opernfreunde, welche jeden übrigen Schilling und später jeden übrigen Euro in Opernbesuche investierten. Er kannte nur deren Vornamen: Stefan und Viktor. Der Anwalt hieß nicht Stefanos Carreras, sondern Victor Domingo! Ganz klar zu diesem Victor Domingo musste er gehen. Der hatte die Unterlagen, die Ludwig so kryptisch versteckt hatte. Ganz bestimmt.

Nur gut, dass er sich so gut in den Wiggerl hineinversetzen konnte. Wie gerne wäre er hier mit seinem Freund an der Promenade des Strandes las Cantereas spazieren gegangen, hätte mit ihm philosophiert, ein Streitgespräch angefangen. Über so vieles hatten sie gestritten. Immer. Aber immer sachlich und nie persönlich. Und nie waren sie sich einig geworden. Aber das war ja völlig egal. Hauptsache, ein Streitgespräch wurde geführt. Würde er nie mehr ein Streitgespräch mit Wiggerl führen können? Ein eiskalter Schauer erfasste ihn, obwohl es an diesem Februar-Abend noch 25 Grad Celsius warm in Las Palmas war.

Als Gernot am nächsten Morgen wieder zum Park spazierte, wiederholte er die Zeremonie mit dem Handy und dem Selfie-Stab. Scheinbar achtlos trug er ihn über der rechten Schulter. Dabei filmte er alles, was hinter ihm geschah.

Auch die neuerliche Kontrolle ergab nichts Verdächtiges. Und trotzdem schaute sich Gernot Heubl noch einmal ganz genau um, bevor er sich dem Gebäude, in dem sich der Abogado Victor Domingo befand, näherte. Er nahm den Lift und fuhr in den vierten Stock. Eine bildhübsche, dunkelhaarige Angestellte öffnete ihm die Türe nach seinem Läuten. Da die junge Frau kein Deutsch verstand, trug er sein Anliegen in Englisch vor. Er musste eine Viertelstunde warten, bis dieser Señor Domingo aus seinem Büro herauskam.

»So, Sie sind also von Herr Hirschberger hingeschickt«, sagte der Anwalt in nicht ganz perfektem, aber gut verständlichen Deutsch.

»Ja. Herr Hirschberger hatte mir einen Brief geschickt mit Ihrer verklausulierten Adresse. Und jetzt glaube ich, dass Sie der Mann sind, den ich suche.«

»Dann sage mir Sie das Passe-Wort.«

»Lieben Sie Beethoven?«, fragte Gernot.

»Ja, ich lieben Beethove, aber das ist nicht die Passe-Wort.«

Dass der Anwalt sich ein leichtes Grinsen nicht verkneifen konnte, signalisierte Gernot: Domingo wusste, er – Gernot – kannte das Passwort.

»Wie wär's denn mit Appassionata?«

»Wunderbare Piano-Sonatt. Eine von die drei grosse Beethoven Sonatt. Pathetique, Appassionata und Luna Serenada«, womit er die Mondschein-Sonate meinte. »Kommen Sie mit mir, Señor Hjeubel.«

»Woher wissen Sie denn, dass ich Heubl heiße?«

»Herr Hirschberrgerr hatt mir gesackt, dass er mir eine Whatsapp schicken, wenn ich Unterlagen soll verschicken. Wenn keine App kommen, kommen eine Doktor Hjeubel.« Er überlegte kurz: »Ist Señor Hirschberrgerr tott?«

Sorgenfalten auf der Stirn des Anwalts sagten Gernot, dass er besorgt war.

»Nicht tot, aber sehr schwer verletzt und immer noch im Koma«, erwiderte Gernot.

»Dann werde ich hjeute Abend nach Teror fahren und fiir Señor Hirschberrrgerr bete. Aber leiderr kann ich Ihnen Unterlaggen nicht gebbe«, bedauerte der Anwalt.

»Wieso nicht?«, wollte Gernot wissen.

»Weil Señor Hirschberrgerr sagen, Unterlaggen nur gebbe, wenn er tott. Sie sage ist aberr nicht tott.«

»Ja, aber er liegt im Koma. Wir wissen nicht, ob er überleben wird, und wir benötigen diese Unterlagen dringend, um die Täter zu ermitteln!«

Gernot flehte den Anwalt förmlich an.

»Verstehen vollig. Aber gesaggt is gesaggt. Nur wenn tott. Tute mir leide.«

Am selben Abend ging Gernot Heubl wieder in dieselbe Tapas-Bar. Es war eindeutig: Hier konnte er nichts ausrichten. Solange Ludwig lebte, würde er die Unterlagen nicht bekommen. Plötzlich hielt er inne. Was hatte er da gedacht? Solange Ludwig lebte? Er hätte sich ohrfeigen können. Nicht die Unterlagen waren das Wichtigste. Das Überleben und Gesunden Wiggerls hatte oberste Priorität, sonst nichts. Er würde auch gleich am nächsten Morgen den Flieger nach Stuttgart nehmen und der SOKO über seinen vergeblichen Besuch bei diesem Anwalt berichten. Von den schönen Seiten dieser so südamerikanisch anmutenden Stadt wollte Gernot Heubl nichts wissen. Der lange Flug über den Atlantik lag ihm eh im Magen.

Gleich nach der Rückkehr eilte Gernot Heubl zu Staatsanwalt Dr. Bellmann nach Ravensburg. Er war sich sicher, dort einen freundlichen Empfang zu bekommen. Immerhin war es ihm gelungen, den Lagerort dieser sicherlich brisanten Papiere ausfindig zu machen.

Umso größer war die Enttäuschung, als Gernot erfuhr, dass die SOKO aufgelöst worden sei.

»Das Bundeskriminalamt in Wiesbaden hat übernommen«, sagte ein ziemlich konsternierter Staatsanwalt.

»Was glauben denn die Gfraster do beim BKA. I fliag durt

hin, begib mich in Lebensgefahr, damit diese Klugscheißer und Sesselfurzer am End vom Tag die Unterlagen bis zum Sankt-Nimmerleins-Tag verschwinden lassen?«, polterte Heubl. »Aber die Unterlagen bekommen wir gar nicht, solange der Ludwig lebt. Was noch a Glück is…«

»Was noch a Glück is…« Gernot sagte auch diesen Satz mehr zu sich. Er stammte aus Friedrich Torbergs Büchlein »Die Tante Jolesch«, das schlimme Situationen beschreiben sollte, an denen zum Glück noch etwas Positives dran war. Das Positive in diesem Fall war, dass Gernot die Unterlagen noch gar nicht bekommen hatte und sie somit nicht dem BKA überlassen musste.

»Das habe ich nicht gehört, Dr. Heubl!«, erwiderte der Leitende Oberstaatsanwalt.

Der war genauso zornig wie Gernot, konnte seinen Zorn aber zum jetzigen Zeitpunkt unterdrücken. Nur gut, dass ihn niemand am frühen Morgen in seinem Büro erlebt hatte, als er die Mitteilung aus Wiesbaden erhalten hatte. Gegen seine erste Reaktion wirkte Gernot Heubls Wutausbruch wie eine Sonntagspredigt.

»Wiggerl, werd bald gsund. Dess miaßn mir allanich machen«, murmelte der Wiener, mehr zu sich als an die Umstehenden gerichtet.

Insofern blieb die Hoffnung bestehen, dass im – derzeit eher unwahrscheinlichen – Fall von Ludwigs Genesung nach den Tätern gesucht werden könnte.

RÜCKBLICK AUF SAMUELS VERSCHWINDEN

Samuel hatte sich sehr viel Arbeit mitgenommen auf die Insel. Mehr als er wollte und wesentlich mehr als ihm lieb war. Doch ein Privileg ließ er sich nicht nehmen: das morgendliche Schwimmen im Atlantik. Diese Stunde konnte er in vollen Zügen genießen. Die meisten Touristen schliefen noch, nur wenige kamen zum Joggen oder Schwimmen an die kleine Sandbucht. Oft war er sogar ganz alleine. Und jedes Mal dachte er daran, wie sich die Menschen in Deutschland den Allerwertesten abfroren in diesem Winter, währenddessen er seine Runde schwamm.

Als er an den Strand zurückschwamm, sah er den älteren Herren, der ebenfalls gerade aus dem Wasser stieg. Er musste die 70 schon überschritten haben, aber seine Figur wirkte topfit und seine Haare glänzten schwarz. Südländer, dachte Samuel, wahrscheinlich Einheimischer, als ihn der Mann in perfektem Englisch ansprach. Es ergab sich sinngemäß folgender Dialog.

»Schönes Plätzchen hier zum Schwimmen«, meinte der ältere Herr, offensichtlich um Konversation bemüht.

»Ja ich genieße es in vollen Zügen. So oft es geht«, gab Samuel zurück.

»Ist es nicht manchmal gefährlich bei hohem Wellengang?«

»Ja klar, wenn die rote Flagge gehisst wird, gehe ich nicht rein. Besonders bei Flut. Dann kommen die Wellen oft in kurzen Abständen und gegen die zweite hat man dann ordentlich zu kämpfen.«

»Aha, dann sollte man bei roter Flagge tatsächlich nicht ins Wasser. Gut zu wissen!«

Der alte Mann schien den Hinweis zu verstehen. Das taten viel zu wenige. Immerhin kamen jedes Jahr an die 100 Touristen hier auf den Inseln bei Badeunfällen ums Leben. Meistens, weil sie die rote Flagge unterschätzten und sich zu viel zutrauten.

»Ja, aber heute ist es ruhig und wir haben Ebbe. Da kann man sogar hinter diesem Felsen dort in eine kleine Höhle hineingehen. Bei Sturm und Flut wäre das absolut tödlich.«

»Wo ist das?«

Der ältere Herr ordnete mit seinen Händen die schwarzen, glänzenden Haare. Gemeinsam gingen sie um den Felsen herum, wo sich der Sandstrand verjüngte. Als sie dort standen, sagte der Mann plötzlich:

»Ich weiß ganz genau, was Sie hier machen. Und ich weiß, dass Sie das sehr gut machen. Wir machen übrigens genau dasselbe wie Sie. Sie brauchen sich also nicht verteidigen vor mir.«

»Soso, Sie wissen, was ich hier tue«, sagte Samuel etwas herablassend.

Der Alte musste ihn verwechseln. Er kannte ihn ja gar nicht, hatte ihn bis zu diesem Moment noch nie in seinem Leben gesehen.

»Ich biete Ihnen eine Partnerschaft an«, meinte dieser. »Sie verarbeiten den Schmuck und wir vertreiben ihn!«

Oha, der weiß ja wirklich Bescheid, dachte Samuel. Sämtliche Alarmglocken läuteten von einer Sekunde auf die andere.

»Selbst wenn Sie mit Ihrer Behauptung recht hätten. Was sollte mir das bringen?«

Was glaubte dieser Typ eigentlich? Kam an den Strand hierher und mischte sich plötzlich und unvermittelt in sein Leben ein.

»Sehen Sie. Sie sind ein Meister im … sagen wir mal Veredeln der Ware. Wir sind die Meister des Vertriebs. Wenn wir gemeinsame Sache machen, ergibt das eine unschlagbare Symbiose.«

Irgendwie strahlte dieser Mann etwas aus. Respekt. Jawohl, das war das richtige Wort: Dieser Mann war eine Respektsperson. Manche Menschen hatten diese Begabung: Respekt auszustrahlen, ohne auch nur das Geringste dafür zu tun.

Ohne ihm zu antworten, ging Samuel von der Höhle weg um den Fels herum zum Strand. Jetzt sah er den anderen Mann am Strand stehen. Ein Hüne mit riesigen Pratzen. Er hielt die Kleider des älteren Herrn. Und spätestens jetzt wurde ihm klar: Die beiden waren nicht zum Schwimmen hierhergekommen. Sie waren seinetwegen hier.

»Bruno, Telefono«, rief der Hüne.

Und der Alte ging in seine Richtung. Doch zuvor sagte er zu Samuel:

»Überlegen Sie es sich gut. Dies ist ein einmaliges Angebot. Mein Assistent wird Ihnen eine Adresse in der Stadt geben. Dort werden Sie mich aufsuchen, wenn Sie wieder im Hafen zu tun haben. Und denken Sie an die Gefahren, die hier auf Sie lauern. Denken Sie an die zweite Welle und denken Sie an die Höhle bei Flut und hohem Wellengang. Wie sagten Sie: Das endet tödlich. So etwas gilt auch für Angehörige.«

Sprachs und ging zu dem Hünen, der ihm das Smartphone in die Hand drückte. Es war nicht Spanisch, sondern klang viel eher Italienisch, was dieser Bruno ins Telefon sprach. Oder besser gesagt befahl, denn seine Stimme war nicht mehr so höflich wie gerade eben noch, sondern messerscharf und schneidend, eben Respekt gebietend.

Der Hüne übergab Samuel ein Kärtchen mit einer Adresse

in der Calle Fernando Guanarteme in Las Palmas. Offenbar sollte er sich dort melden.

Nach kurzem Überlegen war klar: Natürlich würde er dorthin gehen, würde sich anhören, wie sich der Alte eine Geschäftsbeziehung vorstellte, aber er war überhaupt nicht darauf erpicht zu teilen. Wieso auch? Er kam seinen Aufträgen ja so schon nicht mehr nach. Und dann noch mehr arbeiten? Und teilen? Niemals. Für wie dumm hält mich dieser Mann, fragte Samuel sich.

Es konnte sich nur um diese Typen handeln, die ebenfalls Ware über den Hafen von Las Palmas verkauften. Lewericks Angestellter, der sein Vertrauensmann auf dieser Insel war, hatte es ihm erzählt. Er hatte ihn sogar genau darüber informiert, dass sie die Ware auf einen Fischtrawler brachten und draußen auf dem Atlantik auf ein Schnellboot umladen würden. Er hatte ihm sogar den Namen des Trawlers genannt, der fiel ihm nur gerade nicht ein. Zum Glück hatte er den Namen auf ein Blatt geschrieben und dieses in einem Buch versteckt. In Ernest Hemingways »Der alte Mann und das Meer«. Gleich nach seiner Rückkehr würde er nach dem Namen sehen und dieses Schiff morgen im Hafen beobachten. Vielleicht waren der ältere Herr, der Bruno genannt worden war, oder sein übergroßer Leibwächter dort zu sehen.

Und was sollte der Hinweis auf die Gefahren? Auch für die Angehörigen? Er hatte doch gar keine Familie. Nur eine Schwester mit einer eigenen Familie. War das eine Drohung? Wer war dieser Mensch, dass er ihn bedrohte? Morgens am Strand. So mir nichts, dir nichts. Was erlaubte der sich? Zu gut liefen seine Geschäfte, zu lukrativ hatte sich alles entwickelt. Vertriebskanäle? Brauchte er die? Die Antwort war eindeutig: Nein!

Wie kam der überhaupt auf ihn, auf Samuel Finger? Niemand wusste, was er hier für ein Business betrieb. Kein Mensch. Höchstens seine Schwester – und die lebte im fernen und kalten Deutschland in der Nähe des großen Sees. Und der Angestellte von Lewericks, der auch nach der Gründung seiner eigenen Firma in Taurito noch für Samuel arbeitete. Und dem vertraute er. Blind! Wie also kommt der ältere Herr auf mich, fragte er sich. Hatte es vielleicht mit den beiden Frauen zu tun, die damals mit diesem Giorgio in dieser Appartementanlage auftauchten? Diese neue Verwalterin und Hausdame? Oder die andere, diese Blondine, die immer so gelangweilt wirkte?

Könnte es vielleicht sein, dass der etwas mit diesem Gio oder Giorgio zu tun haben könnte, dem Freund von der Blondine? Der war ihm sowieso noch nie geheuer gewesen. Aber was sollte dieser alte Mann mit diesem Lackaffen und seinem Helikopter zu tun haben? Der sich eingekauft hatte in diese Appartement-Anlage und dann auch noch sofort zum Presidente gewählt worden war. Obwohl der Kerl praktisch gar nie da war.

»Nichts von alledem«, sagte er mehr zu sich selber. »Ich werde morgen zu dieser Adresse gehen. Denn morgen kommt wieder eine neue Lieferung im Hafen an.«

Er hatte Judith noch im November eine Liste jener Schmuckstücke gemailt, die er benötigte. Die hatte sie bei seinem Gewährsmann in Balzers abgeliefert. Auch der hatte zuvor von ihm eine Liste mit den entsprechenden Stücken erhalten. Und er brachte sie in einem eigens dafür präparierten Container über Genua nach Las Palmas.

Das war die bewährte Vorgehensweise. Davon würde Samuel nie abweichen. Er achtete peinlich genau darauf, dass er alleine die Befehlskette bestimmte. Judith brachte die Stücke nach Balzers und übergab sie dort an den Spediteur. Mehr hatte sie nicht zu tun und durfte sie nicht zu tun haben. Der Spediteur baute sie in den Container ein und instruierte den Lademeister. Der nahm während der Fahrt die Schmuckstücke aus dem Container heraus und übergab sie in Las Palmas an Samuel. An ihn persönlich. In Las Palmas, dem Freihandelshafen ohne jegliche Kontrolle. Für den Lademeister ein prima Geschäft. Schließlich bekam er für jede Fahrt sage und schreibe 1000 Euro. Was er in dem Päckchen da übergab, wusste er nicht. Es war ihm egal und konnte ihm auch egal sein.

Samuel Finger führte sein Selbstgespräch fort:

»Doch zuvor werde ich zu dieser Adresse gehen. Und dann soll mich der alte Mann kennenlernen.«

Was Samuel nicht wusste: Bruno befand sich am nächsten Tag gar nicht in diesem Büro, sondern Gianni. Bruno war längst wieder auf dem Weg nach Palermo. Gerade als der Ravensburger Schmuckhändler den Bus nach Las Palmas bestieg, flog ein Jet mit Bruno an Bord, von der Sonne leuchtend angestrahlt, über die Wüste Algeriens. Beinahe hätte Bruno die Unterredung schon wieder vergessen, denn er hatte einen richtig fetten Deal an der Angel. Der würde eine monatelange Vorbereitung benötigen. Da konnte er sich um solche Kleinigkeiten gar nicht kümmern.

Wäre nicht Esther auf der Insel gewesen, er wäre vermutlich gar nicht gekommen, um die Situation mit diesem Kontrahenten ein für alle Mal zu klären. In dieser völlig anderen Umgebung, in dieser entspannten Atmosphäre, so hatte er gehofft, wäre Esther vielleicht etwas zugänglicher. Aber er hatte sich getäuscht. Sie war ihm gegenüber so abweisend und eiskalt wie immer. Also machte er sich wieder auf den Heimweg. Hauptsache, dieser Samuel Finger würde keine Sperenzchen mehr machen. Kam auf die Insel und versaute ihm das Geschäft. Nicht mit ihm, nicht mit Bruno.

Was Samuel außerdem nicht wusste und viel wichtiger war: Diese Reise am nächsten Tag würde die letzte seines Lebens werden.

Er ging also am Folgetag, noch ehe er seinen Geschäften im Hafen nachging, in die Calle Fernando Guanarteme. Er stand vor einem großen Bürokomplex. Es war schon sehr gewöhnungsbedürftig, Weihnachtsdekorationen und Christbäume mit Kerzen zu sehen und dazu Menschen in kurzen Hosen und T-Shirts. An der nahen Playa de las Canteras badeten die Touristen. Doch Samuel hatte anderes zu tun. Er ging hinein und zu der Adresse, die ihm der Hüne übergeben hatte.

Zu seiner Überraschung empfing ihn aber nicht dieser ältere Herr mit seinem Hünen als Leibwächter, sondern ein viel jüngerer Mann. Der begrüßte ihn, bot Samuel einen Platz an und legte ihm einen Vertragsentwurf vor.

»Hier unterschreiben!«, sagte er mit einem unterschwelligen Befehlston.

»Moment mal«, sagte ein ziemlich verwunderter Samuel Finger, »von einem unterschriftsreifen Vertrag war keinesfalls die Rede. Dieser Herr, der mich gestern in Taurito angesprochen hat, wollte mir lediglich einen Vorschlag machen.«

»Unterschreiben!«

Gianni deutete mit dem Zeigefinger auf die Stelle in dem Vertrag, wo Samuel Finger unterschreiben sollte.

»Ich denke gar nicht daran!« Jetzt war Gold-Finger richtig erregt. »Erstens habe ich überhaupt kein Interesse an einer Zusammenarbeit mit Ihnen und zweitens würde ich für den Fall, dass ich das doch hätte, ganz sicher nicht hier und jetzt unterschreiben, ohne dass ich den Entwurf meinem Anwalt zur Prüfung vorgelegt hätte!«

Was erlaubt sich dieser impertinente Kerl eigentlich,

empörte sich Samuel innerlich. Was sind das überhaupt für Leute?

Spätestens, als er das Logo mit dem Orca auf dem Vertragsentwurf gesehen hatte, hätte er stutzig werden müssen. Doch Samuel Finger hatte immer noch nicht die leiseste Ahnung, wer da vor ihm saß.

Gianni stand auf und hatte plötzlich eine Pistole mit Schalldämpfer in der Hand. Samuel war völlig entsetzt.

»Was soll das, was machen Sie denn da? Legen Sie das Ding weg. Ich gehe jetzt sofort zur Polizei. Das sind ja Mafia-Methoden!«

Ohne es zu wissen, hatte der Ravensburger den Nagel auf den Kopf getroffen. Es machte kurz zwei Mal »Plopp«.

Samuel Finger sackte im Stuhl in sich zusammen. Gianni ging in den anderen Raum, in dem Giorgio wartete.

»Los, hilf mir, ihn in die Kiste zu verfrachten.«

Sie legten die Leiche in eine große Kiste. Die hatte kleine Räder wie ein Koffer und war offenbar für Umzüge gedacht. Um 3 Uhr 15 in der folgenden Nacht transportierten sie die Kiste in den Aufzug. Sie fuhren direkt in die Tiefgarage und luden sie in den bereitstehenden Lieferwagen mit dem Orca. Von dort aus ging es etwa eineinhalb Stunden später direkt zum Hafen. Dort verschwand die Kiste unauffällig in der Firgas.

Die Hoffnung auf eine Genesung von Ludwig Hirschberger schien sich nicht zu erfüllen. Weitere Wochen zogen ins Land, ohne dass sich am Zustand des Fallanalytikers etwas änderte. Zwischenzeitlich war er an die Universitätsklinik nach Heidelberg verlegt worden, obwohl ihm die behandelnden Ärzte in Tübingen eine schlechte Prognose ausstellten. Dr. Bellmann setzte alle Mittel in Bewegung, die nur irgendwie möglich waren, ansonsten hätte man in Tübingen die Maschinen abgestellt.

»Mir fehlt die Sinnhaftigkeit für ein solches Tun«, mokierte sich der Chefarzt, als er von der Verlegung hörte.

Auch ihm war klar, dass das eine Entscheidung war, die von ziemlich weit oben kam.

In Heidelberg wurden alle möglichen Maßnahmen angewandt, um Ludwig aus seinem Koma zu erwecken. Leider war auch in dieser Klinik keinerlei Besserung eingetreten. Lea, die nun schon seit Wochen an seinem Krankenbett saß, wusste sich auch keinen Rat mehr. Ludwig zeigte keine Reaktionen. Nur ein einziges Mal hatte sie das Gefühl, dass er auf etwas reagierte. Es war, als sie seine Hand auf ihren Unterarm legte und wollte, dass er sie hielt. Er umklammerte die Hand nicht, zuckte aber kurz zusammen, als er ihre Armbanduhr berührte, und sein Pulsschlag erhöhte sich. Sehr kurz nur, aber auch sehr heftig.

Eines schönen Tages kam der Chefarzt der Klinik ins Krankenzimmer von Ludwig.

»Wie geht es jetzt weiter?«, fragte Lea den Chefarzt.

Wenn sie den schon mal zu Gesicht bekam, musste sie ihn direkt fragen.

»Gut, dass Sie mich das fragen«, meinte der Mediziner. »Ich wollte sowieso mit Ihnen darüber reden. Bevor ich mit Ihrem Sohn in New York telefoniere, der ja per Gesetz der nächste Verwandte von Herrn Hirschberger ist, kann ich das mit Ihnen hier vorbesprechen. Nachdem Sie ja geschieden von Herrn Hirschberger sind, wäre das normalerweise nicht möglich, aber Marco Hirschberger hat mich ermächtigt, Sie als seine Vertreterin in alle Dinge einzuweihen.«

»Das ist gut so«, gab Lea zur Antwort.

»Ja, Frau Hirsch… äh«

»di Lenardo.«

»Ja, Frau di Lenardo, wir haben alles in unserer Macht Stehende unternommen, um den Vater Ihres gemeinsamen Sohnes aus seinem Koma zu befreien. Allein, es war nicht von Erfolg gekrönt. Weitere Versuche würden keinen Sinn mehr machen.«

»Und das bedeutet, Sie wollen die Apparate abschalten?« Lea war entsetzt. »Nur über meine Leiche.«

Doch der Professor war sehr routiniert in solchen Dingen.

»Sehen Sie, Frau di Lenardo, wir haben hier in der Klinik nur eine beschränkte Anzahl an diesen Leben erhaltenden Geräten. Jeden Tag oder besser gesagt jede Woche bekommen wir neue Patienten, die wir so am Leben erhalten können. Unsere Kapazität ist nicht unendlich. Betrachten Sie bitte, dass es junge Menschen gibt, die solche Geräte benötigen, junge Menschen mit Familie. Mütter und Väter von Kleinkindern. Kinder, deren Eltern jeden Tag um das Leben ihrer Kinder bangen müssen. Menschen, die noch eine Chance haben. Wo wir uns noch Chancen ausrechnen, ihnen helfen zu können. Bei Herrn Hirschberger sehen wir keine Möglichkeit mehr. Er ist austherapiert.«

Wieder traf es Lea wie ein Keulenschlag. Austherapiert, was bildete sich dieser Mensch bloß ein.

»Und wie stellen Sie sich das vor. Bilden Sie sich ein, Sie wären Gott? Glauben Sie, über Leben und Tod bestimmen zu dürfen?«

Der Chefarzt war natürlich weiter um Sachlichkeit bemüht. Gespräche dieser Art hatte er zu seinem eigenen Bedauern hin und wieder zu führen. Sie gehörten zu seinem Beruf.

»Es gibt hier ein Klinisches Ethik-Komitee, welches darüber entscheidet. Ich bin nicht Gott. Und Gott sei Dank muss ich das nicht persönlich entscheiden.«

»Wann soll das zusammentreten?«, fragte Lea total erregt und mit Zornesröte im Gesicht.

»Das kann ich Ihnen nicht genau sagen, gnädige Frau. Das kann in ein paar Wochen sein, das kann in ein paar Monaten sein. Jedenfalls nicht heute oder morgen.«

Der Professor konnte tatsächlich nicht Genaueres sagen.

»Wissen Sie«, sprach Lea weiter in allerhöchster Erregung, »ich habe genügend Geld, um diese Maschine hier zu kaufen. Dann lasse ich meinen Mann, äh, dann lasse ich Herrn Hirschberger nach Wien ins Universitätsklinikum AKH überführen und dort auf meine Kosten weiterbehandeln.«

»Es geht uns nicht primär ums Geld, gnädige Frau. Es geht uns um die Sinnhaftigkeit. Und die ist bei einem Verlauf wie bei Herrn Hirschberger nicht gegeben. Die Natur hat einen Entschluss gefasst, den wir akzeptieren müssen. Tut mir außerordentlich leid. Außerdem: So ein Ethik-Komitee entscheidet auch im Sinne des Koma-Patienten. Es wird untersuchen, ob es ethisch vertretbar ist, dem Menschen die Qualen einer solchen Behandlung weiterhin zuzumuten. Wir wissen doch gar nicht, was ein solcher Patient empfindet, wie sehr er unter der Situation leidet. Und unter diesen ethischen Gesichtspunkten sollten Sie sich sehr gut überlegen, ob Sie Herrn Hirschberger diesen für ihn sicher fürchterlich qualvollen Transport noch zumuten wollen. Schon der Transport von Tübingen hierher muss eine grauenhafte Tortur für ihn gewesen sein. Und eine unnötige.«

»Wieso unnötig?«, fragte Lea empört.

»Weil die Ärzte seinerzeit in Tübingen schon gemeint haben, dass das, was wir hier besprechen, eintreten wird, und sich vehement gegen einen Transport ausgesprochen haben.«

»Und wieso wurde er trotzdem hierhergebracht?«, bohrte Lea, die immer so Besonnene, jetzt im Stakkato nach.

»Weil Herr Hirschberger über sehr gewichtige Freunde in den obersten Behörden verfügen muss!«

Sprach's und verschwand aus dem Zimmer.

»Mensch Ludwig, jetzt mach doch irgendetwas«, rief Lea danach verzweifelt an Ludwigs Intensivbett aus. »Du musst mithelfen. Gib einen Ton von dir oder bewege dich. Die lassen dich sonst sterben. Hörst du?«

Doch Ludwig blieb stumm. Er bewegte sich nicht, sondern hing wie leblos an diesen Maschinen, die ihn jetzt seit mehreren Monaten am Leben erhielten.

Wenig später kam Lea eine Idee:

»Doktor Heubl, sind Sie das?«, fragte sie, als sie nach vielen Mühen endlich die Telefonnummer von Gabi Maurer herausbekommen hatte.

»Hallo, Frau Hirschberger, was ist mit dem Wiggerl, geht's ihm jetzt besser?«

»Nein, Sie müssen sofort herkommen, die wollen die Maschinen abschalten und ihn sterben lassen!«

»Hern S', des dürfen S' auf keinen Fall zulassen, Frau Hirschberger!«

Gernot Heubl sagte nicht ganz unabsichtlich immer noch Frau Hirschberger zu Lea, obwohl sie seit 20 Jahren getrennt waren und Lea zwischenzeitlich wieder geheiratet und den Namen ihres neuen, inzwischen aber verstorbenen Ehegatten di Lenardo angenommen hatte.

»Warten S' auf mich. Ich komm sofort. Ich pack mir ein

paar Sachen zusammen und bin heute noch in der Uni-Klinik. Denen wer'i die Wadln viererichten!«

In der Tat kam Dr. Gernot Heubl umgehend in die Heidelberger Uni-Klinik. Natürlich war da nichts mit »Wadln viererichten«. Als Freund hatte Gernot Heubl ohnehin nichts zu sagen. Doch resignieren? Gernot Heubl? Nie!

»Gehen S', Frau Hirschberger, lassen S' mich mit dem Wiggerl jetzt bitte alleine.«

»Alles klar, ich geh dann mal kurz raus«, entgegnete Lea.

»Na, i maan net kurz, i maan lang.«

Damit gab Heubl Lea zu verstehen, dass sie das Krankenzimmer so lange verlassen sollte, bis er sie wieder hereinrief. Die tat, was Heubl wollte. Sie hielt ihn zwar immer noch für einen komischen Kauz, aber ihr war bewusst, dass der Freund Ludwigs genau wusste, was er tat.

Gernot Heubl nahm einen Stuhl und setzte sich ganz nahe an Ludwigs Bett. Eindringlich sprach er, fast flüsternd, auf den langjährigen Freund ein. Nicht eine Stunde, nicht zwei. Nicht drei, nicht vier. Volle zwei Tage, nur unterbrochen, wenn die Schwester hereinkam und die Infusionen erneuerte oder Ludwig säuberte.

»Das würde Ihnen auch mal guttun«, blaffte sie Gernot an.

Doch den interessierte das nicht, den interessierte nur Ludwig.

»Was wollen Sie überhaupt noch hier?«, schob die Krankenschwester nach.

Diese Frage empörte Gernot Heubl, weshalb er sie so beantwortete, wie er aus seiner Sicht saublöde Fragen zu beantworten gedachte, nämlich so, dass er sein Gegenüber mit einem Rätsel zurückließ:

»Wenn Sie wüssten, was ich wissen sollte, dann würden Sie wissen, was ich wissen will!«

Im Schwesternzimmer dachte sie lange über diesen Satz nach, kam aber auf keinen grünen Zweig. Das war einer der seltsamsten Menschen, denen sie je begegnet war.

Am dritten Tag platzte die Schwester mitten in die Visite des Professors und schrie, fast schon hysterisch:

»Herr Professor, das glauben Sie nicht. Das gibt's nicht. Jetzt singt dieser komische Mensch bei Herrn Hirschberger im Krankenzimmer schon!«

»Und deswegen stören Sie mich bei der Visite?«

»Nein, nicht deswegen«, antwortete die Schwester im Stakkato: »Der Hirschberger singt mit!«

Der Professor ließ Visite Visite sein und rannte sofort in das Krankenzimmer von Ludwig. Da saß auf seinem Bett Gernot Heubl und sang aus vollem Herzen den Freddy Quinn Hit: »So schön, schön war Zeit, so schön, schön war die Zeit«. Und tatsächlich: Ludwig sang mit. Sehr leise und kaum verständlich und immer noch im Koma befindlich. Aber er sang mit. Mit offenem Mund stand der Professor vor dieser fast gespenstisch wirkenden Situation.

»Mirakulös«, war das einzige Wort, das der Professor herausbrachte.

Gernot Heubl indes meinte nur lakonisch:

»So viel zum Thema Abschalten, Herr Primarius. Und jetzt brauchet i wirklich a Duschn, bevor i der Frau Hirschberger wieder unter die Augen trete.«

»Wer ist der Kerl?«, fragte ein junger Oberarzt.

»Das ist Doktor Gernot Heubl. Ein ziemlich prominenter und präpotenter forensischer Psychiater aus Wien. Aber einer, der Wunder vollbringen kann. Ich glaub's nicht. Ich kann es nicht glauben. So was gibt's doch nicht! Das ist ein Wahnsinn. Ich glaube, ich höre hier auf und gehe zur Feuerwehr!«

»Aber Herr Professor!«, protestierte der Oberarzt.

Die Reise durch dieses lange Rohr mit dem gleißenden Licht am Ende und seiner winkenden Mutter kam Ludwig unendlich lange vor. Dabei störte ihn vor allem, dass die Armbanduhr von Mariana andauernd vor seinem Gesicht vorbeiflog. Er hatte sich sogar ein paarmal darüber beschwert, aber es war nutzlos. Bei wem hatte er sich eigentlich beschwert? Er wusste es nicht mehr. Es bereitete ihm immer mehr Mühe, sich dem Sog zu widersetzen, der ihn zu seiner Mutter hinzog. Zu diesem grellen, gleißenden Licht.

Niemand konnte ihm in dieser Situation helfen. Er hatte zwar immer das Gefühl, dass Lea bei ihm war, ihm helfen wollte. Aber war das ein Traum? Warum saß sie da?

Er musste immer häufiger auf die Bremse treten, um dem Sog zu entkommen. Und es wurde immer mühseliger. Zu gerne würde er nachgeben. Aber es gab etwas tief in seinem Inneren, das ihm sagte: »Mache weiter, kämpfe!«

Neuerdings ging er mit Gernot Heubl in die Singstunde. Was sehr verwunderlich war, denn Ludwig ging normalerweise nie in eine Singstunde. Und der Dr. Heubl schon gar nicht. Das Witzige dabei war: In diesem Chor wurden nicht kirchliche oder klassische Lieder gesungen, sondern alte deutsche Schlager. Ludwig und Gernot sangen aus vollem Herzen. Zuerst sehr einfache Lieder wie »Kalkutta liegt am Ganges« oder »Marmor, Stein und Eisen bricht«. Aber sie wurden immer schwieriger und Ludwig musste sich richtig anstrengen. Zuletzt sangen sie von André Heller: »Rudolfo Valentino, Du Nostalgie der Nostalgie«, »Guten Morgen, Jean Harlow! Wie war die Nacht? Hat man zwischen Orchideen geweint oder gelacht?« und auch »Die Kinder sind immer aus Wien, die Kinder sind immer aus Wien«. Als sie gemeinsam das Lied vom Fräulein Vera und ihrem Verehrer mit dem Goggomobil sangen, musste Ludwig plötzlich lachen.

»Lach weiter Wiggerl, lach. Lache! Jawohl, lache!«, appellierte Gernot.

Dies kam Ludwig sehr eigenartig vor, aber er half ihm beim Bremsen sehr. Unglaublich sogar. Es schien ihm, als käme er sogar zum Stillstand. Und dann waren da plötzlich zwei Tunnel-Enden. Im rechtsseitigen Ausgang war es gar nicht seine Mutter, die am Ende des Tunnels auf ihn wartete. Nein, es war Lea. Alles war völlig wirr. Er musste tot sein. So war das also, wenn man starb.

Dass am Ende dieses Tunnels Lea saß, war äußerst verwunderlich. Sie dürfte dort gar nicht sein, denn sie war ja noch am Leben. Oder war sie es, die neben ihm im Wagen gesessen hatte?

Nein, er war sich ziemlich sicher, dass es Mariana Popolescu gewesen war. Aber was machte dann Lea dort? Und warum spielte dort »The girls from Ipanema«? Und kurze Zeit später hörte er Bert Kaempfert mit »African Beat« und danach »A String of Pearls« von Glenn Miller und auch noch den »Wild Cat Blues« von Chris Barber. Das konnte nur Lea sein. Ganz sicher war er sich, als »Eine Reise durch den Schwarzwald« aus dem Lautsprecher kam. Obwohl schon damals ein Oldie, gehörte dieser Song zu den absoluten Lieblingsstücken seiner Lea. Und der Schwarzwald war dann auch so ziemlich die einzige Gegend in Ludwigs näherer Heimat, für die sich Lea interessierte.

Ludwig erinnerte sich: Als der Interpret Horst Jankowski mit der RIAS Big Band im »Jazzland« beim Schwedenplatz auftrat, lagen unmittelbar nach Beginn des Vorverkaufs schon zwei Tickets auf der Kommode, war in Windeseile eine Babysitterin engagiert, was sonst eine nahezu unlösbare Mammut-Aufgabe zu sein schien, wenn es darum ging, Ludwig zu einem – zugegeben – eher langweiligen Empfang zu begleiten.

Und während des Konzerts sah er seine Lea dahinschmelzen. Seine Lea, sonst die Sachlichkeit in Person, immer darauf bedacht, möglichst keine emotionalen Reaktionen zu zeigen. Wie das Eis in der Sonne. Unvorstellbar. Sie fühlte sich, als sei sie im Himmel. Sie ging sogar so weit, dass sie Jankowski den deutschen Count Basie nannte.

Na ja, in die Hölle würde er nicht kommen, denn dort würde man diese Musik nicht spielen, die seine Lea ausgesucht hatte. Und auch nicht eine Kopie von Lea für ihn bereithalten. Es wäre für Ludwig ein Leichtes gewesen, den Ausgang zu seiner Mutter zu erreichen, und es schien unvorstellbar schwer, den Ausgang zu Lea zu schaffen. Es war fast unmöglich. Ludwig nahm all seine Kraft zusammen, um die Kurve nach rechts zu Lea zu bekommen. Dort wollte er hin. Zu Lea. Es war ein unbeschreiblich schwieriges Unterfangen. Ludwig musste einen schweren Kampf austragen. Dabei half ihm die Erinnerung an einen Spruch, der über Gernots Schreibtisch hing: *Wer kämpft, kann verlieren. Wer nicht kämpft, hat schon verloren!*

Seit Lea sein Bett verlassen hatte, spürte Ludwig, wie groß der Druck in Richtung des Ausgangs war, an dessen Ende seine Mutter stand. Er war kaum mehr in der Lage, diesem Druck standzuhalten. An der Abzweigung, die zu Lea führte, war er gefühlt schon vorbei und es zog ihn unwiderstehlich zum Ende des Tunnels hin. Kurz davor sah er am Ende des Tunnels nicht nur seine Mutter, sondern auch seinen Vater. Seine Großeltern standen auch auf einer wunderschönen Wiese, wobei er über das Aussehen seines Großvaters väterlicherseits einigermaßen überrascht war. Dass er so viel Ähnlichkeit mit ihm hatte, war Ludwig bis dato noch nicht bewusst gewesen. Alleine schon der Duft, den diese Wiese verströmte, war betörend. Ein wunderschöner See lag hinter dieser Wiese. Es schien Frühjahr dort zu sein. Ja, dachte Ludwig, das muss das Paradies sein. Die Vögel zwitscherten ein wundervolles Lied. Palmen umsäumten den See und auf dem Berg erschien plötzlich Wilson Pickett und sang »Land of 1000 dances« und gleich daneben schmetterte die Queen of Soul, Aretha Franklin »Chain of fools«. Warum sollte er nicht dorthin gehen, warum sollte er sich nicht einfach hineinfallen lassen? Es hatte ihm niemand die Hand gereicht an dem Ende, an dem Lea saß. Niemand hatte versucht, ihn dort herauszuziehen. Keiner schien ihm helfen zu wollen.

Kurz bevor er durch das Ende des Tunnels zu kommen schien, schwebte er plötzlich in einem Krankenzimmer. Er war direkt über einem Bett. Hoppla: In dem Bett lag ja er selbst. Mit unheimlich vielen Schläuchen und Apparaten um sich. Die könnt ihr jetzt abschalten, dachte er.

Was machte Gernot Heubl da an seinem Bett? Wieso beugte er sich ganz tief zu ihm hinunter und flüsterte ihm etwas ins Ohr. Was mochte das sein? Plötzlich vernahm er die Stimme des forensischen Psychiaters. Sie klang von ganz weit her. So wie man früher nach Amerika telefonierte. Es rauschte und knackte. Und dazwischen, ganz leise, Gernots Stimme.

»Wiggerl, du derfst net den schönen Ausgang nehmen. Da kannst du nicht hin. Da gehörst du nicht hin. Du musst den Seitenausgang benutzen, da g'hörst hin.«

Das war leicht zu sagen aus seiner Sicht. Diesem Sog zu widerstehen, war nahezu unmöglich. Ohne Hilfe war es aussichtslos, nicht zu stemmen.

Doch Gernot ließ nicht locker:

»Wiggerl, du musst ganz alleine diesen Kampf bestehen. Verstehst du mich. Ganz alleine. Niemand kann dir mehr helfen. Nur du selbst! Bitte kämpfe Wiggerl. Kämpfe. Kämpfe! Ich brauch dich doch. Wir müssen doch diese Kerle schnappen, die den Gold-Finger und die Frau Popolescu auf dem Gewissen haben. Ohne dich schaff ich das niemals. Kämpfe, Wiggerl, kämpfe!«

So flehentlich hatte er Gernot Heubl noch nie erlebt. Es war ihm, als ob er seinen Schweiß fühlte, ja vielmehr sogar roch. Brauchte er ihn wirklich so dringend? Was hatte er gesagt? Er müsse alleine kämpfen. Niemand als er könne diese Schlacht zu seinen Gunsten entscheiden. Nur er könne sich gegen dieses Trugbild wehren, welches am Ende des Tunnels auf ihn warten würde.

Nun, er war es diesem feinen Kerl schuldig, dass er es zumindest noch einmal versuchte. Was hatte er da gesagt? Die Mörder von Samuel Finger und Mariana suchen. Das schafft er alleine nicht. Nein, das schafft niemand. Außer Ludwig Hirschberger. Also kämpfe, Ludwig. Kämpfe.

Es wurde ein unvorstellbar harter Kampf. Eine Tortur, als würde er den Berg des Sisyphos erklimmen, und sobald er den Stein zwei Schritte nach oben bewegte, drückte es ihn wieder um einen Schritt zurück. Unendlich langsam ging es wieder nach oben, ohne dass der Sog vom Ende des Tunnels nachließ. Aber er musste weiterkämpfen. Er war es Samuel Finger schuldig. Er war es Gernot Heubl schuldig und er war es Mariana schuldig. Vor allem aber war er es sich selbst schuldig. Er musste diesen Fall klären.

Es schien ihm, als ob dieser Kampf Jahre dauerte, seine Kräfte überforderte. Doch immer wieder kam jetzt dieser Ausgang in Sichtweite, an dem Lea saß. Sie saß einfach da und wartete. Mensch, die wartet auf dich, durchfuhr es ihn. Zu ihr musst du gehen, Die kommt ohne dich nicht mehr klar in diesem Leben. Mit seiner allerletzten Kraft durchstieß er den Ausgang und es war ihm, als ob Lea seine Hand halten würde. Danach schlief er vor totaler Erschöpfung ein.

Der Professor stand daneben, begutachtete die Instrumente und schüttelte den Kopf.

»Unglaublich«, stammelte er vor sich hin.

Ludwig bemerkte, dass er sich jetzt im Endstadium dieses Kampfes befand. Mit allerletzter Kraft hielt er sich an der Abzweigung fest, wo sich der Tunnel teilte. Er hatte das Gefühl, dass ihn die Kräfte verlassen würden. Plötzlich spürte er Leas Hand. Sie zog ihn mit aller Kraft auf ihre Seite. Er wunderte sich: So viel Kraft hätte er ihr nie zugetraut. Und dann: Die andere Hand wurde von Gernot ergriffen. Gemeinsam zogen sie ihn an das Ende des Tunnels, welches nur noch einen Ausgang hatte. Den zu Lea.

Urplötzlich war Ludwig aus diesem Rohr draußen. Eine unendlich scheinende und unheimlich beschwerliche Reise fand hier ihr Ende. Er lag in einem Bett. An diesem saß Lea und streichelte ihm die Hand.

»Wiggerl, ich bin's, die Lea. Kennst mich noch?«

»Klar kenne ich dich, was soll die Frage?«, wollte Ludwig sagen, aber es kam nur ein komisches Glucksen aus seinem Mund heraus.

Ein völlig übermüdeter Gernot Heubl stand, sich seiner Tränen nicht schämend, in einer Ecke. Ludwig indes nahm seinen Lebensretter gar nicht wahr.

»Die Uhr, es war die Uhr!«, war dann der erste Satz, den Lea einigermaßen verstehen konnte bei diesem ganzen unverständlichen Kauderwelsch, das Ludwig verbreitete.

»Still, das mit der Uhr wissen wir schon. Und du wirst nicht mehr ermitteln, dass das klar ist!«

»Im Himml braucht man net ermittln!«

Jetzt lächelte Lea.

»Du bist net im Himmel, Wiggerl. Du bist in der Universitätsklinik in Heidelberg.«

»Wie schau i aus?«

»A Whiter Shade of Pale«, antwortete Lea, womit sie Ludwig indirekt mitteilte, dass er ziemlich blass aussah.

Die Procol Harum Band besang 1967 in ihrem Hit, wie man noch blasser aussehen konnte als blass, wie man noch weißer sein konnte als ein Geist.

»Machst du hier?«, lallte Ludwig.

»Dreimal derfst raten!« Sie nahm jedoch die Antwort vorweg: »Weil ich hier warte, bis du wieder gesund bist und ich dich dann wieder zu uns nach Hause mitnehme.«

Zu uns nach Hause, dachte Ludwig. Also bin ich doch im Himmel.

Die weitere Genesung Ludwigs dauerte noch eine geraume Zeit. Aber Lea blieb während dieser Wochen ständig bei ihm.

»Danke dir Lea. Ich danke dir von ganzem Herzen«, sagte Ludwig eines Tages.

»Wofür?«

»Du hast mich vor diesem Sog an das andere Ufer gerettet. Du hast mich von dem Drang befreit, den leichteren Weg zu gehen, es einfach fließen zu lassen.«

»Womit habe ich das gemacht?«

Ludwig sprach für Lea in Rätseln.

»Einfach, weil du hier gesessen hast. Und da warst. Das gab mir die Kraft gegen den Sog.«

»Und der Doktor Heubl«, ergänzte Lea.

»Ja, der Doktor Heubl, der hat stark gebremst. Sehr stark. Ein wirklicher Freund!«

Dr. Gernot Heubl war, nachdem er Ludwig aus seinem Koma geholt hatte, in einen völlig erschöpften 36-stündigen Tiefschlaf gefallen. Die Ärzte in der Universitätsklinik machten sich Sorgen um diesen Mann, der in ihren Augen ein medizinisches Wunder vollbracht hatte. Als er endlich aus seinem Erholungsschlaf erwachte, fragten ihn die Ärzte natürlich sofort, wie er das bewerkstelligt habe.

»Wie viel Zeit haben Sie?«, war seine Gegenfrage.

»Im Augenblick nicht sehr viel. Aber Sie werden zu dieser Wundertat noch vor einem großen Publikum sprechen müssen. Und dann werden Sie so viel Zeit bekommen, wie Sie brauchen. Sagen Sie uns also bitte in aller Kürze, was Sie gemacht haben«, meinte der Professor.

»Plastische Trance«, antwortete der Mann, den man früher im Innenministerium die Aktensau genannt hatte, weil er mit affenartigem Tempo Akten lesen und sich auch alles detailgetreu merken konnte.

»Das verstehe ich nicht«, erwiderte der Professor.

»Ich habe das erst zum zweiten Mal gemacht. Das erste Mal bei meiner Mutter, als sie im Sterben lag. Die wollte aber gar nicht zurück und deshalb habe ich sie gehen lassen müssen. Und das zweite und garantiert letzte Mal war jetzt hier bei meinem Freund Ludwig Hirschberger.«

»Wieso?«, fragte der Chefarzt verblüfft.

»Weil es unvorstellbar anstrengend ist und derart viel Kraft kostet, dass man sich dabei selbst in Lebensgefahr bringen kann. Und weil die Gefahr besteht, dass man selbst ins Koma fällt«, ächzte Gernot.

»Wo haben Sie das gelernt?«

»Beim seligen Ottokar Wagner in Wien. Einem der größten Psychologen aller Zeiten. Dem besten seit Sigmund Freud. Ich war allerdings meines Wissens der einzige Student von ihm, der das jemals hingekriegt hat. Warum? Des derfen S' mi net fragen. Und jetzt brauche ich noch mindestens einen Tag völlige Ruhe und ganz dringend a Flascherl Grünen Veltliner!«

In der Kurpfalz eine Flasche Grünen Veltliner aus dem Kamptal aufzutreiben, war nicht ganz einfach, aber Lea fand schließlich eine Vinothek, die Gernots Heurigen-Hauswein führte.

Dass Ludwig die Universitätsklinik Heidelberg, in die er von Tübingen aus verlegt worden war, nicht im Rollstuhl, sondern lediglich unter Mithilfe eines Rollators verlassen konnte, war für alle behandelnden Ärzte ein weiteres Wunder. Den Rollator benötigte er, weil noch eine Kugel in seiner Hüfte steckte. Sie würde in nächster Zeit entfernt. Man empfahl ihm eine Sportklinik in Stuttgart.

Als Gernot diese Nachricht hörte, sagte er zu Gabi, zu der er längst wieder heimgekehrt war:

»Was hab ich gsagt? Den Hund griagst net hin!«

Das war das höchste Kompliment, das Gernot Heubl jemals verteilt hatte. Welchen Anteil er an der Rettung des Profilers hatte, verschwieg er.

»Jetzt kann ich doch noch mit ihm an den Playa de las Canteras in Las Palmas gehen.«

Gabi verstand die Welt nicht mehr. Gernot wollte noch einmal nach Gran Canaria? Er musste völlig übergeschnappt sein.

DANK AN:

Elga Lehari-Reichling, meine Lektorin, die mich wieder aus zahlreichen Klippen befreit hat.

Rose Bienia, meine Literatur-Agentin aus Tübingen.

Werner Krug aus Biberach, der mich musikalisch bei meinen Lesungen so unnachahmlich begleitet und immer den richtigen Ton für die Stimmung findet.

Lore und Herbert Bopp aus Montreal in Quebec für die positive Begutachtung des Manuskripts.

Und natürlich beim Oertel+Spörer-Verlag in Reutlingen, mit dem ich jetzt schon das vierte Projekt gemeinsam machen darf.

Uli Herzog

Oberschwabe durch und durch, arbeitete 30 Jahre in Wien als Geschäftsführer einer Werbeagentur. Noch als aktiver Fußballer wurde er zum Pressewart seines Vereins gewählt und musste 1984 die Festschrift zum 75-Jährigen des Vereins verfassen. Dabei entdeckte er seine Liebe zum Schreiben. Doch erst nach seiner Verrentung wurde sein erster Kriminalroman »Mord am Schützensamstag« 2015 veröffentlicht. Es folgten »Frauenduft« und »Endstation Biberach«.

»Vermisst: Gold-Finger aus Ravensburg« ist sein vierter Krimi mit Ludwig Hirschberger, einem pensionierten Top-Fallanalytiker, als privater Ermittler. Die Covid-19-Jahre hat Herzog in diesem Krimi bewusst ignoriert. »Das Leben mit diesem Virus soll nicht auch noch dort stattfinden, wo man die Menschen ablenken, unterhalten möchte«, sagt er.

Herzog lebt in Altshausen im Herzen Oberschwabens. Seine Hobbys sind neben dem Schreiben seine vier Enkel und das Radeln durch die Weite seiner oberschwäbischen Heimat. Gerade im Winter macht er gerne Urlaub auf der Insel Gran Canaria, deren Klima er besonders schätzt.

Sein Krimi-Held Ludwig Hirschberger hat zwar denselben Lebenslauf wie sein Erfinder, ist aber ein ganz anderer Mensch. »Mir fehlt sein Hang zum Workaholic und seine unglaubliche Souveränität«, so der Autor Uli Herzog.

www.krimi-uli-herzog.de

Biberach an der Riss: Ein brutaler Gewalttäter, ein argloses Opfer – und mittendrin mal wieder Ludwig Hirschberger. Wer dachte, der pensionierte Profiler habe seine Zukunft bereits hinter sich, muss umdenken: Das sonst so liebenswerte Wiener Schlitzohr zeigt sich in diesem Krimi von einer anderen, perfiden Seite: Um die Frau aus den Fängen des skrupellosen Verbrechers zu befreien, wird Hirschberger zum Psychoterroristen und gräbt tief in der Vergangenheit des Mannes. Dabei gelangen grausame Details ans Licht. Das beschauliche Oberschwaben wird zur Spielwiese eines teuflischen Gangsterdramas.

ISBN 978-3-96555-009-4

Ausgerechnet am Schützenfest, dem wichtigsten Ereignis für die kleine Stadt in Oberschwaben, wird der bekannte Architekt Robert Maurer ermordet. Zunächst scheint alles äußerst mysteriös. Die ermittelnde Kommissarin glaubt sehr schnell einen Täter gefunden zu haben: Ludwig Hirschberger, ein Schulfreund des Opfers, ein Kriminalbeamter, der in Wien als Profiler arbeitet. Auch LKA und BKA schalten sich in die Ermittlungen ein. Denn der Täter bediente sich einer Mordmethode, die nur die CIA, der Mossad und diejenigen, die vom KGB übrig geblieben sind, beherrschen. Dennoch gelingt es nicht, den Fall zu lösen. Hirschberger gibt jedoch nicht auf und ermittelt im Geheimen weiter. Nach zehn Jahren findet er den Mörder von Robert Maurer – die Lösung ist verblüffend.

ISBN 978-3-88627-331-7

Ein Mörder, ein Phantom, zwei schräge Vögel: Der pensionierte Fall-Analytiker Ludwig Hirschberger kommt an seine Grenzen. In einer mysteriösen Entführungswelle am Bodensee verschwinden sieben Frauen. Die meisten der Opfer tauchen später in Biberach auf – körperlich unversehrt, aber ohne jegliche Erinnerung an das Geschehen. Für die Ermittler steht schon bald fest: Der Entführer muss über exzellente Ortskenntnisse verfügen. Stammt er gar aus dem beschaulichen Biberach? Das Unfassbare geschieht: In Überlingen verschwinden zwei weitere Frauen. Diesmal kennt der Täter keine Gnade. Die Polizei ermittelt fieberhaft. Doch Ludwig Hirschberger verfolgt eine ganz andere Spur.

ISBN 978-3-88627-780-3

Titelbild: Johannes Volz
Gestaltung: PMP Agentur für Kommunikation, Reutlingen
Lektorat: Elga Lehari-Reichling
Korrektorat: Sabine Tochtermann
Satz: Uhl + Massopust, Aalen
Druck und Bindung: CPI books GmbH, Leck
Printed in Germany
ISBN 978-3-96555-083-4